河北省作家协会
庆祝中国共产党
成立100周年主题作品

枣花开蜜更甜

ZAOHUAKAI MIGENGTIAN

王　霜◎著

河北出版传媒集团
花山文艺出版社
河北·石家庄

图书在版编目（CIP）数据

枣花开蜜更甜 / 王霜著. —石家庄:花山文艺出版社，2021.7

ISBN 978-7-5511-5829-9

Ⅰ.①枣… Ⅱ.①王… Ⅲ.①长篇小说—中国—当代 Ⅳ.①I247.5

中国版本图书馆CIP数据核字（2021）第108017号

书　　名：枣花开　蜜更甜

Zaohua Kai　Mi Geng Tian

著　　者：王　霜

责任编辑：杨丽英

特约编辑：白雪玉

责任校对：李　伟

封面设计：王　婧

美术编辑：王爱芹

出版发行：花山文艺出版社（邮政编码：050061）

（河北省石家庄市友谊北大街330号）

销售热线：0311-88643221

传　　真：0311-88643234

印　　刷：河北鹏润印刷有限公司

经　　销：新华书店

开　　本：700mm×1000mm　1/16

印　　张：15

字　　数：190千字

版　　次：2021年7月第1版

2021年7月第1次印刷

书　　号：ISBN 978-7-5511-5829-9

定　　价：39.00元

一

邢海焱三十大几了，失恋了，心情很衰。这年纪的小子，多数不会把自己的糗事跟父母透露一点点的，会伤自尊，关键是太麻烦，最烦的，就是父母跟特务似的，偷偷盯着自己的任何小动静。三十多岁，这个年龄，不仅正是虚荣的年纪，还因为荷尔蒙分泌正当时，情绪波动无常。邢海焱愿意跟同学或者朋友在一起混着玩儿，可以嘴上胡乱放空炮发泄，整得自己很兴奋。但一回家，因为需要应付父母没完没了的唠叨，就变得灰溜溜。所以，尽可能的，能不回家就不回家。

不愿意回家不光是怕自己被聂晓丽甩了爸妈追问心烦，还有另外两个原因。其中第一个是，邢海焱觉得父亲邢庭鑫跟前些年比，明显心情更不好了，因此影响家庭气氛。如果细想起来，近十年来，父亲总体上心情一直在走下坡，要说表面上的理由，就是官运不畅，但这应该只是理由之一，因为官运很畅的母亲，似乎也不尽是快乐。这就说到不愿意回家的理由之二了，就是不愿意被母亲闵舒婷喋喋不休地说教。这个家里，融洽的家庭气氛好像很难得，父亲跟母亲的关系一直很僵，他们俩之间任何一个话题，只要话赶话，就肯定撮火，所以家庭的氛围不能算温馨祥和。

有一天邢海焱很无聊，洗了澡，在擦头发，就听见父母又在辩论。他一边擦一边往客厅走，衣衫不整的他忽然认真地看着他们俩吵吵。那天吵吵的话题，好像就是一个本来很糊涂无解的话题，父亲却一直在那里车轱辘话似的叨叨，完全就没有语言的逻辑性，这叫一直对父亲怀有怜悯的邢海焱忽然换了眼光看父亲。这一细看，他觉得父亲很奇怪，忽然陌生了，这是怎么啦，还是本省文学杂志的副主编呢，据说以前还风流倜傥呢，还写过老多风情万种的诗呢，你看现在像什么，不修边幅，脏不拉儿，浑身透着老年人的油腻味道。而且，怎么脑子里想的也乱七八糟的，还没退休呢，岁数不至于就到了出现迟钝迹象的时候了吧。以前就怪母亲强势，其实父亲的脾气也确实太轴了，跟母亲斗了大半辈子嘴，斗赢了斗输了，有什么意义呢。有时候，好像打赢了，无非看着也就是快乐嘴了，也并没有因此就快乐心。斗嘴仅仅是因为无聊造成的习惯，并不是因为原则问题非要争吵。

也就是在那一瞬间，他意识到父亲终于老了。老了的状态就是如此，没有能力改变习惯，就是老了。

邢庭鑫眼前的问题不是一个男人头发白了稀疏了身形老态了，而是不怎么要求自己好了。这也不是最遗憾的，最遗憾的应该是，作为一个文学杂志的副主编，他曾经引以为豪的操控文字的严谨和周密的能力丧失了，他在过去，讲究说过的话如同板上钉钉，现在，他说的话，做不到严丝合缝，禁得住推敲的也不多了。邢庭鑫还生出来怪癖，就是喜欢脏、喜欢破、喜欢旧，这也是惹得母亲闵舒婷不停地嫌怨的由头。邢海焱也是在母亲的嫌怨中获得提醒的，发现父亲越来越邋遢，鞋子不擦，裤子不换，更不爱洗澡，身上也开始散发出令人掩鼻的味儿。

这一手儿也叫邢海焱时常懊丧不明就里。他暗自算计了一下父亲的岁数，也算计了一下自己的岁数，算明白以后很茫然，意识到父亲这是在跟什么告别。他大脑空白了一瞬间，就察觉自己好像也有什么地方不太对劲儿，站到镜子前，看到一个没啥特点的男人，看了半晌，还不过就是一个连头型都没有的男人，头型是代表着男人精气神儿的东西呀。

这天晚上，邢庭鑫出去跟北京来的几个老作家吃饭去了，邢海焱也出去跟小伙伴们喝酒了，闵舒婷说是有朋友叫去品茶了。闵舒婷把邢海焱出去喝酒称为瞎混，把邢庭鑫出去喝酒叫拿自己命较劲儿，总之爷儿俩都是无所事事，她自己呢，自然是工作需要。

晚上十点多，啤酒加羊肉串后，肚子很撑、脑袋膨胀的酒后青年邢海焱进了自家小区，到了自家楼下就看到黑暗里一个老男人趴在冬青树丛边上呕吐。天儿黑乎乎的看不清，已经进入深冬，那个男人的外套完全遮住了面庞和臃肿的上半身，邢海焱还是从佝偻的后身形认出了那人是自己的父亲，他的酒意一下子全消了。邢海焱紧走几步从父亲身后过去搀着他拍了拍他的后背，父亲喘息着，之后父子俩互相搀扶着上楼进了家。

进了屋，邢庭鑫马上倚靠在沙发上半仰着脸大张着嘴喘着粗气，顿时弥漫满屋的酒气。邢海焱看着父亲那难受的样子，嘴里一边嘀咕着埋怨他："这是喝了多少酒呀，多大岁数了，也没多大的酒量，还总逞强。"一边把屋子里的灯全打开，一眼又看见父亲满裤脚子的污秽，鞋子上也都是刚才喷溅上的呕吐物，嘴里还不清楚地咕噜着什么。

邢海焱拿眼睛扫了一下黑乎乎的窗外，感觉母亲很快就要到家了。邢海焱有点儿着急，先嗅嗅自己的衣袖，又赶紧走到父亲身边，先递给他水杯子，等他含含糊糊地喝了一口。之后，邢海焱又怕父亲拿不稳杯子摔了，从他手里夺过杯子放在茶几上；邢海焱又赶紧蹲地上，几乎是屏住呼吸迅速拽下鞋子丢到门口，然后帮父亲脱裤子。邢庭鑫尚未酒醒，费了好大劲儿，裤子是脱下来了，里面的保暖裤也顺便跟着脱下来一半了，邢海焱就索性使尽力气试图把父亲搀起来弄到卧室去。等踉踉跄跄的两个人终于走到卧室门口，邢庭鑫却好像忽然酒醒了，猛转身挣扎着并且喊叫起来，说："我不睡这里，我不睡这儿……"

无奈，早已精疲力竭的邢海焱只好又搀扶着父亲到书房里的单人床上，倒下以后没几分钟，邢庭鑫就发出了鼾声。邢海焱松口气赶紧回到客厅，他必须及时把父亲的鞋子、裤子、袜子处置好，或者先藏起来，或者丢进洗手间的洗衣盆里用水泡上，因为母亲马上就要回来了，藏起来或者泡进盆里，可以省很多很多麻烦事儿。

邢海焱终于听见母亲闵舒婷开门的声音，赶紧假装什么都没发生。闵舒婷出现在门口，邢海焱就闻到母亲身上的香味儿，淡淡的茶香，邢海焱暗想，母亲也是从应酬场合回来，显然人家喝茶的场合很文明。当然闵舒婷始终是个讲究的女人，虽然早已年过五旬，但眉眼依旧好看，风姿绰约，皮肤保养得很好，穿着打扮总是得体。他接过母亲的皮包，等母亲转身脱大衣的间隙，他还装出蒙蒙眬眬的睡状，想着赶紧钻进自己的房间，以避免被问几句什么话。真幸运那天有茶香味儿的闵舒婷可能也累了，端庄知性的女人头发也乱了，疲惫间，根本没注意邢海焱的慌张，她什么话都没说，自顾自换了衣服，就进了洗手间。过了会儿，进了自己房间的邢海焱好像听见母亲开了一下书房的门，停顿了几秒后，没了声息，然后母亲卧室的门也关上了。

邢海焱顿时放松，蹑手蹑脚回到自己的房间，一头扑上床。今夜无事，他肆意地舒展好身体，打开手机，看看微信里有什么人给他留言，今天大学同学高伟志微信上没动静。最近，这个大学同学不知道犯什么毛病了，北京外企高薪拿得好好的，京二代女友谈得妥妥的，却开始唠叨他的郁闷，因为他远在西召老家的亲人总跟他说眼下政策多好，农村有好多事情可以干，说多了，他就趁机说那好，我回去创业吧，结果那边一听，赶紧反对。这大事，邢海焱能出什么主意呀，不懂，也顾不上呀。

最大的事呀，是前女友聂晓丽不可能吃回头草了，这是眼下压在心里的石头。手机脱手邢海焱心里有些灰溜溜的，百无聊赖，他又拿过手机，拣着几条自己主动跳上来的明星绯闻瞄了几眼，浏览了一会儿新挂上的电影，又开始浏览微信，翻看了一圈儿微信朋友圈，虽然很无聊，但他还是程序化地跟几个家伙不咸不淡胡扯了，还顺手点赞了几条特没劲儿的鸡汤文。邢海焱玩了会儿手机没意思，就仰面躺着假寐，聂晓丽的影子在眼前挥之不去。

邢海焱已经研究生毕业并且留校，恋爱过几次，有败有悲。而且，他自从察觉到自己滋生出对父亲的怜悯之意，就觉得自己似乎正在成熟，但是怜悯父亲的同时，他却没有同时理解并且认同母亲的很多为人处世的态度，还似乎有了偏见，当然这种偏见对于他来说也没什么实质意义。

现在仔细交代邢海焱父母亲的身份吧。前面说过了邢庭鑫，是个文学杂志社的副主编。邢海焱的母亲闵舒婷在省直机关工作，身份是办公室主任。夫妻俩是大学同学。邢庭鑫是从农村出来的，因为在公社帮忙写广播稿写得好，是个非常优秀的青年，很幸运被推荐上了大学，是最后一届被推荐的大学生。说到幸运，是说，如果参加高考嘛，他肯定是考不上的。他大学毕业以后就留在城市，一直在杂志社从编辑到副主编，年轻时也写诗，有很多文学女青年崇拜过他，刚到单位还有很多老干部打算把他招进自己家里当女婿。可见，当初因为有才，邢庭鑫很得意过。可惜，邢庭鑫老了什么都不写了，虽然不写了，还算是典型的城市知识分子。闵舒婷一直在机关工作，换了几次岗位现在到了处级位置。闵舒婷比邢庭鑫小几岁，不是一届，是自己参加高考考上的大学，闵舒婷也下过乡，原因是父亲的出身是地主，街道叫十五岁的她到农村去改造。

对于曾经都在农村度过的那段青春岁月，知识分子邢庭鑫和女处长闵舒婷持有截然不同的认识态度。邢海焱从小看惯父母每每源于当时不同景况而引发的观念到语言的冲突，进而因牵连到各自出身的家庭背景以及个人身份地位升迁改变。两个人诸多的不认同，甚至不屑，造成了彼此长期的言语伤害。特别是父亲邢庭鑫，不知道多少次到了忍无可忍还得继续忍的地步。尽管母亲言辞尖刻过激，在邢海焱心里，却能够知道，在母亲心底，这段刻骨铭心的记忆，是心灵受到过伤害的记忆。而在父亲心中，所有的对乡下生活的回忆充满热情或者至少满是温情，所以，一旦父亲开始这个带着缅怀腔调的回忆，母亲便会在十分钟内，一如既往地发起鄙视不屑的攻击，到后来母亲就会简单粗暴地以父亲永远就是个农民为结论，打断沉浸在幸福回忆里的父亲。

具体在邢海焱的脑海里农村的景象，是小时候父亲邢庭鑫带他回老家西召的那点儿模糊记忆。在这个家里，父母每次争吵，无论是因为个人的谋职升迁、单位的钩心斗角，还是家庭纠纷、时事判断，母亲闵舒婷的神情都会叫邢海焱印象深刻。闵舒婷会是争吵的完胜者，但并没有胜利者的昂扬自豪，她最终一定会用颓丧的口吻，总结邢庭鑫每次毫无意义垂死挣扎的争辩，就是源于邢庭鑫的农村人出身。后来邢庭鑫学会了自嘲，不等闵舒婷说出来，他先伸出食指挡在自己脸前，说："农民农民。"

也挺管事儿，闵舒婷就噤声，于是此次争吵在没有结论前结束，周而复始，日复一日。但其实，无论闵舒婷嘴里肮脏龌龊刁滑阴暗的农村，还是邢庭鑫心里淳朴憨厚直白敞亮的故土，无论多少激烈的争辩，对城市长大的邢海焱的影响，都只是对农村莫衷一是的茫然认知。但是他凭智力还有感觉，他认为，他们描绘的农村都不是真实的，都掺杂了他们个人际遇的感情因素。母亲一向性格乖戾情绪多变，父亲对乡土的顽固执拗的歌颂，似乎都是挡在真相前面的虚幻表象，很多是掺杂有想象和误解成分的。

闵舒婷出身城市知识分子家庭，邢海焱的姥爷是地主出身，因此十五岁的闵舒婷深受牵连，初中毕业就下乡到了最苦的农村。因为她自己的特殊身份，可以想象在那个时代遭遇了什么样的屈辱。而邢庭鑫就完全不同，他作为农村出身的有为青年，被贫下中农推荐上了大学，从此改变了自己的命运，他对农村是有感情牵挂的，关于那些夹杂着泥土的回忆，肯定是美丽芬芳的。邢海焱觉得，父母除了各自人生历程迥异之外，造成各种观点冲突的原因，还有他们俩的家庭出身、文化背景，以及政治意图的疏离隔膜。邢海焱不认为他们俩任何一个人对农村现状的认定是准确的。

闵舒婷和邢庭鑫怎么会有一样的价值观呢。邢海焱想起很小的时候，唯一一次跟着父亲回西召老家的情景。那时候，邢海焱的爷爷奶奶还活着，邢海焱才上小学，春节跟着父母辗转坐各种车，连泥带水地回父亲的老家。记得那时候爷爷家房顶上漏了窟窿的地方，被父亲用拿回去的报纸糊上了，夜里炕烧得很热，但邢海焱还是冻着了，一直发烧。早晨一看，原来门底下有个破洞钻风，呼呼地往屋里面灌。窗户上厚厚的冰花挡住了外面本来就很微弱的太阳光，水缸在屋里也冻了，要砸开冰层才能舀水。太冷了，邢海焱在被窝儿缩着不敢出来。面对这样的情况，闵舒婷就急了，不等过了正月就跟邢庭鑫争吵，要提前带邢海焱回城。邢海焱在被窝儿里听见父亲低声吼："你也不是没在农村待过，至于这么夸张吗？"又听见妈妈辩驳："我是我，孩子是孩子，我受过罪，孩子没必要受。"

离开的时候，邢海焱看见父亲久久地注视着颓败老屋，还有看老屋旁一样苍老的爷爷奶奶那复杂的眼神，有不舍有牵挂，还有命运注定的与故土亲人分离的悲悯。那时候邢海焱就懂了，父亲邢庭鑫爱他老家是肯定的，多穷都爱。

母亲闵舒婷就不一样了。闵舒婷中学毕业后只能作为可以被改造好的"黑五类"子女去了农村这个广阔天地。与邢庭鑫不同的是，闵舒婷是后来从农村自己跑回城市来的。所以跟邢庭鑫每次温情缠绵地回忆乡下度过的美好光阴不同，同样发生的旧日情景在闵舒婷眼里那都是不堪回首，邢庭鑫铭心刻骨不忘怀的打谷场夜空的明月光，假如叫闵舒婷感慨几句，你会感觉到她内心的耿耿于怀。

后来，爷爷奶奶先后去世，都是邢庭鑫一个人回去的，邢海焱还记得父亲因为母亲拒绝跟他回去办丧事气得脸色惨白，而母亲一听说还要去农村也是当场就脸色大变。父母那时候留下的隔阂像一堵大墙横亘在家里，一段时间父亲采取沉默冷战来抗议母亲的冷漠态度，而在母亲的不近人情的外表下，邢海焱也窥见了她内心的痛苦与纠结。但尽管如此，邢海焱因为同情沉默软弱的父亲，渐渐与强势霸道的母亲在无形中建立起了对抗的情绪。

邢海焱中文系研究生毕业以后，依靠母亲闵舒婷的关系运作，得以留校工作。在可以去中文系任教还是去学校行政部门的选择上，母亲闵舒婷坚持让他去行政部门，理由是行政部门容易接近领导，得到提拔重用的机会比较多。而父亲邢庭鑫却坚持让他去中文系任教，不要丢下自己的专业。于是父母为此争吵不休，直到邢海焱同意听从母亲安排去了学校宣传部，两个人才不在这件事上吵了，却又开始为给邢海焱在市中心买房还是在市郊区买房吵架。

闵舒婷的意思是市中心房价当然贵，因为市中心设施完备，生活有品质，是城市文明的象征。邢庭鑫却笑讽喧闹拥挤的城市文明有什么好，还是有山有水的清静农村好。于是闵舒婷开始讥讽邢庭鑫不管在城市过多少年，还是个只想种二亩地的村民脑袋。

一个还算春风得意的女处级干部，一个官运不怎么畅达的男杂志副主编，家庭氛围注定不平静。尤其母亲闵舒婷为人处世的跋扈世故叫邢海焱很反感，他认为母亲非常无趣和讨厌，但他对父亲的迂就、逃避、虚幻、不现实也很厌烦和不以为然。

邢海焱很喜欢跟舅舅闵桦在一起，因此他受闵桦的影响较大。闵桦看着不拘小节，身上有些散淡的气质，穿衣服只注重舒服，但其实是个讲究细节的人，你就看他茶桌上那些古古怪怪的小茶宠就感觉得到。他早年辞职下海经商，现在在东二环福建茶城开了一个茶叶店，业余时间是个户外骑行爱好者。舅舅虽然出身高知识分子家庭，却没有母亲闵舒婷的孤傲，邢海焱有事没事就去茶叶店，老白茶一品，就开听舅舅讲人生道理，不管谈什么，基本主题都会落在居高者难以避免会享受心理优越，底层群众定会品味人性冷暖。这些话语似乎平常，却充满哲理。但母亲对舅舅却不以为然，嘲笑他就是玩物丧志，人生没有大追求。

有很多时候，邢海焱都觉得父母亲婚姻的组合是个奇怪的搭配，无论脾气秉性、三观，他们俩都存在很大的冲突，不知道三十多年前是什么阴错阳差的缘分，叫这俩冤家配对儿成功了。还是舅舅闵桦告诉他的，原来姥爷平反以后回到大学教书，邢庭鑫恰好是姥爷的学生。邢海焱听了哼了一声，对舅舅说：“故事真老套，我爸才华横溢，我妈天真可爱，都怪姥爷呗，乱点鸳鸯谱。”闵桦却哈哈笑：“才不是呢，正好相反。你姥爷知道，在这个世界上，只有你这个善良温厚的爸爸才能迁就包容你乖张暴躁的妈妈，以你的人生阅历瞧瞧，世界上还有几个你爸爸这样的好人呀。就比如你，能几十年如一日地容忍你从小到老都处于更年期的妈妈吗？”邢海焱听了，吐了一下舌头做了个不堪忍受的表情。

现在，话题回到一家三口分别奔赴的饭局话题上。其实邢庭鑫也是够没劲儿的，虽然叫闵舒婷臭骂多次，没再天天晚上打麻将，却几乎每周至少三天晚上在外头和各种人闲聚喝酒，无论什么人招呼他，什么样的天气，什么时间，全没忌讳，他都会如约前往。有文学圈的、有禅学圈的、有国学圈的、有同学圈的、有老乡圈的、有社团圈的、有读者圈的等等诸多圈不计其数。喝多了回到家，邢海焱听见母亲讽刺他：“你至于那么爱喝酒嘛，对自己越来越没有约束和要求了，什么人你都跟着去，也不怕掉价。”

然后邢庭鑫的回答就有点儿没脸没皮，邢海焱听见父亲赖赖唧唧地回答：“我就一个农民我有什么身价呀，我爱喝酒关你屁事。”然后母亲就哼一声，厌弃地说：“你真是越来越像无赖了。”

邢海焱听见母亲对父亲饭局的评价后，没吱声，自然知道，无论从任何角度，母亲的话还是有些道理的。于是也情不自禁地反思了一下自己的饭局，自己肯定达不到母亲给父亲那么高深的评价层面，自己也就是偶尔在周末的时候放松一下，一群发小哥们儿姐们儿或者同事之间的聚会，有时候喝吐，有时半夜还在街边的地摊边耗着，但母亲还是忧虑地说他游手好闲没有追求。有一次他被训斥急了，就嚷：“我身边年轻人谁都这么混，怎么叫没追求呀，大家都这样。”母亲也动真格了，严肃地教训他：“什么叫没追求，还用我说吗？你爸啥样，你不是天天在看着嘛，一辈子就读了几本书，还读傻了，你身边人啥样你就啥样，他们是你的标准吗？”邢海焱不吭气了以后，母亲也会态度和缓地说：“你应该有个五年计划吧，国家还有十一五、十二五、十三五规划呢，你个人也一个道理，你就想想你五年后啥样，如果还是眼前这样，你就等于荒废了五年的时光！”

闵舒婷是个坚定地信任自己的人，她自己做到了定期清除掉一批不认可的通讯录上的人名，还有就是对必要的和不必要的饭局的选择，定期重新梳理近期应该做的事，应该拉近关系的人，有的关系疏远了，怎么套套近乎，有的关系不稳定了，怎么牢固一下，最近是不是应该跟谁打个电话，跟谁吃个饭。还有就是，她再次用心仔细琢磨上级几个领导之间的微妙关系究竟怎么样，好考虑自己如何定位更准，再次绞尽脑汁掂量一下今天上午领导那句话到底是什么意思，是透话给我暗示我什么，还是警告我别再掺和进去了呢。这些林林总总的大事小情费了闵舒婷不少的心机，完全靠自己深思熟虑做出英明判断，她知道：这个家，指望不上老邢，又老又幼稚。不跟他说，自己做还有谱，跟他说了，不是先义愤填膺声讨，就是费半天劲儿出的那个破主意，要么成事不足，要么败事有余，肯定把自己气得够呛。老邢这辈子几乎就是一个失败者，一没升个大官，二没发了大财，竟然还不惭愧，除了念叨小时候的农村好，就没别的叫他兴奋抓狂的话题，空虚无聊还不自知，哼，知识分子嘛，所谓有学识，没看出来，就看见他没见识没胆识了，实在是无趣的老家伙。

二

虽然在邢海焱心里母亲跟家里的女魔头差不离了，但他承认自己始终是女魔头羽翼下的小小鸟。一般每到周四下午，一向很忙的闵舒婷都会给邢海焱打电话。闵舒婷在机关工作多年，说话从来都没直溜过，永远绕个弯子才进入正题，这是她说话做事一贯的风格。有时候，把邢海焱绕烦了，恨不得丢下电话，或者先去操场跑一圈回来再听她到底要说啥。可是，每次感觉儿子急了眼要咆哮之前，闵舒婷都能恰到好处地把前奏收尾，做到听话听音。

比如，闵舒婷今天先试探着问问邢海焱周末跟女友有什么安排没有。邢海焱吓了一跳，一阵心虚，他还没找到合适的机会和母亲说，他前几天跟女友聂晓丽分手了。所以母亲突然这么一问，邢海焱有点儿受惊吓，他不知道精明的母亲是否已经感觉到了什么没有。还有，他还不知道咋回答比较利索，他从母亲探问的口气里一点儿没听懂她的意思。以前跟母亲说话，他为了避免纠纷，一般会顺着母亲的意思回话，有事没事邢海焱都诺诺连声地说没事。尽管他是很厌烦的，心里知道母亲的意思，嘴硬的母亲不说她惦记他，她要是先说起邢庭鑫啥啥，骂邢庭鑫，邢海焱也不能烦，他也要听着。邢海焱知道，自己每周应该在适当的时候做到成为靶子，叫常年交战不休的爸妈调转枪口，突突他一顿，可以缓解一下气氛，二老可以解解乏，他俩那常年劳顿烦扰的日子也就能因为邢海焱的存在过得正常些轻松些。说好了晚上回家吃饭，邢海焱发了会儿呆，打定主意，晚上不管家里什么氛围，他都要说出自己跟聂晓丽已经分手的事。

可是，等邢海焱回到家里，家里已经很不平静了。父亲躲在书房，母亲正一个人在沙发上嘟囔，见邢海焱回来，算有了听众，母亲好像打算叫自己的气势更足些，但口气突然又一下子软了。这叫邢海焱有点儿纳闷儿，这次父母的冲突又为了什么。

原来邢庭鑫已经跟闵舒婷说了自己打算辞去副主编要退居二线。邢海焱听母亲说完，没表情也没表态，只看到桌子上有打好的鸡蛋酱卤，就只管自己走进厨房，扭脸说："我饿了，面条煮好没有？"

闵舒婷听见，猝然闭了嘴，也进了厨房烧水。盖上锅盖，闵舒婷还是憋不住了，又扭身回到客厅，冲着书房大声教训邢庭鑫："你说你呀，老邢，你多大岁数了，还是不成熟，一个男人没有一点儿担当、没有承受力，一根稻草就压弯了脊梁。"吵吵期间，水开了，邢海焱不搭理母亲，过去煮面，等面煮好，盛了三碗，邢海焱喊父亲出来吃饭。

吃面的时候，闵舒婷继续训斥，渐渐话语还上了层面，指责邢庭鑫从来不讲政治，这个话题拐得过分了，显然邢庭鑫是很敏感的，终于惹翻了他。一直闷声不语的邢庭鑫脸都青了，他啪地丢下筷子，怒斥闵舒婷："你别拿政治当标签了，你以为你能概括出什么叫讲政治，你不仅无知还简直是亵渎这仨字，你眼里的讲政治，无非是趋炎附势、虚伪无耻，还蒙上道貌岸然俨然正派的面纱！"痛骂的当口儿，邢庭鑫忽然联想起他单位的一个叫袁克芳的领导，就曾说他是报业改革路上的障碍，他更愤怒得不行，朝着闵舒婷大吼："你别自以为是了，以为自己做官做得有城府，老练油滑就是成熟，其实你们这类货色才是妨碍政党进步、制度更新的障碍。"

话题到了这么严峻的当口儿，邢海焱马上明白自己必须迅速插入话题了，于是，不等闵舒婷还击的话出口，邢海焱突然抛出重磅消息：“妈、爸，我有个事要宣布，我跟聂晓丽已经分手了。”

气氛忽然停滞。闵舒婷肯定是被击中了，张口说不出话；邢庭鑫显然也怔住了，瞪着邢海焱眼睛眨了眨，还是先反应过来了，缓了口气问邢海焱：“这是什么时候发生的事，你俩不是一直都挺好吗？”闵舒婷脸上冷冷的，眼神定定地盯着墙面，还是不说话，耳朵只等着听邢海焱自己说。

在父亲眼里一直都挺好的恋爱关系，说结束就结束了。邢海焱低下头，没回答父亲的话，尽管没听见母亲说话，他已经从母亲严厉的神情中感受到了无形的压力。

邢海焱自己清楚，他和聂晓丽的感情，早在一个月前就已经出现了微妙的变化。起初邢海焱一直以为，聂晓丽是母亲闵舒婷的熟人给介绍的，家庭情况应该跟自己家差不多，因为在大人眼里，特别是世故的母亲眼里，对方家庭地位是不能忽视的，那么说来不仅两个人是般配的，主要是两个家庭应该也算是门当户对的。当时闵舒婷只说介绍人是可信任的朋友，介绍人说女方母亲在医院后勤工作，父亲在一家房地产企业做中层管理工作，看来，说不好是哪个环节出纰漏了。可能闵舒婷也没细想，也许是对对方父母均是返城知青还有特殊情愫，反正，闵舒婷没考虑那么多，或许她的生活层面的返城知青多是成功者，成了处长、县长、局长、厅长的不少，还有很多个人做生意发迹的，比如她以前最瞧不上的赵建国都成了大富翁。

实际上，同是返乡知青的更多个普通家庭，在二十多年里，他们的命运早已发生了难以预料的改变。聂晓丽的父母从乡下返城后分配进了国营工厂，但是早年厂子倒闭，他们都下岗了，因为没知识没技能，多年来一直都靠打工维持最低收入，家里常入不敷出。从企业下岗后，聂晓丽的父母要承担自己的保险，缴纳了那部分钱后，几乎剩不下什么钱了。就在这样困窘的生活状态下，他们培养聂晓丽上了大学，之后聂晓丽还在电视台有了工作。也就是最近两年，聂晓丽家里的经济情况才有了好转，不仅她有了稳定收入，还有就是她的父亲在知青战友的企业里谋了份物业管理的差事，而且还干得不错升了职，而母亲一直在医院做护工。在邢海焱了解了聂晓丽的家庭实际情况以后，并没有把这些事情告诉家里，他知道母亲是个矫情事多的人，说不定她还要去找中间介绍人，埋怨几句说点儿没用的不中听的话。对于邢海焱自己，也并不是因为知道了聂晓丽父母的实际情况就歧视她。两个人之间关系的改变，倒是因为聂晓丽自己有了另外的想法。

与邢海焱不到一年的相处，聂晓丽发现自己已经不能再忍下去了。首先是邢海焱毛病很多，比如很不成熟、自命不凡、轻狂自恋，动辄埋怨别人，做一点儿事儿就期待回报。其次她不能接受的是，邢海焱对未来没目标没想法。虽然大家都是在没有坚定长远信念的年纪，可是也不能整天浑浑噩噩。再次，同时也是最主要的，邢海焱对自己若即若离的态度。他其实一点儿都不了解自己，特别可恨的是，他似乎也根本不打算了解她。这叫哪门子的恋爱呀，这让自尊心很重的聂晓丽受了伤害。最后便是，聂晓丽心里觉得，也许还算善良的邢海焱之所以什么都不问她，是他以为聂晓丽自己自卑，怕伤害她。而实际上，聂晓丽的真实的想法是：她才不觉得自卑呢，有什么可自卑的呢，看你妈那个满脸优越感的表情，还有那个颐指气使的傲慢架势，得了吧，那才是自卑呢，靠虚伪巴结谄媚混了个小官，还真就以为自己最成功了呀，哼。

打算跟邢海焱摊牌分手的那天晚上，聂晓丽没有一如既往地做好饭菜摆在桌上。等邢海焱开门进屋，看到聂晓丽化了妆从沙发上站起来显然正等着他，邢海焱瞬间有种不同寻常的怪感觉。

“别换鞋了，我的北京同学已经到了，等着咱们呢。”聂晓丽没什么表情地说。

在车上，邢海焱一头雾水地看着聂晓丽，觉得她今天除了口红颜色古怪之外，好像还有什么地方跟以前不一样。邢海焱特不喜欢口红颜色夸张，还讨厌眉毛画得特粗重。聂晓丽今天的口红颜色就格外夸张，但邢海焱却不知道该说什么。等进了北国先天下包间，邢海焱心里一惊，他清楚看见一个陌生男人正襟坐在那儿，一看那男人看聂晓丽的眼神，邢海焱马上判断出这个男人跟聂晓丽有关系，就已经明白了，心里对聂晓丽说，你行，真是尿人办大事。

这个男人就是卢晓明。卢晓明就是聂晓丽刚认识邢海焱的时候交代过的，号称真的分手了的前男友，聂晓丽说他一直在北京发展。一年之前，聂晓丽跟他分手后经人介绍跟了邢海焱。邢海焱在假装淡定地坐下的同时，眼角的余光就察觉到他俩的眼神里传递出不约而同的彼此同盟般的默契，一瞬间邢海焱就感到，三个人的房间里只有自己是超级大傻瓜。聂晓丽还是不说话，可是静默的气氛还是令邢海焱的心里就有了不寒而栗的感觉。也许，不到一年的时间里，世界上最惨最丢脸的男人就是自己。

之后，人家卢晓明占主动，叫服务生来点菜，再接着俩人一起跟邢海焱道歉，最后告诉他说，他们俩经过快一年的互相折磨，终于发现彼此才是真爱，还说，聂晓丽已经跟电视台辞职了，明天就跟我去北京了。

邢海焱出来后，上了出租车，还在蒙圈中，看着车外，想起不少电影里的情节，但都跟自己眼下不同，不仅手上不挥刀，脑子竟然还麻木。回到家进了门，空旷里忽然酒醒，他还笑了一下，给自己定义，这个家，真是个歇脚处。聂晓丽跟自己同居一年，却跟另外一个男的隔空真爱着。所以，如果挥刀，应该冲自己，冲别人，等于侮辱自己。

邢海焱脑海里回忆起聂晓丽送他出来在他耳边说的话，聂晓丽说话的口气非常平静，她说："邢海焱我了解你，知道你不会难过多久，只是暂时可能有些不适应，毕竟你自己照顾好自己的生活还是要适应一段时间。不过我觉得阿姨很快就能给你找到一个新伙伴照顾你，这是早晚的事，我知道，你们家看不上我，阿姨看不上我。"

这话把邢海焱从痛苦里唤醒了，伙伴，这词用得好。他躺在床上，自己忽然纳闷儿，觉得刚才一起喝酒的那个男人，好像是自己跟聂晓丽分手事件的事外之人，对他，邢海焱怎么生不起气来呢。说了啥，不记得了，还有邢海焱吃了啥，不记得了，反正被人家俩弄得胸口很堵。邢海焱揉着胸口开始反复劝自己，一遍遍历数聂晓丽的坏处。数了半天，好像不到一年里聂晓丽留下的都是好处，数来数去，就数累了。从冰箱拿出啤酒，两瓶下去邢海焱又开始历数自己平生遭遇的惨痛。

现在，终于趁机说出来了，在饭桌前，不等闵舒婷问，邢海焱就自己全说了。不知何故，就在这一刻，另外一个念头突然冒出来：他们学校叫报名下乡去西召扶贫的事情。事先，邢海焱完全没有这个打算，只是很偶然跟同事喝酒时议论的。

可是此时，他忽然跟父母撒谎说，学校宣传部已经决定了要派他下乡扶贫。邢海焱知道父母肯定要问个不停，这会儿给他不平静的心情一个缓冲，好完整交代下一个情况。邢海焱前几天也已经从学校的告示栏上看到了学校又在叫报名呢，今年还要派人下乡扶贫，还是去学校新的定点扶贫地。巧合了，这个扶贫地就是西召县坡坝乡枣树湾村，这个乡跟父亲他们乡是一南一北，更巧的是，扶贫村正是同学高伟志他们老家那个村，上次已经问过他了，弄得高伟志激动半晌。

闵舒婷当然就信了，因为她自己单位也有扶贫任务，她还负责安排人选呢。这个儿子显然失恋受刺激了，所以才突然报名下乡的。

她急了，满脸五官跑位，连声问："谁叫你去的，是你自己主动的，还是单位领导叫你去的？"

邢海焱脸上却很平静，张口说是他自己主动的。闵舒婷更急了，五官完全挪位了，指着邢海焱的鼻子训斥："这么大的事，你怎么敢自己做决定，你咋不跟我们商量商量呀？"

邢海焱继续装作不以为然，声音也不高，口气很随意，说：“多大点儿事呀，不就扶贫呀，就一年，没多远，不到一个小时就到了，说是贫困县，据说也不怎么穷，根本不是事儿。”闵舒婷急得站起来满屋子转：“你知道什么，你根本不懂政策，现在这形势，下乡一点儿用没有，根本不会提拔不说，还耽误你在现在的位置上进步。弄不好，你现在的位置也丢了，你说你能承担嘛，赶紧告诉我，这个事情确定下来没有，能不能不去？”

邢海焱有点儿烦了，索性用确定而强硬的口气说：“不能。”接着拿眼睛瞪着闵舒婷，意思是叫她闭嘴。闵舒婷使劲儿出了口气，坐下以后，感觉这儿子已经逆反了，掉头冲着一直不说话的邢庭鑫，意思是该他说了。邢庭鑫还是不说话，眼珠在邢海焱跟闵舒婷身上转来转去。

闵舒婷心里有点儿乱，她就跟刚想起来似的，又站起来，问邢海焱：“对了，聂晓丽什么态度，支持你去吗？”这下，邢海焱忽然淡定了，一边站起来准备走人一边轻描淡写地说：“我刚才不是说过了，我俩上周就已经分手了。好了，别问那么多了，这事我不打算回答你们什么的。”

邢海焱从家里逃了出来。虽然身后没了家里父母一连串追问的逼迫，好像心里没那么紧张了，可是，他很快发现，还是有痛感，心里已经浸透了，像在海面上漂着，海水苦涩，涌进口里，这是失恋的痛。想来想去，邢海焱还是不太明白，事情发生得太突然，就好像不是真事。可是，明明发生的这一切好像也早就有预感。想来想去，自己都快纠缠不清了，大概的实质是，邢海焱的自尊心被聂晓丽重重地伤害了，而他还一直认定，尽管自己没那么爱聂晓丽，但总不会随便就伤害她，毕竟从认识她，她就照顾他的生活，照顾得真的挺好的。

此时还能够有理智地做到反思一下自己吗？邢海焱强作镇定吧！说到自己的性格，有时候是不是有点儿像母亲闵舒婷呀，母亲肯定传染给他了，可是心里并没变态呀。邢海焱继续想找到自己的可憎处。在这充满纷扰的家庭环境下长大，按照聂晓丽的说法，自己是有点儿清高逆反，情绪不定，还总自相矛盾，性格具有多重性。但另一方面，邢海焱觉得自己自觉意识很强，个性鲜明性格真实，偶尔突然发飙却勇敢坦诚，根本没有什么利己心。说到外表，在性情女孩眼里他还算是很帅呢，不算黑，五官有几分清秀，光凭一米八的身高就绝对能站住脚。当然，与同事关系相处不好，这点儿他承认，但是看跟谁。

顺便补充一些吧。邢海焱的个性弱点，表现在感情生活上就是自恋自私，自以为是，显得冷漠没责任心，随波逐流，叫女孩没有安全感。自二十二岁涉入爱河，邢海焱的女友吹了一个又一个。起初闵舒婷觉得聂晓丽长相还算可以，就是父母没什么像样的社会地位算是缺陷，但他对第一次见面的聂晓丽印象深刻的是，这个女孩显然很勤快，很有礼貌。后来进了家门，干活很主动，话也少，对邢海焱表现得非常贤惠，天天给他做饭。说到做饭，邢海焱觉得很饿。

第二天一早，邢海焱完全清醒，是因为闵舒婷打过电话来，没跑，还是问他下乡扶贫的事情。邢海焱以为只是作为借口的这件事情可以轻易过去了，但母亲却不停地捣鼓，还说她要去找邢海焱学校的领导。这叫邢海焱一机灵，不等邢海焱拿定主意解释，闵舒婷忽然又问起聂晓丽咋回事，还问是谁的问题。在闵舒婷的叨叨声中，邢海焱脑子就清晰地决定了，好像也没那么复杂，自己怎么就不可以下乡扶贫呢？！他当下忽然来了精神，先敷衍着挂了母亲的电话，然后迅速穿衣、洗漱、下楼、开车、去学校，到学校后，他做的第一件事就是报名下乡扶贫，为什么去呀，躲开这恼人二老，去村里图清静吧！

三

邢海焱不是除了聂晓丽就没别的女孩了，他有几个暧昧备胎女友。这里面包括有发小富二代奋斗女赵闵、小市民心机女李雯、穷人家物质女张艳霞等。说来邢海焱评价这些女孩的言语都很刻毒，可是他并不是讨厌她们，他和她们长期在一起还挺笑哈哈的，不管她们谁叫他出来陪着吃喝闲扯，邢海焱都能准时到场奉陪，她们给过他兼职暖男的称号。

于是，聂晓丽离他而去，邢海焱第一时间还是想到了这几个很能闹腾的城市“作女”，和她们在一起至少不觉得孤独。

孤独是个什么东西呢，对于还没有产生思想的能力、还没什么阅历的年轻人来说，孤独是多么令人恐慌。

还有就是西召青年高伟志。邢海焱在大学时，他们最合得来，邢海焱的父亲也是西召的老家，这也是俩人自然靠近的原因之一，虽然邢海焱完全是个城市青年。

高伟志，高大威猛眉眼俊朗，绝对是个帅哥。虽然是从西召县农村来的，但在大学的时候，高伟志在网上认识了一个女孩子，线上到线下，两个人热烈相爱后，才知道人家是北京人。难题出现在大学毕业的时候，因为女友是北京人，希望他能够去北京工作。这使得高伟志有些为难，因为，他也面临着远在西召县老家亲人希望他学成回去工作的期望。

高伟志的爷爷在西召县坡坝乡枣树湾村，担任贫困村的村书记快四十年了，但村子依旧贫困。而高伟志的父亲已经担任了西召县的乡镇干部，虽然爷爷和父亲都期望他回来，但对他的期望却并不一样。爷爷希望他回到枣树湾接自己的班，当村书记，改变这个村的面貌，摘掉贫困村的帽子；而他的父亲高占理却已经给他安排好了西召县财政局的岗位，觉得这样的定位才能使他大有作为。这个安排，连只上过职业技院的高伟志的堂弟高赫都嘲笑，上了大学谁还会回到村里呢？高赫虽然自己没上过好大学，但他却也不肯留在村里，说小山村没意思生活枯燥，早去了省城一家公司当保安，收入不多，还总朝村里种大棚的父亲、高伟志的叔叔高国兴要钱。

其实高伟志彷徨过，也曾经试图说服女友跟自己回西召，这自然遭到了女友的拒绝，女友还奚落他有回老家这想法都是没有大志。高伟志心里也并不认同女友这个说法。对于高伟志来说，拥有美好爱情的同时，假如能在北京闯出一片天地，何尝不是他的更大期望呢，但这条路并不好走。

高伟志当初因为没有选择回农村老家，还跟父亲起了冲突。邢海焱还记得高伟志他爸爸那时候的样子。有一天下午高伟志急匆匆到学校篮球场来找他，说他爸来了，叫邢海焱跟他一起去见他爸爸。邢海焱不明白，让他跟着去干什么，看高伟志那满脸的局促不安的样子，还笑问他："你咋了，犯什么错误了，你爸爸来揍你来了'咋滴'，你爸拿着棍子来了？还叫我帮你壮胆。"

高伟志着急地解释："过一会儿，你在一边待着就行，我爸就不至于特急眼，他会顾外人面子。"等见到高伟志的爸爸，邢海焱就更意外，完全不像自己想象中的农民，外衣领子里露出来竟然是白白的衬衫，穿戴很讲究，完全超过自己城市知识分子邋邋遢遢的邢庭鑫爹地，皮肤不粗糙也不黑，头发很光。显然，高伟志以前没交代清楚，他爸爸绝对不是农民，至少不是种地的粗糙农民。

高伟志爸爸那时候就是他们县一个邻乡的乡长了，他拒绝回家，等于拒绝了父亲为他谋得的县财政局的公差，所以高乡长气急败坏追到学校也情有可原。后来，高伟志还是违背了父亲的意愿去了有爱情的大北京，几经周折终于也找到了在私企的工作，当然身份就是没有户口的京漂。

转眼三年多时间过去了，邢海焱研究生都毕业了，从俩人一直保持的通讯联络的信息上看，高伟志情况不甚良好，似乎他对北京的一腔激情，也叫岁月给狠狠蹂躏了好多次。问起他以后的打算，高伟志也说在思考，他多次跟邢海焱表示，他伟大的志向看来在地理方位和区域上，要重新定位了。邢海焱还奚落他说绝大多数京漂都难以走出虚荣和硬撑的怪圈，在老家冒充北京人，白天工作在一二环不假，其实每天很晚坐两三个小时的车颠簸到燕郊睡觉，看来高伟志要是个例外。

从大前年开始，邢海焱所在的学校就参加了全省的扶贫活动，定点扶贫县就包括高伟志的老家西召县。邢海焱跟高伟志说，具体的扶贫村可能就是高伟志他们家所在的坡坝乡枣树湾村。邢海焱还说，他因此先想起当年，穿着雪白衬衫的高伟志的乡长父亲。他问高伟志："你爸爸穿戴齐整，衬衫雪白，我怎么从不知道你们老家还是贫困县贫困村呀。"说完，他又想起当年高伟志拒绝成为一名贫困县的财政局工作人员，更憋不住笑。高伟志却不笑，用很关心的口气问邢海焱："你报名了吗？"邢海焱只是笑个不停。邢海焱是觉得，这个跟高伟志有关联的地方，竟然跟扶贫这档子事情挂钩，而因此叫他想起高伟志穿雪白衬衫的乡长父亲，实在有点儿滑稽。

邢海焱跟聂晓丽谈恋爱的时候，觉得自己是一个对自己都渐渐失去耐性的人，聂晓丽的耐心却令他很惊奇。聂晓丽是电视台的编辑，工作也很辛苦很忙碌，还做到天天早起出去给他买喜欢吃的煎饼果子。这让邢海焱觉得聂晓丽不虚荣，当然也不光是因为持之以恒的煎饼果子，还有就是聂晓丽可以大部分时间素颜面对他。他们俩有一段时间看上去很协调，好像肯定会结婚的样子。但邢海焱毕竟还没结婚，还有其他的原因，他并没有跟还是单身的几个女生完全断交。

先说发小富二代创业女赵闵，他俩几乎在幼儿园时就一起玩耍了。赵闵从新西兰回来以后，就一直在坚持创业。她是学园林设计的，市经济开发区生态示范城园林规划的竞标成功，证明了她的实力，当然也包含她身后资本的力量。她爸爸是当地著名地产商赵建国，给女儿创业以强大经济后盾。邢海焱和赵闵本来两小无猜，赵建国还是跟闵舒婷一起下过乡的知青，按说这属于父一代子一代的关系，都互相了解。起初，孩子们上小学的时候，两个家庭的关系还行。到了中学的时候，赵建国搞运输和地产发财了，闵舒婷就开始反感赵建国的张扬抖富，然后轻蔑地说赵建国赚来的第一桶金子的手段很卑鄙，背地里嘲笑赵建国全家那穿金戴银的身材都很雷同“土肥圆”。再之后，闵舒婷明确地警告邢海焱，不许跟“土肥圆”的闺女小“土肥圆”有来往。后来，闵舒婷嘴里的小“土肥圆”去了新西兰，去年学成回国，邢海焱跟同学们一起给赵闵接风。回来以后，邢海焱挺高兴，因为赵闵的婴儿肥没了，身材完全瘦下来了，面庞也美丽了很多，但是他还是憋住了没跟母亲说什么，就是因为特怕闵舒婷知道叨叨个没完。

至于小市民心机女李雯，邢海焱见一次挖苦一次。李雯是邢海焱的同事，两个人还是读研究生的时候在文学社认识的。那时候，邢海焱眼里的李雯挺好挺单纯的，不知道咋弄的，留校以后李雯变得啥事都特主动，这一点吓跑了邢海焱。后来，邢海焱就因为这个李雯，逐渐小看自己一直很尊重的德能勤廉的宋洪斌部长，自己也不愿意提及爱好文学了。你说宋部长是有点儿傻呀还是迟钝呀，以前还觉得他写过诗，好歹曾经是才子，可是，竟然跟李雯一起探讨诗歌，谁都看得出来，李雯为了靠近宋部长，才开始写诗。据说她以前在团委，是跟张书记一样爱好写小说的，到了宣传部，才迅速改成写诗。为了跟宋部长排到一天值班，李雯宁肯周一换周六，每次周六晚上值班，她就先洗头，头发湿漉漉的，便拿着一首诗去叩响宋部长的房门。整得大家都在背地里怀疑宋部长是不是也有所有男人的弱点，大家都鬼鬼祟祟、心照不宣。说到这儿也很奇怪，邢海焱总瞧不起人家，见面就攻击人家，咋还断不了跟人家见面呢，这说明他自己也是无底线男。

邢海焱通过高伟志认识了穷人家的物质女张艳霞。她是高伟志的保定老乡，起初听高伟志说她的家也很穷，还有三个妹妹。邢海焱还挺怜悯她，不了解她之前还以为这闺女会很乡野质朴，没想到第一次见这穷地方出来的姑娘，竟然也是闭月羞花。就在邢海焱差点儿以为自己一定会爱上她的时候，张艳霞冷不丁露馅儿了。这女孩不得了，被邢海焱看见在一些场合扮演星巴克“逼格”，浓妆盛装像是马上要去参加某财团唯一财产继承人的化装舞会，但其实她的真实身份，就是个即将倒闭的小国企的小会计。这叫邢海焱很是长知识的案例，就叫：“作”女人非同寻常成长的旅程吧。张艳霞平素脸上总是挂着不食人间烟火的清冷神情，接触久了，男人就笑了，知道她衣服里的躯壳，浸泡的全是坐享其成、不劳而获、安逸和安乐的媚骨。

其实，比较刻薄地给几个还想靠近他的女孩那么低评价的邢海焱，对自己的评价也就那样。他最近这两年是有些颓废和沮丧的，不完全是因为在学校无目的混着无聊，感到失望；或许爱情没什么激情也不只是另外一个原因。

那是什么原因呢，叫他本来一个朝气蓬勃、积极向上的励志青年，叫他那些可贵的青春的稚嫩葱心绿，在跟随网上喷子发泄多余荷尔蒙的过程里，纷纷褪掉了鲜亮的颜色。

那天闵舒婷和她的朋友，聂晓丽还有邢海焱四个人吃了个晚饭就算介绍完了。聂晓丽家是外地的，在电视台有宿舍。回家的路上，闵舒婷看邢海焱还是跟以往介绍对象时一样神情飘忽不以为意，就着急了，采取的措施是，不顾邢庭鑫的反对，很快在外头买了邢海焱期待的大房子。

当时这真合了邢海焱的心思：我自由了，我的妈妈真好呀。不好的就是天天跟爸爸吵架，啥事都以指挥命令的口气，烦人；还有，就是绞尽脑汁琢磨怎么巴结领导这爱好叫人很腻歪，一生不止步就惦记着升官。

转眼到了那个夏天的晚上，邢海焱跟聂晓丽去看了一场电影的时候，黑暗和酒精的作用，令邢海焱对她有了冲动。聂晓丽也主动交代了跟她好过多年的男友的分手，绝对是彻底分手，不是假分手，那男的也去北京了。邢海焱当时真的没上心，觉得她没必要这么矫情提起那些过去的事，谁没几个前任呀，就是假分手遇见了他也就真分手了，就凭他邢海焱，她还不赶紧地上来巴结。邢海焱确实没细想，自己怎么能是备胎的料子呢。总之，那个晚上，他俩二话不说，进屋就那个了。

之后，聂晓丽就搬到大房子住了。狡猾的闵舒婷不动声色，什么意见也不发表。其实趁着他们不在的时候，她早到俩人的府邸侦察清楚了，估计是看到卧室卫生间跟厨房都出乎意外的干净，才觉得不表态好些。邢海焱知道妈妈不表态并不是就特别满意他现在的生活，也不一定就是觉得聂晓丽是他未来老婆的不二人选，只是觉得老妈是这样的设计，他总要经历有女人在身边陪着成长的过程。这一点的自私，母子俩是完全一致的，但事情没有按部就班地发展，已经出乎了他们的意料，买煎饼果子的聂晓丽有了变化，那就是去北京给前男友买煎饼果子去了。

度过了危机期，邢海焱自己心里稍微不那么起伏不定了，觉得母亲单位有不少事情，是不太可能还跟他继续发飙了，他又想起了父亲说是要退二线的事情。邢海焱知道父亲有许多年心情并不是很顺畅，跟单位有的人总是别别扭扭的。从儿子的角度，他自然知道父亲的为人，原则上肯定不会是父亲的错。他从小看父亲进出单位，父亲跟任何人相处一直都是儒雅的，说到别扭，也就是跟单位的一把手袁克芳关系非常拧巴。

说来也是，邢庭鑫在岗做副主编二十年，上头主编已经换了三个了。眼前这个新来的主编比邢庭鑫小十五岁，以前干过什么不清楚，还没上过正经大学，就听说他爸是这个行业里掌权的人物。很快，因为袁克芳是个外行，从办杂志到经营，他的志大才疏和不着边际就叫办了一辈子杂志的邢庭鑫气闷。而且这个袁克芳还在百忙中经常抽空去上级领导那里，多次汇报邢庭鑫就是杂志融合转型发展路上最大的障碍。

要知道平素袁克芳当面对邢庭鑫很尊重的。邢庭鑫之后几次领教了袁克芳阳奉阴违的嘴脸之后，那个寂静的下午手捧着越来越陌生的杂志，终于感觉半生所有的来自这沓儿纸上的暖意已经逐渐地消退，很快，自己将退出这个舞台了，也该早下决心，该下决心离开这份可恶的“小人办的小刊”了。

那天，邢庭鑫跟闵舒婷吵架，其实以前不知道急眼怒吼过多少次，但这一次，显然是真气急了，老书生的狂飙和刻薄还是叫邢海焱很震惊。之后不久，邢庭鑫真的辞了副主编成了一个普通的编外编辑，实际上，还不是一个普通的编辑，等于提前二线了。那以后，老邢休了年休假，说是要回老家西召，却不动身，说了几次，直到休假结束了，还念叨。这次，闵舒婷不吱声了，爱说啥说啥，邢海焱也偷瞄过几次父亲的脸，并无大恙，也就不甚在意了。但是，其实邢庭鑫的性格也已经有了改变，他开始反击了，跟以往完全不同，他现在还动辄找闵舒婷的碴儿吵架。休假结束上了几天班以后回到家，也并不高兴，从菜市场买菜回来，白菜里头烂心了，辣椒个儿太大，西红柿味儿不正，他也会很生气还骂人，动辄扬言要自己回西召农村老家种地种菜。其实，邢海焱都知道，老家哪里回得去呀，早没人了也没地的，邢庭鑫老头儿真是要小孩子脾气。这一下子，闵舒婷反而都怕了他了，偷偷跟邢海焱说：“我看呀，你爸爸是更年期了。”邢海焱不明白，说：“不是女人才有更年期嘛，我爸没事吧。”

邢庭鑫变成真的老“愤青”了，在他眼里，这个城市到处都是毛病，空气里都是雾霾，所有进嘴的东西都那么叫人不信任，就剩下一样，那就是他喜欢的田园农村哪儿哪儿都好。邢海焱听人家说，有个病叫退休综合征，也是老年忧郁症的一种，他就很担心父亲的心理健康。

而他自己呢，邢海焱真的已经报名下乡了。他也不知道，是不是有什么事情在后面催促他，也不是就要逃避什么，或者忘记什么，或者去期待什么，去懂得什么，反正，打定主意了，一旦被批准，年后就出发。他也算是跟父母亲打过招呼了，如果没有什么变化，就还是去西召县坡坝乡枣树湾村。

四

没多久，学校有关部门就通知了邢海焱年后准备下乡，这下，事成真的了，而且还是扶贫队队长，不是逗着玩儿的。接到通知的时候，学校已经放寒假了，给他通知的人也没说什么，就说年后会去省里集中培训。

邢海焱中午回家吃饭，父亲在家里。父子俩身边没有聒噪的闵舒婷捣乱插嘴，谈话气氛很是平和。邢庭鑫问了邢海焱下乡的事，邢海焱说肯定去。他看父亲脸上没啥特别的表情，就补充说，我想去看看咋回事。这时，邢海焱看到父亲在点头。过了会儿，坐到桌前了，邢庭鑫才用很轻松的口气说，他自己的态度，不仅支持邢海焱去农村，还非常羡慕呢。邢海焱也看出父亲真的很高兴，心里也就放松了，就赶紧倒了酒，父子俩喝了点儿以后，邢庭鑫话多起来，说着说着，话里就有了心头郁结的东西，老邢忍不住开始说起自己对现状的不满和不甘。

老邢叹了一口气，说话语气也有气无力，对儿子说："我是老了，没机会了，其实在单位干了近四十年，就是在办公桌前坐了四十年，自己这一辈子又耗心又耗神，现在精气神全耗干了，也就结束了。"看着邢海焱没态度的脸，他提高了说话的声调，先是感慨又是提醒，更像是鼓励，"你没问题，你多年轻，上了那么多年学，怎么也是文化人，别觉得文化人就什么都比别人懂，不是那么回事，人要进步成长一定需要生活的积累，掌握各种学识，拥有更多人生阅历，这样，人才可能再上一个新台阶，思考问题才能更上一个新高度。”

其实以前，邢海焱也不怎么爱听父亲这类型的谈话，站位太高，理论性很强，就显得有些空洞乏味和抽象。他总觉得父亲就集中代表老知识分子的毛病，就是说啥都行，干啥啥不行。所以邢海焱对光会说不会练的父亲也不以为然，当然，谁家孩子不都一样，厌烦老子的各种说教。虽然邢庭鑫也总是说教，但邢海焱还不至于一听就冒火，他觉得父亲本质上还是值得他尊重的，有闵舒婷的为人处世的虚伪世故在一旁比较着，邢海焱没有看到邢庭鑫在任何事情上有庸俗谄媚的行为，就觉得父亲的品行还可以。

放假了，邢海焱也没有女友了。周末没事干，清早邢海焱又去找舅舅，舅甥俩一起去西山骑行。骑了大概两个小时，闵桦停下来喝水。已经进了山区，看到周围的山显出冬季的荒凉，山路上几乎一个人都不见，邢海焱就告诉舅舅过了年自己就要下乡的消息，还说，可能要受苦了，因为听说那个地方很穷。邢海焱打量一下四周，笑了一下说：“听说还不如这里呢，好歹这里挨着公路交通方便，学校说我们去的地方在半山腰上。”闵桦上了车子，继续骑车，起初没吱声，过了会儿看见一处农家院，院里有石头桌子凳子，两个人进去休息。闵桦仰头看着不远处的大山，也不看邢海焱的脸，无所谓的口气问他：“你和你的女友出什么问题没有？”

邢海焱想解释，他说：“我不觉得是因为聂晓丽走了，我负气下乡的。”闵桦没说话，邢海焱继续说，“是吹了，但是，这绝对不是我下乡的全部原因。”

闵桦却接上他的话，笑着说：“这不是个问题，是这个原因也没什么，你至少能迅速找到一个释怀的机会改变心情。下乡受点儿苦更不是问题，那能是什么问题呀，你以前不会做饭，下乡以后会做饭了；原来你不知道真正的农村生活是什么样的，下乡以后知道了。这全是收获，要真是这么多可贵的收获全是因为你女友离开你获得的，说明这个女友就应该离开。而且，我早发现了，你一天到晚鬼鬼祟祟的，那天我可是亲眼看到了。你家门口那个开路虎的，不是你女友吧，有钱的女孩送你回家，对吧。这下，你不是更有了重新选择的机会了嘛。”闵桦狡黠地笑着说。

邢海焱赶紧解释：“那个女孩是我的发小赵闵，舅舅你眼挺贼呀！”

邢海焱就佩服舅舅这一点，教诲人的方法有他的特别之处，总是浅入深出，而不是深入浅出。舅舅的性格开朗诙谐，传授人生哲学，总是按照自己的方式启发他，好像是在以教他坏的方式教他学好，以生活工作中的小事教会他人生大道理，以幽默逗笑的方式让他学到了正经。闵桦的话叫邢海焱听着顺耳又舒服，心里也感到好像卸下了一块大石头，双腿也来了劲儿，车子也越蹬越快，舅甥俩一路欢笑。

和舅舅骑行回来，出了一身汗的邢海焱觉得满身舒服，特别是心境非常清明。而且，对于下乡的事情，也没有那么绷着劲儿那么紧张了。晚上回到家，他又看到父亲邢庭鑫一个人在喝酒，不仅喝了不少，竟然还光着脚。这叫邢海焱心里有些诧异，那天中午回家跟邢庭鑫吃饭，父亲还明明白白教导他，条条是道理，还让他很受启发，这个晚上，又发生什么了？但邢海焱不动声色，只是也脱了鞋，光着脚，走过去。

邢庭鑫是喝多了，见儿子进屋，挥手招呼他过来，就倒酒。邢海焱问邢庭鑫，你没事吧？邢庭鑫啥也没说，又一满杯仰脖子倒下去。

那晚上，月亮很好，趁着闵舒婷没在家，邢海焱也没太制止父亲，自己也倒了一杯。邢庭鑫忽然对邢海焱说：“我没喝多，自从我要退二线的消息在报社传开，就没什么人招呼我喝酒了。”邢庭鑫讪讪地接着说：“以前下班前我要是在那儿坐着，小年轻的都会过来招呼我请我吃饭，现在，人家到点都去食堂吃饭了，没我什么事了。”邢海焱赶紧接上话：“不跟他们喝不更好呀，身体反而更好，想喝跟我喝。”

父子俩在阳台看着天上的月亮，邢海焱老实地听着酒醉的父亲满腔二线的感触，他的声声叹息，他回忆坎坷往事那一刻满目的苍凉。邢海焱不知道如何安慰，那一个晚上，只任凭父亲说他想说的，他自己就是一个晚上陪伴在侧相对无言。

晚上，邢海焱、高伟志微信上视频了，邢海焱告诉高伟志自己报名下乡了。高伟志一听哈哈大笑，说那行了，我爷爷的帮手加对手来了。他是村里的书记，当了四十多年了，那老脑筋，你过去把他换了正好。邢海焱听了，感觉高伟志不太信自己的话，只好又正经地说了一遍，说自己过了年就真去枣树湾村了。

高伟志信了，然后就还有些过意不去似的，一个劲儿说：“不好意思，不好意思，我的家乡我不管，叫你一个城市人去受苦了。”邢海焱呵呵笑说：“你内疚了，内疚了就赶紧回来得了。”又说，“还是得了，北京妞儿多好，还是在北京待着，我替你把该干的活儿干了得了。”

高伟志好像显得也很激动，不停地给邢海焱介绍他家乡的事，什么好玩儿，什么好吃，说着说着卡住了一样，欲言又止。

邢海焱敏感了，问他：“你女朋友没事吧？”

高伟志避开话头儿，就只说也想回家看看，太想家了，到时候肯定回去跟他在村里见面，捉俩黑头鸡炖了，叫他吃吃有多香。

话这么一说，日子就过得超快，转眼春节就过了，开学以后，学校就通知报名下乡的老师去参加组织部统一培训。结果，邢海焱意外在培训会上遇见了也是宣传部的孙乾，之前并没有听说他也下乡。孙乾说：“原定好下乡的那个人的家里老人突然病了，是宋部长的意思，让我代替，也下乡锻炼锻炼。”

邢海焱嘴上什么都没说，其实心里挺别扭，他不喜欢孙乾，还以为下乡能讨个清静呢。孙乾也好像看出邢海焱的想法了，凑上前瘪着腮帮子神秘地说："邢海焱，我觉得你还没明白，其实你应该感激我，宋部长既然叫我去，就说明领导其实也很重视下乡。我本来不想说，还是告诉你吧，我听说，咱们下去相当于是后备干部锻炼，等回来就能提拔，而且上级也跟我征求意见了。"说完孙乾挤挤眼，"这是内幕，你明白了吧。"

邢海焱觉得好笑，没好气地说："你真能给自己造幸福的谣言，我报名的时候咋没听说有后备干部这一说呀。你可真会解释，你一去，下乡就成后备干部的福利了呀，可惜我不打算叫领导重视，希望你多努力，不光耍嘴，干点儿真格的，你要是还是光会耍嘴，什么都不干，那是农村，离领导远着呢，我可不配合你。"

邢海焱临出发前，接到高伟志电话，问他什么时间动身，问用不用他先跟他爸联系一下。邢海焱知道，高伟志的爸爸如今就是坡坝乡的书记。邢海焱说："你爸爸已经知道我们的行程了，因为驻村干部先去县里然后才到乡里报到。估计县里开会的时候，你爸爸会在县里，到时候领我们去乡里，我们也不认识路啊！"高伟志嗯了几声，又问邢海焱怎么去，路上几个人同行。邢海焱说自己开车，同行的有俩同事。高伟志就问，能捎带一个人不？

高伟志说叫捎带着回枣树湾村的人是他的堂弟高赫。邢海焱以前只听高伟志说过几次。等临行的早晨，他和孙乾，还有另外一个扶贫干部，机关党委的曹福军，三个人一起在高速口等了半个小时还不见高赫的影子，电话里说早晨起晚了正往这里赶。邢海焱嘴上没说什么，心里就有点儿觉得这个高赫做事不着调。终于马路对面有俩背着大包袱的青年男女冲他们喊着，到了跟前，邢海焱就有些脑袋蒙，高赫还带着一个女孩，还有两个大包袱。

路上，问及高赫啥情况才得知，同行的女孩姚梅梅跟高赫要结婚了，所以才一起去枣树湾看看。邢海焱忍不住好奇地回头打量这俩人，看上去，高赫不会超过二十五岁，姚梅梅估计还不到二十二岁吧。邢海焱问高赫："你现在做什么工作呀？"高赫说刚辞职。

又补充说，梅梅也辞职了。邢海淼就更糊涂了。孙乾也更好奇："你说你俩都已经没工作了？还结婚，啥意思，为什么辞职，结婚也不用先辞职吧，你俩以前干什么呀，说辞职就辞职？"

面对一大堆问题，高赫却很轻松，说不是因为要结婚才辞职的。他说去年夏天的时候自己在夜市给饭店烤羊肉串炒海鲜，赚了点儿钱。到冬天出来找活儿干一直不顺利，过了春节才又出来的，还是没找到好活儿。后来他在一个仓库刷瓶子、贴商标，给钱太少就辞职了。现在钱花没了，房东不叫他们住了。

邢海淼忍不住插嘴："制造假冒伪劣商品的仓库吧。"高赫嗯了一声说："也不是假冒伪劣，那个仓库特别大，什么东西都有，吃的喝的用的都有，就是过期了换换商标都能吃和用，我们干活儿的时候饿了都吃过喝过，没事死不了。"孙乾看一边的女孩不言语，就主动问女孩："你呢，也是刷瓶子的吗？"女孩咳嗽一下矜持地说："我在一个公司做事。"

"什么公司？"邢海淼也好奇。姚梅梅回答："一个正经的文化公司。"

"什么正经的文化公司？"几乎一起问的，邢海淼和孙乾，他俩大概都觉得这俩小孩干的事都很不可思议，果然女孩回答自己公司业务很文化，还有很细的专业分工，学历高的负责编段子上传，还有做视频上传，自己学历不行只能做网上水军，还说工作量超级大，快累死了却赚钱不多。听女孩这么一说，邢海淼和孙乾都有些忍不住的兴奋，一边哈哈大笑，一边不由得惭愧自己对社会的无知。

几个人说着笑着，忽然邢海淼问高赫："我听着你们俩干的活儿挺逗，觉得挺好玩儿，你们跟我们回村里，待几天还走吗？"邢海淼是想起后车厢的两个大包袱了。

"我俩回来是打算住上一年，梅梅也许还要生孩子呢。"高赫的话一出，惊住了车上的邢海淼和孙乾。两个人一起打量车上瘦弱的女孩，根本没一点儿孕相。邢海焱还没说什么，高赫又说："是打算生，哈哈，别害怕。"邢海焱才松了一口气，调侃说："我们害什么怕呀，我们这么大岁数了，只是佩服你们这俩小孩的胆子太大了。"孙乾还是疑惑地问高赫："坐了一路车，我还是一直没明白，你俩有没有结婚呀？"这么一问，却叫车上的高赫和姚梅梅的表情都神秘起来。高赫用神经兮兮的口气，回答孙乾："我俩真没法儿跟你俩泄露秘密，因为这次回老家，我有计划的，要跟我爷爷斗争，跟我爸爸斗争，跟我大伯斗争。说多了，你俩万一说走嘴了，不好弄了。"孙乾再问，高赫只是笑，之后两个小情侣也不搭理他俩问什么了，就只顾着自己低头玩手机了。邢海焱一边开车一边心里说，和人家"90后"比，活法太正统老套了，难道说，我这个"85后"，苍天呀，真的老了呀！

车在高速上开了一个小时，进入省道驱车半个小时进入了西召县城。在转弯路口，邢海焱要去县里报到，不能直接去枣树湾村，刚要问高赫怎么从县里回村里去，就看见前面有几个人从一辆面包车上下来，伸着手打着招呼朝他们走过来。邢海焱不认识他们，正猜测会不会是迎接自己的人，果然，走近了听见高赫叫，也看清楚来人的模样了，就是高赫的爸爸高国兴。邢海焱赶紧下车，跟高国兴握手。离近打量他，黑魆魆的农村壮汉，衣服上还看到尘土污迹，脸上皱纹深的能长出小草，握着自己的手不是一般的有劲儿，还很扎手。邢海焱顿时想起高伟志当乡长的爸爸，当年那个样子，肤色白皙以及很白刺眼的衬衫，跟眼前这个真正农村壮汉的差别。显然高赫的爸爸是个干活儿的壮劳力，跟政府大院里穿白衬衫的有天壤之别。看着高赫和姚梅梅颠颠上了那个面包车，邢海焱也开车奔县城方向，车上少了俩小情侣，他们三个人顿时感到如释重负。

五

半个小时后，邢海焱他们三个人到了县委招待所，进了大院才发现，停车场停了很多车，已经有许多单位的扶贫队来了。邢海焱忍不住用眼在大院子一堆堆的人群里扫来扫去，心里暗自好奇，想看看来的人都是什么样子，看了半天，看到人群中还是年轻的比较多，也有几个岁数看着比老曹不小的。

孙乾穿得有些少了，冻得脸色发青，缩着脖子对邢海焱抱怨说："没想到农村真的比城市冷，人家跟我说，我还不信，赶紧该上哪儿上哪儿吧，一会儿冻死了。"又扭脸看见人群里有几个岁数大的，跟邢海焱讥笑地说，"看那边那几个，都快退休了，能干啥，来扶贫了呀，还是来养老来了呀，真逗。"邢海焱怕老曹听见了不高兴，赶紧挤了一下眼制止孙乾。但老曹在一旁听得很清楚，并没有拿什么话反驳。满院子挤满的人，当然没一个他们认识的。除了几所大学来的，更多是机关企事业单位来的，大家都按点来报到了，县里事先电话通知说，等开了欢迎会，就由各自乡书记带回乡里。之后，在乱糟糟的大院，在好几个乡书记的人群中，邢海焱就看到了比较显眼的高伟志他爸高占理。

邢海焱还是能认出高占理的。主要是高占理跟别的农村人比，有经过梳理的头型，而且防寒服里露出的衬衫还是非常白，肤色比周围的人都白皙，脸上的纹路也比身边的人浅。但邢海焱还是觉得他比三年前老了很多。

高占理身边站着一个穿着普通的女孩，个头儿不高，邢海焱见她以为她应该是乡里负责接待方面工作的同志，见她也不主动跟自己说话，就用询问又带打招呼的目光看了那女孩一眼，还有礼貌地点了一下头。

高占理察觉到了，好像才想起来似的，把女孩介绍给邢海焱他们，说这是来他们坡坝乡挂职的副乡长韩芗，又补充说她也是从省城过来的。邢海焱一听，就再次好奇地打量了一下女孩，女孩身材小巧，身上穿着一件不起眼的黑网格羽绒外套，浅色牛仔裤，牙白色肤色，脸上素颜，面庞清秀。她见到同龄男孩子还有些羞涩，高占理介绍完，她也主动地跟大伙儿点头示意了一下。

孙乾和老曹听到挂职俩字，也用奇怪的目光打量这个韩芗。孙乾凑上前，问她是哪个单位过来的，韩芗只含糊说是省直的；孙乾又问一次，韩芗才回答是省农业厅的。这个初次说话不知道是矜持还是故意含糊的态度，叫邢海焱不太明白，很不以为然，觉得她不够爽快，马上觉得自己不会跟这个女孩有什么共同点。

欢迎会很简短，不到半个小时，去坡坝乡的几个扶贫干部和乡里迎接他们的乡干部便分别上了车，高占理说从县城到坡坝乡还要四十分钟的路程。出了县城二十分钟上了乡道以后，路开始变得颠簸，车身摇晃，路边的建筑树木都蒙上了很多灰土，很快就到了乡政府所在地了。

邢海焱跟着前面的车停住，看着前面的人都下了车，刚要下车，忽然，不知道从哪里忽然冒出来一群人，上前就把高占理围住了，闹嚷嚷中，还有人揪住了高占理的衣领子，人群吵吵喊喊。邢海焱听不明白，见有几个壮实的乡里干部冲上前，用力把几个领头的农民拽一边去，又见几个乡干部把高占理护送进了乡政府院子里。混乱中，没人顾得上他们几个刚报到的扶贫队员了，他们自己挤出人群，跟着乡干部进了政府大院的政府小楼。

高占理坐在沙发上，头发乱了，白衬衫也脏了。看见邢海焱他们进来，高占理脸上掠过尴尬，猛地站起来，大声喊叫乡里人给他们倒水。邢海焱赶紧摆手，却也不知道说啥，场面还是有些混乱。高占理努力保持自己的面部神情平静，还是觉得有些难堪，见此情景邢海焱就站起来缓和局面，故作镇定地说："我们就自己去枣树湾村吧。"高占理有些迟疑，但也站起来，脸上带着抱歉，说："我本来想亲自送你们过去的，现在有点儿事儿，你们能找到吗？沿着往山里走的方向，就一条路。"

"我送他们过去。"瘦小的韩芗不知道何时出现了，她站在门口，说了一句。高占理看她一眼没说别的，就是认同了。到楼下后，韩芗快步跑到车棚，邢海焱没明白她要干什么，却见她已经推出一辆破旧摩托发动了示意他们跟上。

车上，孙乾还被刚才的冲突闹得惊魂未定，声音里夹带着小心，对邢海焱说："天呀，真是基层呀，这几个人啥素质啊，真没觉悟，竟然敢当众揪住乡书记的脖领子，这叫什么事呀，至于这么叫人下不了台嘛。"邢海焱一边拿眼睛注视着前面的路，一边时而拿眼睛看一下车前方的韩芗。孙乾也看了一眼尘土中骑车的韩芗，口气里有些同情："这女孩子，看着是个老实人，咋想的？还到这里挂职，这个破地方有啥意思呀，这个女的，好好打扮一下也不难看，估计受点儿罪也就该走了。"

其实刚才高占理被农民围攻也叫邢海焱很意外，还以为他爸爸在西召县是个有头有脸的，起码是个人物呢，没想到开头就见他被农民揪住了脖领子。

原来枣树湾村都到了召河不远的山根脚下了。邢海焱看到村口站着几个人，其中有一个看上去年岁最大而且身材瘦高的老爷子站在人群中的C位，他心里暗想，这大概就是高伟志的爷爷，老村支书高老敢了吧。韩芗扶着摩托等着邢海焱他们下车。

高老敢的脸色古铜，穿着一件很旧的看不出底色的衣服，身板很直，头发还不显苍白。看到他们几个人，高老敢手一挥，就带着几个村干部围拢上来，大家寒暄之时，韩芗给大家互相做了介绍。除了高老敢书记，邢海焱还见到了村主任，叫李小毛。

邢海焱端详李小毛，就感觉他跟周围的人神情有些不一样。他眼睛很亮，满脸精明，虽然头发不多但很年轻，等一问才知道也快五十岁了。另外几个村干部，老敢书记都跟他们一一介绍了。大伙儿都很热情地说着欢迎的话，上前跟邢海焱他们握手。邢海焱扭过身，近前再仔细打量老敢书记，人家老爷子头发真没全白，挺精神，说话后劲儿很足，说是七十多岁了，可是看着也就六十多的样子。再扭脸看扶贫干部老曹，虽然不到六十岁，因为头发全白了，感觉比人家老敢书记还老呢！

老敢书记脸上含笑，对邢海焱说："我早听说了，你是伟志的好同学，欢迎你呀。年前我们就开始收拾房子，按照乡里的嘱咐，还安装了空调，也早已经给你们准备了被褥还有厨房做饭的家什了。"李小毛也上前插嘴说："我们书记担心太冷，昨天还亲自在你们屋里睡了一晚上试验了一下，说不冷，比自己家暖和多了。"

邢海焱看韩芗一直推着摩托没有挪步，邢海焱就走过去，韩芗歉意地告诉他，她下午四点还要赶去一个村有点儿事，说你们见到老敢书记就行了，一切听老敢书记安排，她要走了。

这时候，李小毛凑过来，对韩芗很热情地说："韩乡长，我把我的汽车给你开吧，那边几个村，太难走了。"韩芗没搭腔，矜持地笑了一下，算是匆忙告别，骑上摩托，很快消失在了尘土中。邢海焱想到刚见面时还觉得她有点儿故作矜持，此时看到她一个女孩子在这种地方、这种状态下挂职工作，肯定也很不容易，就想自己内心真是有点儿狭隘的误解，应该尊重这个女孩的朴实无华。

孙乾好奇地问李小毛："你还有汽车呀，在你们贫困村家里有汽车的人多吗？你很厉害呀，还有汽车，你们也不穷呀。"李小毛没直接回答，就一直讪笑地说："不是好汽车，不值几个钱，你们绝对不稀罕。"

邢海焱三人跟着老敢进了村。进村的路很不好走，风一吹，大家都满身、满脸、满嘴的土。邢海焱半路问村主任李小毛："咱们是去农家还是去大队部？"李小毛回答说："咱们是去老敢书记的儿子高国兴家，他们家腾出来给扶贫队员住。"

邢海焱一听，就一下子站住，想起高赫，他就问："是高赫家吗？"李小毛一听邢海焱提到高赫，很意外，瞪大眼睛："是呀，高赫，你认识他呀，他早上刚回来的。"看李小毛吃惊的表情，邢海焱意识到自己应该少说，只是含糊着嗯了一声，继续走着，心里却又担心，住哪里呢，不会是跟高赫住一起吧。带着这点儿担心，邢海焱抬眼就看到了一家绿色油漆的高门，走前面的人们都停住了脚步，回头等他们几个跟上。邢海焱担心地走进去，看着院子不错，有棵高大的柿子树，树冠盖住了房顶，叶子稀疏，落得差不多了；上了台阶，玻璃都亮堂堂的，堂屋地面也很干净，显然刚做了卫生。屋内并不见高赫的影子，邢海焱还是不放心，问走过来的高老敢："老书记，就我们驻村干部住这里吗？"

"是呀。"

"这原来是谁住的呀？"

高老敢告诉邢海焱说，这是高国兴给小儿子盖的房，准备结婚用的。邢海焱一听，心里就有些暗自嘀咕，眼下高赫回来说是结婚，咱们不能住人家的家呀。李小毛看邢海焱满脸疑惑，上前解释："没事，别担心，高赫是回来了，跟国兴住一块儿了。"邢海焱一听，赶紧问："那住得开吗？"

大伙儿全笑了，却没一个人说话。还是高老敢声音不高地说了一句："他有地方住，你们放心住吧。"又说了一会儿话，高老敢便招呼大伙儿散了。

屋内只剩下邢海焱、老曹、孙乾，孙乾迅速进各个屋子转了一圈儿，出来扭脸跟邢海焱一脸的干笑："别说，没想到这个房子比我老家强多了，真看不出贫困。不错，挺舒服，敢情咱们俩住人家高赫新房里头了。”

邢海焱也咂了一下嘴，摇头：“有点儿不合适，你说是吧。高赫不回来还没事，现在人家已经回来了，就显得不太好。这样，等明天，我跟老敢说说，看还有别的地方没有，不行就住大队部吧。实在不好意思，人家媳妇不是说怀孕了要结婚嘛，而且还一块儿回来了。”

说着话，老曹端着烧水的电水壶进来，走到他俩面前，说：“你俩觉得，老敢书记那头发，是染的不？他比我还大呢，我头发全白了，怎么人家头发那么黑呀。”

孙乾嘲弄地笑道：“老曹你可真逗，你觉得村书记还染头发？有这个必要呀？”

老曹打开壶盖给他们看里面的黄水。孙乾顿时就皱着眉头嚷：“水怎么这么浑浊呀，我可是肾结石，还有尿路结石，一旦犯病，这里缺医少药，我会疼死的。”老曹也低声嘀咕：“院子里的水管没水，是水缸里面的水，有漂浮物，不知道是啥，不知道什么时间灌进去的水。”

正说话间，听见院子里进来人了。孙乾出屋，看到院子里进来一个人，把他吓一跳。这个人形容枯槁，拄着拐棍，人瘦得离奇，大眼珠瞪着，都几乎挂不住眼眶，一看肯定是个病人。几个人上前，问他有什么事。来人说，自己是这个村的，是来找扶贫队帮忙的。几个人又问他有什么事需要帮忙。来人说，自己快死了，想捐献遗体。

邢海焱他们也不太知道捐献遗体有什么步骤，就对来人说，等回去打听清楚再回来告诉他。话说到这里，那个人没有走的意思，吞吞吐吐说自己得了脊柱炎，不能下地干活，重活也不能干，但村子里不给他办贫困户。

大伙儿也不知这个人的具体情况，更不懂办理贫困户的条件。都说不出来什么，也就只好问问他的病情。

等那个人走了，孙乾认真地对邢海焱和老曹说：“以后这种事找上门，咱们可不能轻易瞎表态，之后麻烦会找上来，只要不是扶贫范畴的事情，最好不要沾边。”邢海焱皱眉：“这个人得了病是真的，看着也真是可怜，都这么惨了，什么收入都没有，不知道为什么不算贫困户。”老曹说：“他说的也不一定就是真话，咱们之后可以问问老敢书记，虽然不一定是属于扶贫范畴，但可以帮着打听捐献遗体的事，倒不是很难。”孙乾就哼了一声，说：“这么说来，他说捐献遗体说不定是假话，套咱们呢，目的肯定不是捐献遗体，应该是想当贫困户吧。”

傍晚，李小毛过来了，他后面跟着俩农民，抬进来一大捆芹菜，一直抬到厨房里。邢海焱跟着进了厨房，心里真是很高兴，但赶紧嘴上客气说谢谢，问：“这么多，你种的吧？”

李小毛明显轻松地点头，说：“过一会儿村两委班子的几个人都过来，大家想在这里跟你们聚餐，算是欢迎会。”话音未落，院外传来喧哗声，已经有村民抬桌子进了院子，几个村里的妇女端着炒好的菜也进来了，很快，院子里的人就满了。桌上，当地出的枣杠子酒一碗一碗也摆好了，凉菜热菜一大桌子。邢海焱一看，算上李小毛，村两委班子成员至少十多个，心里就有点儿嘀咕，进村就吃喝，不违反中央八项规定精神吧。

李小毛马上看出邢海焱的心思，笑着解释：“不要顾虑了，老敢书记点头的，他去乡里办事晚点儿回来，指派我张罗的。这是我个人掏钱请你们的，到我们这么破的农村来帮我们致富，喝口我们的枣杠子酒认识一下，以后也好开展工作。放心吧，这个酒不是高档酒，就是我们召河当地的大枣原浆酒，不值个钱，农家菜自己家院子里的，放心吃吧。”李小毛的话说得很到位，大伙儿也真饿了，邢海焱他们就说了几句感谢话，问还等老敢书记不，李小毛说不用了，邢海焱就说我们就真不客气了，跟着李小毛端起杯子，大伙儿都笑了。

邢海焱一边跟李小毛寒暄，一边往外张望，心里惦记着事，嘴里嘀咕着，老敢书记怎么还不到。他又问怎么看着枣树湾这么多村干部呢，据说这个村子不到一千人，除去外出打工的也就剩下不到五百人。

孙乾也拿眼睛在桌子边坐定的人群里扫了好几遍，就问："老敢书记还能回来不？"李小毛一边张罗倒酒，一边再次解释说："老敢被占理叫乡里去了，留下话了，有急事，叫咱们不用等他，今天晚上说不定不回来了。"

邢海焱就插空跟李小毛说了下午来的那个病人，得了脊柱炎的那个农民。

李小毛一听摇摇头，告诉他们，这个人叫刘金柱，确实是得了脊柱炎，不能劳动了。他们几个人就赶紧问，为什么他不是贫困户。李小毛告诉他们，刘金柱不符合贫困户标准，没办法。刘金柱目前跟父母住在一起，父母都有劳动能力，他不算没收入。孙乾他们一听，就问，如果不跟父母住在一起呢，又没有老婆孩子，就可以是贫困户了吧？

李小毛解释说，没那么简单，他还有别的收入呢。他有地，租给别人了，怎么能算没有收入。他以前没得病的时候，在城里做小买卖，有个相好的，经常来看他，给他拿来吃的喝的，还接济他，算是老婆不？

大伙儿一听，李小毛这理论真奇怪，都有点儿蒙。李小毛打断话题，兴致勃勃地叫他们品尝几道农家菜。菜做得都挺有味道，拌的几种野菜，邢海焱也从没有吃过，也不知道是啥野菜。特别是端上来的一锅炖黑头鸡，真好吃，汤更好喝，邢海焱和孙乾都对这道菜赞不绝口。邢海焱听高伟志不止一次说过，这个地方的山上有农家特产黑头鸡，说今天终于吃到了，好香呀！伟志还说过，召河的野生鱼更好吃。

一听他说这个，桌前的几个村里人就马上摇头，都连声说：

“多少年前了，这几年老是干旱，召河滩上都种庄稼了，基本断流了，见不到野生鱼了。伟志说的是他小时候的事情，十几年前的事了，有几个人，也说吃过野生鱼，说有多么多么好吃。”

邢海焱借着酒劲儿也兴奋了，就想给高伟志打个电话。没等拨通，却被李小毛端过来的酒挡住了。李小毛扶着椅子站起来，挺郑重的神情，邢海焱一看，连忙先放下手机，也端起酒杯。喝了不少的李小毛大着舌头，笼统地表达了他对扶贫队的支持态度，然后还是看着邢海焱，欲说还休。邢海焱不知道他还想说啥，就端着杯子等。李小毛一杯酒喝下去，做出放开胆子的架势说，村里要换届，希望驻村干部也支持他。

邢海焱客气地点头又摇头，问他：“我们没这权力吧，扶贫的，好像跟这个没什么关系吧？”

孙乾啃着鸡腿，也好奇地问李小毛：“你不是已经是村主任了吗？”接下去想说的话又咽了回去。邢海焱也看着李小毛，李小毛就有些讪讪，又一杯下去，吞吞吐吐，但还是说了，他的意思是，枣树湾村两委班子年底换届，村里现在有人瞎乱告，是因为背后有人指使。孙乾就插嘴：“你的意思是担心你村主任当不上了咋地？”李小毛哼了一声，回答：“我不是担心我，我是觉得老敢书记的事是个事。”

邢海焱问：“老敢书记咋啦，有啥事呀？”李小毛看看左右，故意压低声音，很小声地回答：“老书记人不错，但是你们也看到了多大岁数了呀，也干了三十几年了，我当村主任也三四年了，我毕竟年轻，对吧。村里人意见可大了，多少年了霸着位子，坡坝乡连带枣树湾村全成了他家的了。”

邢海焱和孙乾听他话里有话，有点儿犯琢磨，开始以为说他自己，又似乎说的是高老敢，但又好像是说高占理。不过两人最后都明白了李小毛想说什么，但这场面，他们俩肯定也不好说什么。再说，他们完全不了解这个村甚至这个乡的真实情况，刚来一天的扶贫队驻村干部，根本没任何发言权。李小毛看他俩没说话，忽然又换了口气说："你俩也知道，乡书记高占理就是高老敢的儿子，还有，你跟伟志还是大学同学，我真是糊涂了，喝多了，多嘴了，胡说了。"

邢海焱听他说到高占理，顿时就想起在乡里看到的那一幕，堂堂的乡书记咋会被农民揪住脖领子呢，想到这，就顺嘴问李小毛："我们在乡里，看到一群人把高书记包围了。"

孙乾在一边也说："吵吵闹闹得挺凶，不知道咋回事，那群人干吗的？看着挺厉害呀。"

这一说，李小毛瞪起了眼，连着一个劲儿问："带头的是个黑胖子不，缺一个牙？"邢海焱和孙乾都说没看清，距离有点儿远，人太多挡住了。邢海焱一看好像李小毛知道究竟，就问他："黑胖子是谁呀，你认识？"

李小毛没有马上解释，眼睛看着远处，喉咙里发出几声怪笑，几个听见他们说话的村委也闪烁其词、躲躲闪闪，甚至离开了桌子。看李小毛拉黑了的表情，邢海焱觉得有点儿瘆人，也马上觉得自己几杯酒闹的，太把自己当个人了，直来直去什么都问，真是唐突了。于是，不等李小毛再说什么，他就假装对院子里的柿子感兴趣，问柿子涩不涩，赶紧转移话题，不想再叫李小毛说什么了，也许越说越复杂越麻烦。

村委会的几个人都散去以后，邢海焱、孙乾和老曹也就胡乱地倒在了床上，他们又累又醉，脑袋还一团糟。孙乾跟老曹唠嗑儿，说这召河枣杠子酒度数不低，还真是有劲儿，刚才李小毛说就是他们当地产的大枣酿制的，哪天咱们亲自去酒厂看看大枣酿酒。老曹说，我知道农村大枣酿酒的土办法，枣杠子酒需要先泡一宿枣，然后用粉碎机把泡好的枣粉碎，和谷糠加水搅拌后放到大坑里开始发酵半个月，然后锅炉加热，酒蒸汽上升后冷却成液体，就是酒了。

几个人借着酒劲儿聊着，孙乾又提起在乡里高占理差点儿被打的一幕，感慨道："咱们大学老师，其实最闭塞，不到村里来，咱们知道个屁呀。以前我听人家说，有的农村干部横行乡里欺男霸女，看来都是传说呀。昨天我咋看着这个地方农民挺厉害，高占理倒是挺㞞呀，这叫什么事。真没想到，农民竟然还要打乡书记一顿。不过说来，乡干部对待这等刁民，打不还手，骂不还口，这素质也算可以了。"

听着孙乾说，邢海焱心里也是感触，他完全没想到，原来光在网上听"喷子"们控诉说，乡镇干部唯我独尊称霸一方，却原来坡坝乡干部有如此忍辱负重失去尊严的时候。这么想着，就想起白天见过的挂职女干部韩芗，忍不住起身问孙乾说："今天你见到那个挂职的女干部了吧，就今天一天的感受，觉得基层怎么样，要是叫你来坡坝乡挂职，你来不？"

孙乾一听，仰面躺着，冲着房顶叹了一口气，回答说："哎哟妈呀，以前我要是从没来过，出于好奇和虚荣，可能会来，毕竟除了好奇之外，好歹是个差事，虽然不算是个官，也好歹就能算个基层经历。我想呀，那个韩芗，也就是这个意思，来干什么，能干什么，对吧？基层多复杂，农民啥素质，今天我一看高占理差点儿挨打我就傻眼了。"

听孙乾说这话，邢海焱脑海里又回放韩芗骑着破摩托带他俩进枣树湾的情景，也叹了口气，跟着孙乾的话说："不仅复杂麻烦，我看，还很受苦呢。你今天没看见呀，韩芗骑着那个破摩托，那么大杂音，那么大风，路那么难走，我好担心坏到半路上，真坏了，可咋办，一个女孩，还是城市来的，真是来受罪的。"

"你挺同情人家呀。"孙乾嗤笑一声，但笑意很快又消失了，他带着嘲讽，用很世故的教训的口气对邢海焱说，"说你幼稚，何时何地你都能表现出来。你觉得咱们今天见到的韩芗副乡长是一般人吗？一般人谁会来这里受罪呀？我看没那么简单，我把我的话撂这儿，接下去等着瞧，等真相大白了，你就成熟了，好了，祝你农村扶贫第一天快乐。”说完，孙乾好像已经睡着了。

邢海焱却没有睡意，脑海里所有白天出现过的情景，变成了各种镜头晃动，脑子里更乱了。这一天，刚认识的人、新接触到的事情，获知的各类信息，汇聚一堆。他拿出手机，屏幕上不知道怎么就出现了聂晓丽的电话号码，刚要动手赶紧停住，手指在手机前僵了会儿，又迅速划过页面找到了高伟志的名字。可是，等名字出现了，邢海焱忽然觉得一肚子的话，不知道以什么样的口气跟老同学诉说。这是怎么回事，明明他想好的，等今天见过了高伟志他爸、他爷爷，就赶紧跟他汇报见面的情景，可是这会儿，他却不知道说什么了。邢海焱傻待着心里又磨叽了一会儿，就放弃了打电话给高伟志的想法，只是发了个短信，非常简短，只说见到了高占理、高老敢，这俩人都挺帅，村里一切都好。发过去以后，忽然又想起高赫，又补发了一条：对了，高赫已经送到家里了，放心，醉了，再聊。

六

第二天一早，邢海焱还在睡梦中，就听见房子后边，距离不是很远的谁家在吵架，还夹杂着几声鸡叫狗叫，想听清楚却又没了声音。他又迷糊了一会儿，听见房子后头胡同里放羊的老汉呼唤羊以及羊咩咩叫的声音。邢海焱听着听着，忽然睁开眼，醒了，看到床前有点儿脏的玻璃窗户，窗台上摆着的几个白酒瓶、啤酒瓶，才想到自己这是在村里呢，他赖在床上听了会儿才起身，怎么觉得吵架的地方像是高国兴家方向呀，谁会一大早晨去他们家打架？

待会儿动静没了，邢海焱又睡过去了，刚睡沉，不知道多长时间，又被院门的响声惊醒，他忽地起身，听了听，喊了一声外屋的孙乾，没声，又喊老曹，这时候敲门的声音又响起来。邢海焱喊了一声："谁？"听着似乎是老敢书记。邢海焱睡眼惺忪地出屋，打开了院子大门，果然是老敢书记，身后跟着一只小狗。小狗仰着头眼巴巴的都是善意，高兴地甩着小尾巴，邢海焱认出是昨天吃了不少骨头的邻居家的小黄。邢海焱站着没动，问："书记，有啥急事，起这么早？"

老敢书记绕开堵在门口的邢海焱进了院子，邢海焱关上院门，跟着书记进了屋子。看老敢书记真有事情的表情，邢海焱也就完全醒了。孙乾、老曹也出了屋，也是睡眼惺忪。邢海焱进屋拿起床上的手机一看，才五点半，于是，又问："咋回事，书记，有事呀？"邢海焱就想起早晨听见后院谁家吵架的声音，顺口说，"我早晨正睡得香，叫后边谁家吵架闹醒了。”

老敢书记低头自己点上烟，吸了一口，闷闷地说：“谁家呀，就是国兴家，跟你们一起回来的，高赫那小子，还是不肯跟他爸爸在家种大棚，又回来要钱了。”

邢海焱他们听老书记这么说，都觉得奇怪，接茬儿说：“高赫呀，不是刚回来嘛。怎么啦，跟谁打架了，他昨天跟我们一起回来的，我还说怎么一直没见到他呢，这是咋回事呀？他跟我们回来还带着个女孩呢，还跟我们说打算结婚了，不是挺好的呀！”

“结什么婚呀，吵完架刚才已经走了，在他爸爸那里拿了几个钱又走了，这次八成是手头又空了才回来的。在城里混来混去，没城里人的命，混不成也不肯回来干农活，就是不甘心做个农民。”说着说着，老敢书记环顾周围，看出来几个人刚出被窝，才意识到什么，停止吸烟，换了话茬儿说，“我来早了呀。”

老敢书记歉意地解释：“我忘了你们城里人都爱睡懒觉，咱们农村可不行，夏天干不完的活，全指望着早晨凉快呢，农民早晨四点多就得下地了。”说完这话，老敢又看了一眼门厅地上的酒瓶子，还有桌子上昨天没清走的剩菜，邢海焱赶忙先说道，昨天村干部来了不少人，李小毛张罗的，说您去乡里办事去了。邢海焱说完，老敢书记脸色不好，看着不高兴，心里就猜想，是不是因为扶贫队跟村干部吃饭这事不对，违反中央八项规定精神了，还是因为这在村里算个大事，没老敢在场，这事叫老敢心有不悦？

说了会儿话，邢海焱感觉老敢没在意昨天喝酒的事。老敢自顾自又点着了一支烟，没接邢海焱话头儿，就自顾自开了话题，问邢海焱：“我听李小毛说了，刘金柱来你们这里了，是不是说贫困户的事？”

老敢书记的说法跟李小毛一样，就是刘金柱因为患了脊柱炎，确实不能干重活儿了，可是，他不符合贫困户标准。而且，他虽然有病，却一点儿也不穷，自己有地，租给别人了，有收入，一年最少收入五千元呢。还有，他跟父母住一起，父母也有收入，他们家不符合贫困户标准，刘金柱家比别人家过得好多了。再者，前些年他做生意，赚钱不少，有存款，所以，想吃低保，肯定轮不上他。老敢书记还解释说，你们放心，吃低保这一块儿，咱们枣树湾肯定没有腐败。咱们办低保手续非常健全，每年都是先农户申请，村民小组通过，然后村民大会评议通过，之后两委会再核实，然后上报、公示，上级还要审核，保证出不了问题的。

既然老敢书记这么说，邢海焱他们也不再说什么了。老敢书记调转话题说："你们这次过来扶贫，是怎么打算的，我昨天去乡里看见有的村人家已经有行动了。"邢海焱问什么行动，老敢告诉他昨天在乡里，听说别村的干部跟扶贫队的人去了县里的水务局和交通局，他赶紧跟在说这事的人后面打听，听人家说他们村已经申请开工了。他说他就着急了，赶紧问怎么办手续，人家说，得你们扶贫队的人去县里找水务局、交通局申请办手续。所以，一早他就赶紧过来了。

邢海焱一听也很意外，觉得别的村动手太快了，这才刚来一天呀，就赶紧问老敢："你都问清手续咋操作了？"老敢说："问清了，你们得出面，咱们得赶紧去，不然就是申请了，县里没施工队，就耽误干活儿了。"

孙乾一边扫地一边插嘴："那去早去晚，不是都得给咱们修水修路呀。这个上级有专项款的，他们不干活，这个钱也得趴账上，交通局也不能随意动这个钱，谁敢随便乱花犯错误。"

"修路每个村都有专项款，修水的专项款却是有数的，不是每个村都有，哪个村下手早就给哪个村，下手晚了，就没了。"老敢解释着，表情看着越说越着急，说着话，随手把烟蒂丢在孙乾刚刚扫过的干净的地面上，随手抓起几个瓜子嗑起来，瓜子皮又丢了一地。

邢海焱假装没在意老敢这些小细节，听老敢说的事情也很意外，才知道自己啥扶贫政策都不知道，还慢悠悠地打算先搞个调研写个报告，再回去汇报一下，现在一看不行，赶紧先动手吧，不是有充足时间来回掂量的事，当务之急就是应该赶紧打听打听，都有啥扶贫政策。可是，去跟谁打听呢，在西召这里，自己两眼一抹黑，跟别的扶贫队也不熟悉。再说，彼此还有竞争关系，跟人家问等于提醒人家了，说不定也啥都不知道呢。六神无主之间，他忽然看老敢正拨手机，恍然，自己想哪里去了，老敢书记可以问高占理呀，对吧，乡书记啥不知道呀。自己也真是幼稚，真佛就在自己眼前呢，而且还是真佛自己家炕头儿的事，能不比自己还在意呀。

果然，老敢书记打了电话问高占理之后，告诉他俩，赶紧去县里，找电力局吧，用于扶贫专项的变压器的数量也是有限的，不是随便哪个村都给装。

于是上午，邢海焱、孙乾就跟着老敢书记去了县里，找到了水务局，又去了交通局和电力局。在水务局那里，局长慢悠悠地对邢海焱说："按说呀，其实你们已经来晚啦，本来确定没你们枣树湾了。修水县里有专项款，但是款项不够，谁先来申请就给谁修，昨天不知高书记给谁说了句话，就换了一个村，改成给你们修了。"这话一说，老敢和邢海焱赶紧一起说了一大堆感谢的话，出来以后，大家也高兴得不行。

水务局确定给枣树湾修水了，邢海焱、孙乾和老敢书记，一路上满脸笑，都松了口气，商量着如何配合水务局赶紧行动起来。可是到了交通局，事情却卡了壳，交通局长沉着脸说："我们可以给你们枣树湾修路，但是你们要先交清修路款。目前上级拨付的修路款还没消息，关于修路，我们水务局以前的教训太多了，不等修路款到就开工，结果下头欠款不给，猴年马月也要不回来，我们可承担不了。"

回来的路上，邢海焱想着刚才在县里办事的情景，想到水务局更通融枣树湾，就问老敢："叫占理书记也跟电力局通个话行不，水务局都管事了。"老敢哼了一声，说："肯定不灵，电力局长跟占理有过节。关系不行，不给面子，叫咱们先垫钱就是故意的，不给咱们台阶，还能说啥呀。"老敢书记说着，忽然扭脸很是直接地问邢海焱，"你们学校怎么样？到底能给我们多少扶贫的钱？"

邢海焱一听就愣住了，脸都红了，很是尴尬，自己在学校就是一个小兵毛，哪能回答出这个大的问题呀。他稳了一下神，脑子里斟酌着词语，只能跟老敢书记解释扶贫的具体事情，自己啥也不做主，还没跟单位领导汇报呢，不知道单位会给多少钱，或者给不给钱。又接着说，即使自己单位给钱，也不会是这么个给法，就是，不是你们需要钱，单位就会给。

老敢书记一听不能马上有钱来就失望了，沉默了，一路上不再言语了。邢海焱就觉得有些别扭，心里很不舒服。心里暗想：这农村人呀，也真是，做事情也太简单了。可是，跟他们能解释得清嘛，解释啥呀，农村干部咋会弄明白大学里的复杂事情呀，邢海焱心里也挺堵。

一路上一直没说话的老敢等车子停到村口，下了车却停住脚步，扒着车门，对邢海焱说："我这么考虑呢，交通局龚局长叫咱们先拿钱，咱们就先拿钱，难不着咱们的，不行就咱们自己先找钱垫上，那他就得叫施工队先过来干活了。我想，村里修水修路的活一起干，省得挖沟挖两回。"

邢海焱有点儿愣，垫钱？谁垫钱呀？老敢不是叫我们扶贫队的人给村里垫钱吧？

不等邢海焱说出话，老敢先说了："钱我能出，我年前卖了玉米，再找占理、国兴凑点儿，能拿出十万块。不够的话，叫两委班子成员再拿出点儿来。还不够，就动员党员'1+10'互助组垫钱，我想该是能行。"老敢一边说，神色也已经坚定了似的，身子退后一旁，低头看手机屏幕，马上要当场给谁打电话。

邢海焱听了老敢的话，有些蒙，没办法表态。等老敢拨通了电话，举着说话，声音很大，自己嚷嚷着走了。孙乾也半信半疑，看着老敢的背影，对邢海焱说："这老爷子，他没说着玩儿吧，他先凑十万块垫上，这个农村老头儿听上去挺有钱呀。"

邢海焱迷糊地说："也许吧，他不是说刚卖了玉米，还要跟占理、国兴借钱呢。”孙乾还是疑惑：“有钱也许有，垫钱给村里修路，你觉得这事这么做靠谱儿吗？我有些怀疑，这老敢书记不是演什么戏给咱们施加压力吧？”

“施加什么压力？叫咱们也垫钱吗？”

“咱们三个能垫几个钱呀，是叫咱们看呢，意思是叫咱们回学校找领导要钱给枣树湾修路呗。老敢这么出狠招，顶上劝咱们三个多少回呀，绝对是苦肉计，算一出绝对的狠招。”

邢海焱没表态，心里却想：也没什么想不通看不懂的，观察一下，就看老敢书记接下去怎么做就是了。

接下去的三天，邢海焱天天听村里的大喇叭说这事，号召党员“1＋10”互助组赶紧行动，动员村民垫钱。邢海焱也弄明白什么叫“1＋10”了，就是一个两委班子成员的党员带十个村民，村里大事小情这个党员要负责动员组织这十个村民跟上。

党员“1＋10”互助组这可是个新鲜事，邢海焱没想到基层党支部还能这么起作用，非常想看看效果。别说真管事，邢海焱在村里遇见几个村民，人人都知道垫钱修路的事，似乎没什么反感，大家都觉得很自然，好像已经认可了这件事。三天后的早晨，老敢书记又来到驻地，跟邢海焱说，钱已经凑够了，马上去县里找龚局长吧。

没过一周，修路修水的工程队就真的到了枣树湾村口，开始搭建工棚了。那天早晨，邢海焱去工地，老远就看见老敢书记跟一个村支委——外号叫“老财迷”的村民拽着一根水管子在大声吵架。原来，为了保证工地用水，水压低的时候，紧挨着工地正灌水浇地的那根水管叫老敢书记给断流了，而这块地正好是老财迷家的。老财迷正浇麦子，见没了水，一下子就急眼了，跑过来要跟工地施工队的人打架。等看见是老敢书记亲自截流的水源，老财迷就跟老敢书记吵吵上了。邢海焱这次可是亲眼见到老敢书记的强势了。

老敢书记很干脆地对老财迷说：“你还村支委呢，觉悟还不如一般农民，你光考虑自己那点儿利益，给村里修水这么大的好事，你咋还在这设堵呢，你就这样给村民做表率？我在这呢，我说了算，就这么地了，咋着，等工地用完了水，你再浇地，你要胆敢耽误工地用水，吃不了兜着走，不信你就试试看。”说完甩掉手里的水管扭头就走了。

邢海淼站在一边直瞪瞪看着，不知道说什么好。老财迷气急败坏地站在那里大骂，邢海淼只好上前劝说了半晌。直到老财迷最后骂咧咧地悻悻地走了，也没有敢自己把水管子接上。看来，老敢书记的威胁很管事儿。邢海淼心里暗想，这老头子真有震慑力呀，真威武呀。晚上，又见到老敢，赶紧问给老财迷家地里水没有？老敢书记说，中午就给了。邢海淼松了口气，说："也就耽误他半天浇地时间，没事吧。"老敢书记哼了一声回答："耽误半天老财迷能轻易饶了你呀。我答应他了，这个月村里不收他浇地的水钱了，不过要说明白，工地用水，他必须随时断水，不能耽误。放心，他这么说就不会惹麻烦的，毕竟是村支委，工作我来做，他不满意归不满意，不会惹大事的。"

没几天，村口开始挖沟，进村的主路没法走了，村民只能绕到村后面的小道进出。邢海淼看村民推着自行车很费劲儿地走在坑坑洼洼的小道上，却没人有啥怨言。有个中年妇女摔倒了，他上前帮忙扶起来带着歉意搭讪了几句，却没想到这个妇女站起来笑哈哈地说，还得感谢你们扶贫队来呢，盼修路修水好多年了，等雨季来了，就不走泥道了，等有了自来水，在家里也不发愁洗澡了。

由于枣树湾动手早，在四月中旬，就通了自来水。通水那天，邢海淼他们几个也在院子里等着，老敢书记电话里说还有五分钟水就来。孙乾把水管子开着等着，终于看到水哗哗地涌出来。几个扶贫队员跟村民一样，也高兴地一个一个上前，伸手接水，捧在手里喝一口，说真甜，又洗一把脸，说真舒服。

村里最主要的一条大路完全硬化好了，另一条绕村去大棚的路的活计也干了一半多了。路一干净，不见了泥水，就连路边的树木也显得高大伸展了，枣树湾的面貌也大大改善了。村子一清爽，走在路上的村民脸面都光亮了很多，就像是光亮的路面给大伙儿增光了差不多。邢海焱他们也很得意，扶贫的活计算是有了起色。不过没啥说的，扶贫才开头，赶紧要忙两件事，一是催促上级修路的专项款快点儿到位；还有就是近期需要回学校跟领导汇报情况，看能给枣树湾支援多少钱，赶紧把老敢书记和村民垫的钱补上。

由于忙着修水修路，邢海焱在村里待的时间不少，没怎么去乡里县里。有几个村修水修路都忙乎着，还有的扶贫队动手太晚，还没眉目呢，县里组织部就召集各村扶贫队到县里开推进会，会上还表扬了枣树湾的扶贫队。别的村也很羡慕他们修路修水两个大活计都弄了开门红，好几个村的扶贫队显然还没摸清门路，说很着急，担心雨季来了，如果还没开工那工作就被动了。邢海焱表面上承受着同仁们的夸赞，心里却想，这才哪儿到哪儿呀，上级的扶贫款没到，自己单位的扶贫款不知道会不会给，这一回他的心里是真的在操心这个事。

晚上邢海焱跟高伟志通微信，给他发了一大堆修好的路的照片，跟他好一通抱怨。说给你们村修了水，给你们村修了一条主路，辛苦坏了，你小子还在北京享福，合适吗？你还不赶紧回家看看枣树湾，看看你们家的社会主义农村新面貌。高伟志看到照片，也高兴极了，连声感谢邢海焱给老家做了实事。

说着说着，邢海焱就把老敢书记带头垫钱的事说了，邢海焱由衷地对高伟志说："我来之前，听说你爷爷是个老劳动模范，有很多事迹还上过报纸，但对于我，那都是传说。这回来到枣树湾，真有体会了。你爷爷可真是老党员，绝对有觉悟，在村里特厉害，村民都听他的话，我挺佩服，真的非常佩服。"

之后俩人又热火朝天聊起了枣树湾很多有待开发的商机，什么黑头鸡山上散养呀，什么召河岸边生态农业园区呀，什么绿色大棚蔬菜水果种植呀之类。邢海淼忽然发现，这个京漂同学高伟志，关于农村的事情，他是既了解情况，又懂农村政策，这就叫邢海淼非常吃惊，他连声问高伟志，你不是在北京一个什么做城市环境监测的外企上班嘛，怎么感觉你这么明白我们农村的事呀，我才是啥都不懂呢，要不是老敢书记在我前头领着，我差点儿耽误事。

高伟志那边哈哈笑："什么你们农村，你才待几天，跟我们农村出来的人比，你永远是一个城里人。"他的话忽然叫邢海淼的脑海里出现了一个人的样子，就是那个挂职的女孩韩艿，她是从城市来的，比自己在农村待的时间长多了，还是挂职乡干部，对农村的感受肯定有，但不知道是什么感受。想到这，邢海淼忽然有些感触，自己在村里才待了两个多月，听说韩艿已经待了大半年了，又想起那天韩艿骑着破摩托进村的情景，就叹了口气，对高伟志由衷地说："说实在话，你真应该回来看看，你在北京待久了，估计不用以后，可能现在你回来，都不能适应农村了，我很担心你的适应力。说到适应，等你回来，我给你介绍认识一个城里的女孩，她在你们这里可是受苦了，乡里挂职副乡长呢，也是从城市过来的。"

那边高伟志显然觉得这事有些新鲜，就问邢海淼："我怎么没听我爸爸提起过，你说在坡坝乡挂职吗？坡坝乡还有挂职的女副乡长呢？"接着又说，"说到挂职呀，也就是那么回事，人家就当是下乡玩儿呢吧。"高伟志的口气也像和邢海淼说着玩儿呢。

邢海淼才想起好像这一阵子没怎么见过韩艿。高伟志正好也问："你说的那个挂职女孩，你跟她熟悉吗？"邢海淼笑："那咋个熟悉法呀。我们扶贫，一般除了开会的机会，不怎么去乡里。再说，前一段时间一直忙着修你们村的水还有路，哪有空闲时间去跟挂职副乡长联络感情呀。而且，我们都是没什么魅力的男人，人家也不搭理呀，就等你这个超级帅哥回来呢。"邢海淼一边说着，一边也在想，也许挂职真就那么回事，想来就来想走就走吧，最近几次去乡里就真没看见过韩艿。

七

一直被老敢书记紧盯着，生怕修路修水落到别的村后头，邢海焱从到了枣树湾就回过一次家，拿点儿东西第二天一早就走了。终于获悉上级给的扶贫专项款已经到了县财政局，到时候会按部就班拨给交通局、水利局，邢海焱松了口气，估计老敢书记也早知道了，虽然没跟他说什么，但看出他脸上一直紧绷的表情明显放松了很多。已经四月中旬了，路还在继续修，天越来越暖，邢海焱要回家拿换洗衣服，主要还是跟学校汇报情况，问能不能给点儿扶贫款。

不等邢海焱动身，母亲的电话打过来，口气很冲，问他还打算回家不，邢海焱勉强笑了一下，问母亲有啥急事。闵舒婷没好气地回答，给你介绍对象。邢海焱一听这个，心头顿时梗了一下，好不容易把恋爱的事情甩召河那边去了，又上来就扯这个，真是叫人心烦。所以，不高兴的邢海焱当头回了母亲一句，我有女朋友，你还忙乎什么呀。闵舒婷在电话那头忽然没声了，邢海焱等了片刻赶紧喂了一声，不知道母亲听了他的谎话会不会信。也许闵舒婷真有点儿信了，这次没那么死乞白赖地追问，只是问他什么时间回来。

路上，本来因为枣树湾美好开局心情畅快的邢海焱，却因为母亲的这个电话，心头有些小郁闷。车出了枣树湾穿过西召县城上了公路，他心里还在盘算如何跟母亲过招儿，编造出一个女友，然后坚决拒绝母亲再给介绍对象。

没别的办法，只好瞎扯。邢海焱脑海里开始过滤几个暧昧备胎女友，看哪个可以拎出来配合一下。反正关键时刻能够不顾个人荣辱拔刀相助的，也就有三个，那就是赵闵、李雯还有张艳霞这三位大侠了。想起自己以前每当心情不爽，就在心里或者当面对几个女孩发起各种刻薄攻击，而此刻自己竟然出口管人家叫大侠，邢海焱也忍不住有些惭愧。一边惭愧，一边心虚地给人家打电话的口气也绵软了很多。他先给赵闵打电话，结果人家在外地，问他什么事，还问他在村里待得怎么样，新农村建设有什么商机之类。听上去口气确实是真关心，但好像更关心新农村商机。而邢海焱此时也没空儿领略这份关心，只是说回来了想见面吃个饭就挂了。接着，邢海焱又给李雯打电话，李雯问他什么事，是公家事还是个人事，邢海焱就有点儿含糊。只是绕过话头儿问她忙什么呢。李雯就明白了，说没什么事儿，然后就约好晚上去东二环跃进路吃烧烤。李雯的痛快答复，叫邢海焱顿时心里嘀咕开了，这李雯估计是早知道我失恋的好消息了吧，不会是就等着我约她呢吧，可别真给我下套弄真的。这么一吓，本来已经想着不给张艳霞打电话了，邢海焱却还是拨通了张艳霞的电话，也约好了张艳霞去跃进路吃烧烤，到时候再说吧，随行就市看情形吧。放下电话，好像一件大事已经基本有了眉目，邢海焱心头轻松了不少。

晚上，李雯、张艳霞两个美女如约而至，三个人见面还是很高兴。俩女孩嘻嘻哈哈，听邢海焱讲村里的趣事，吃着烤串喝着啤酒。夜色渐浓了，邢海焱想找个待嫁女帮自己忙的事情还没说出口来不说，反而是不知道何故，李雯越喝越伤心。原来是一个一直追求李雯未果的一个离异处长，忽然跟一个认识三天的离异女结婚了。本来他追求李雯很火热，大家还担心他追求不成心灵会受损呢，没预想这男人突然玩儿这么意外的转折，太摧心了。于是痛斥男人多么善变花心成了这个晚上三个人聚会的主话题了。此时，邢海焱就成了暖心的劝勉男，劝着劝着，张艳霞好像也不对路子了，眼看就要哭了似的。邢海焱看出来了，有点儿急，一个劲儿说，今天怎么回事呀，气氛这么悲戚，本来是想找你们给我宽宽心，怎么你俩反而哭哭啼啼的。到了后来，俩女孩开始互相倾诉，也不管邢海焱在一边爱听不爱听了。

邢海焱看着两个女孩子，叹了口气，忽然就醒悟了。也是，自己有烦恼，谁人没烦恼呢，自己今天真是有问题，忽悠自己妈这点儿小事竟然还想找这么弱弱的女子帮忙，好歹自己是个大小伙子，身高1米8，又有胳膊还有腿，胆子怎么这么怯？怕啥呀，大丈夫这辈子何患无妻呀，怎么也比这俩三十岁了也找不到男友的女孩硬气吧。想到这，邢海焱一口倒进肚子一大杯酒，放下酒杯，胆子顿时壮了不少。等再听那俩女孩反反复复捣鼓着俩人都有的那点儿心酸情史，邢海焱都总结出来了，不外乎就三点：要么没选择，要么没有坚持住选择，要么就是总在选择。

这一场聚会散了之后，邢海焱虽然没有按照计划完成自己的设计，却感觉有了另外的心灵领悟，仿佛心思重了不少。他回忆起跟聂晓丽在一起的那些日子，头一次觉察到自己有很多不足。他已经走到自己家小区，却没进自己家楼，绕路进了小花园，靠在花廊下，邢海焱平心静气地回忆起自己与聂晓丽之间那些无形的矛盾。说到底，聂晓丽没有在自己这里找到安全感，对自己的所作所为已经不屑，根本原因不光是自己对感情把握得青涩笨拙，还有就是自己不肯承认的自身人格的不成熟。此时此刻去想，自己又为什么是聂晓丽不认同的样子呢，自己以后可不可以不是这个样子了呢。想着想着，好像想透了，邢海焱忽然心里有了力量，大步走到自己家楼下，看到家里温暖的灯光，站在黑暗里的他感觉心也跟着敞亮了。

进了家门，父母还没休息，母亲在看电视，父亲听见他的声音就从书房里走出来，两个人显然就是在等他。真是不同以往，感觉家里气氛很温和，尤其看着父母那关心的眼神，邢海焱心里既柔软又舒服。一高兴他就挺搞笑地举起已经脱掉的鞋子拿到鼻子前嗅来嗅去，然后扭脸对父母说，村里很多人家，屋里也铺了瓷砖，就是把臭鞋放房门外头，我去了很多家都这样，要不，我也把臭鞋放门外吧。邢海焱还以为自己很幽默，却发现父母只用奇怪的眼神看他，邢海焱忍不住抹了一下自己的脸，马上知道了肯定是因为自己又黑又瘦，父母心疼了。

一夜无话，邢海焱这一宿在家里，睡了一个无比轻松安逸的幸福觉。早晨醒来，一贯早起的父亲已经出去买了早餐回来，母亲正在厨房煮豆浆。早饭气氛也很平静，平静得叫邢海焱有点儿不太适应，以至于他不得不打破沉默先开口问父母今天周末有啥打算。母亲跟父亲好像互换了一个眼神，邢海焱看到了，他假装没看到，等着他们摊牌。肯定呀，这种不寻常的特别气氛不是这个家庭的常态呀，这里是不是也孕育着什么阴谋呢？

竟然是父亲先发话了。显然一开口，看他试探的样子还有看着母亲的眼神就知道了，这是母亲事先授权的。果然还是介绍对象这话题，说别人给介绍了一个女孩，接着说条件不错，说年龄、学历、收入都很好，女孩个人长相呢，照片你妈看了之后觉得也行，女孩的家庭条件也不错。父亲说话的时候，邢海焱就听着，但闵舒婷好像着急了，邢庭鑫刚说完她就赶紧插话说："这次特别重要的，是他父母也没问题，我接受上次的教训了，家庭有问题，父母档次层次不可能不影响孩子的教养素质，即使后天上个大学也改变不了。所以，这次我跟介绍人强调了，家庭很重要，父母很重要，这两个孩子凑一块儿，行不行日子长着呢，如果父母有坏影响也对两个孩子的未来不利。"

父亲邢庭鑫说了一句，好像是补充母亲的话，父母这一块儿呢，虽然是个考虑因素，但还是要看跟女孩能否合得来，总之呢，起决定的因素还是你们自己。父亲的话叫本来想说几句的邢海焱忽然沉默了。父母每次说话，即使是吵架，不同的三观态度，特别是不同的文化秉性总会显露无遗。他此时不说话，并不是抗拒母亲给介绍对象这个事，而是他忽然陷入了深深的思考，为什么父母亲这样的人，本来都是从有热情有理想的热血青年的起点出发，到如今有地位、有人生路途的得与失之后，两个人获取的人生经验却不尽相同。想起离开自己的聂晓丽，为什么会离开呢，无论什么责任感、存在感、安全感，任何一条理由摆在那里都是摆设，归根到底还是对自己这个人，无疑问是否定的，所以人家可以不客气地平静地找个理由离开。

是呀，聂晓丽没毛病，找个志同道合的伴侣，茫茫人海里去追寻去找寻，有什么毛病。邢海焱忽然想起“说服的本质是说服自己”这句话。这样一想，他仰脖猛喝一口豆浆，抬起头很高兴地对父母说：“行呀，你们是怎么打算的，是在家里见面还是我们自己约？”

虽然在早餐桌上邢海焱做了很合父母心思的表态，而且父母还主动依照现在年轻人相亲的方式，避免第三者在场的尴尬，把约会权完全交给两个年轻人。邢海焱得到了女孩的电话，也承诺很快就会约女孩，但等自己独自一人的时候，手指头在女孩的电话号码前决定是按还是不按的时候，他还是心生忐忑了，他不知道这会是个啥样的女孩，还是想自己先偷窥一下好些。他把女孩的电话存入好友果然微信显示出女孩的头像，是一个女孩攀岩的照片，头像不大，看不太清，但基本轮廓看得出。女孩身形健美，看得出是一个喜欢外面阳光世界的健康女孩；女孩身旁的景色也很美，说不上是哪里，喜马拉雅或者阿尔卑斯也说不定。邢海焱觉得好像是在看景色，看了会儿景色，其实很美的景色也就是山高天蓝，他竟然有些忽略女孩的小身影，也许是他走神了。

正胡乱遐想呢，微信忽然响了，是高伟志来电话，问他还在村里吗，然后说自己明天回老家去。

“回枣树湾吗？”邢海焱问。回答当然是。高伟志之后又问他一些枣树湾村的事，说自己有很多的想法，要跟他在老家交流，邢海焱也觉得自己有很多话要迫不及待地跟老同学说。这种马上要跟老同学相聚、谈心畅快喝酒的美好感觉，一下子冲散了邢海焱对没有见面的那个攀岩健美女孩的一点儿好奇。

吃完晚饭，邢海焱把女孩是个攀岩爱好者的事情告诉了父母。父亲说，有点儿爱好好呀，不空虚。母亲起初没说什么，但表情严肃。果然，过了会儿，母亲忽然回了卧室。邢海焱估计她是跟介绍人说什么去了，也不以为然继续淡定地吃饭，等母亲回到桌前，他告诉母亲，明早出发，村里有事等着。本以为母亲接了电话会说点儿什么，可是母亲却只是心不在焉胡乱吃了几口就转身去厨房了。

闵舒婷确实是跟介绍人问情况去了，介绍人却笑话闵舒婷少见多怪，人家轻松回答说："你也太不了解现在的年轻人了。现在什么时候了，外面是他们的世界，什么事情他们不敢想不敢做呀，攀岩呀滑雪呀，满世界的户外旅行呀，这还叫个事呀。现在年轻人谁不是这个样，自己赚的钱不够花，理所当然花父母的钱。家家都是一个孩子，都是这么养大的，哪个父母能拒绝自己家唯一孩子的愿望。你家邢海焱说心里话也真是好孩子，没什么特别大的野心，也不给你招惹是非。也许是你家孩子胆子太小，也许是你管得太严格，孩子从小到大服服帖帖的，你看看外面这样的老实孩子有几个。我也劝你呀，不要管得太严了，干什么都要在你的约束范围之内，以后孩子怎么成事呀？"

这几句话，叫回到桌前的闵舒婷沉默了。

八

邢海焱为了早于高伟志回到枣树湾，早晨六点钟就出发了。他忍不住地兴奋，在车上大声唱许巍的歌，好像枣树湾跟他的关系比高伟志还亲近似的。这么一想自己也哑然失笑，待了几个月呀，还拿出主人翁姿态了，他也笑自己有点儿孩子气。邢海焱上学的时候就对高伟志很服气，虽然是同龄人，高伟志却显得比邢海焱成熟沉稳多了。这之外，还很特别的一点就是，高伟志虽然来自农村，遇到事情，性格不怯懦，平常跟哥们儿相处，也一点儿都不吝啬，常常主动买单。就仅仅这两点，就不是多数来自乡村男孩子能够具备的，他的豪迈和大气叫邢海焱刮目相看。当然，邢海焱也不是小气鬼，但他还是很喜欢仗义的高伟志，两个人相处得很好。

一直到了大学毕业，不少同学选择考研究生继续深造，但高伟志却决定去北京找工作。大伙儿还很担心，去北京找工作，一个本科毕业的农村大学生，可没什么优势，可是高伟志就去。高伟志征求邢海焱意见的时候，邢海焱没说不行，只提醒他肯定不易，但爱情是个无法违抗的理由，没什么值得不值得的。邢海焱自己是不会去的，没把握的事，不敢去，这是邢海焱的性格。但高伟志选择去，这件事就很像他的性格，一直有勇气向着未知的远方前行。所以，他的无限性一定是在未知的远方，他的性格也注定他的选择。虽然那个时候，高伟志也不知道去北京能干什么，但是邢海焱就相信他一定会蹚出自己的路。有时候，高伟志跟邢海焱说起在北京的艰难困惑或者是犹豫徘徊，自知不如他人坚定的邢海焱，还是给好友坚定不移的支持和鼓励。其间高伟志也换了几个公司，搬家更数不清次数，有时候肯定相当困顿，还失联一段时间。等他一旦稳定，两个人就会联络，因为邢海焱知道奋斗中的高伟志现在所做的都不是最后结局，他还在路上，一切都理所当然。

上午八点钟邢海焱已经在县城小吃店吃了早饭，又特意给住在村里的老曹和孙乾捎了一塑料袋子的油条。油条在这里相当于高级点心，属于奢侈品了。枣树湾村里以及周围都没有吃早饭的地方，这算是很偏僻的农村。农民们没有在外吃早饭的习惯，早晨一般要么很早就下地，带点儿发面饼，就一直到中午了；要么就是前一天晚上的剩饭，凑合吃一口得了。邢海焱他们刚来的时候，还不太清楚这种情况。每次老敢书记一大早过来，他们也不知老敢吃饭没有，总招呼他一起吃。老敢从不吃，邢海焱他们还以为他早吃了，还说人家饭早；后来才知道，乡下人家早晨是最忙的时候，不会耽误在吃饭上的。但是农村人喜欢晚上喝酒，也没什么菜，就那么干喝，也能把他们三个灌倒。这么一想，邢海焱马上想到了驻地，怎么也该请高伟志一次，黑头鸡的事可要办了，好好地炖一只，叫高伟志落地就直接服气，嗷嗷称赞他没白来枣树湾。于是，邢海焱不急着进村，又开车转到县城的菜市场买了几样村里见不到的菜。

到了农村，邢海焱就知道了农村人生活的习惯，基本是家里种啥吃啥，要是种土豆的就天天吃土豆，要是种芹菜的就每顿都是芹菜，没有花钱买菜的道理。地里长麦子玉米，就认饺子和面粥，不喜欢吃大米饭，因为这个地方不产大米，说原来召河有鱼，大雨天洪水下来能逮住很大的鲤鱼，但也是煮着吃，不会油炸的，油还是很贵的。

直到上午十点，邢海焱才进了枣树湾。孙乾知道他回来上来就是一通埋怨，知道捎了油条回来，接过塑料袋，拽出油条咬了一口，埋怨他早饭过了点，已经吃了挂面不饿了。

说起邢海焱他们驻村扶贫干部的生活如何安顿，上级都给考虑到了，所有的进驻村，一个扶贫队，上级给拨五万元的生活费。四月中旬，这笔钱也到了县里财政局的账上，县里扶贫办公室也给下了文件，专门说明了这笔钱的用途，包括每人每月四百元的生活补助，一百元的电话费报销，一个队一个月八百元的交通费等。学校也按照惯例，给他们一定的生活补助，还同意他们购买一些生活用品比如锅碗瓢盆之类。毕竟是在村里，买东西不方便，不能总吃方便面，上次在县城，孙乾他们买了米、面、油还有老干妈辣酱和挂面。村里电不行，电压太低，做米饭的电饭锅还能行；使用微波炉就不行了，好像功率太大，一用就爱掉闸，很折腾人。看村里的人都是用灶火，又取暖、又做饭、又烧水，可是他们几个不会摆弄炉子，而且他们担心这是不是造成空气污染呀，整天烧秸秆肯定不行。最后实在没办法，还是老敢书记叫李小毛到县城买了煤气灶跟煤气罐，老曹自告奋勇，说扶贫的具体事，你俩多承担，我岁数大，就负责做饭。孙乾一听马上鼓掌，他最愁的事情解决了。老曹是个有耐心的人，家常菜都会做，还能自己擀皮包饺子，真好呀，三个人的吃饭问题解决了。

高伟志下午才到，也是自己开车回来的。邢海焱打了四个电话，迫不及待地到村口接他。高伟志下了车，大伙儿迎上前。孙乾一看，暗自羡慕嫉妒，浓眉大眼身体棒，果真是帅哥，这么帅的小伙儿，竟然是从枣树湾出去的，真没想到。

邢海焱一见到高伟志，抑制不住的兴奋。说来从大学毕业分手已很多年了，高伟志也没怎么变样，虽然眉宇间不再见到青春稚气，但多了成熟稳重。在邢海焱眼里，他还是那个健康阳光的大男孩模样。高伟志一看邢海焱也笑起来，他依旧是个清隽的书生，晒不黑的样子，只是跟上学的时候比，脸上的纹理深了，似乎是成熟了一些。邢海焱也就哈哈大笑说：“看啥，是不是我增添了沧桑？”高伟志还是笑，孙乾在一边看着他们俩，由衷地赞美说：

“别说，可以说你们俩上学的时候呢，都是帅哥，都是鲜肉级别的吧。”老曹在旁边也幽默地补充：“现在你们几个也都还是鲜肉，到我这个岁数才是腊肉呢。”大伙儿哄笑。

大伙儿聊天的空当儿，老曹真行，已经把黑头鸡炖出了浓浓的味道，高伟志站起来夸张地把鼻子伸到了锅跟前儿。很快一桌子凉菜备好了，肉菜有邢海焱上午在县城带回的猪蹄子、烧鸡，酒就是召河的枣杠子酒，老敢书记前几天搬来了几箱子。黑头鸡端上来，哥儿几个刚坐下，就听见院子外传来了说话声。

果然老敢书记和乡里一个小伙子一起过来了，邢海焱站起来走到门口，赶紧把他们往屋里让。邢海焱知道老敢书记事先早知道高伟志过来，却没想到他不在家里等着，也会来聚会。老敢书记一边进屋子一边嘴上还是埋怨着孙子，怎么不回家先跑这儿来了，眼睛四处转，掩不住满脸的期待。

老曹进屋里找凳子的时候，看到孙乾还躺床上，他的衣服在凳子上，叫他把放凳子上的衣服挪走，叫了两声，孙乾还躺床上看手机，不动弹，跟没听见似的。这时候外屋老敢书记正跟高伟志说话，一会儿乡里还有人来呢。孙乾本来已经起身了，听见老敢说话，哼了一声，又自顾自地躺下了，有些不满，嘴上顺口说了一句：“怎么来这么多人呀。”声音不大，但老敢书记耳朵尖，听见了，扭身来了一句：“怎么啦，都不白来呀。”显然口气软中有硬。

邢海焱一听，就知道孙乾和书记俩人说话互相误解了，孙乾的意思是希望跟高伟志相聚，是哥们儿之间的单纯聚会，说点儿年轻人自己关心的话。现在，你七十多岁村书记来啦，成官方接待了，有啥意思，这么一闹腾，闹不好一会儿连乡书记啥的都来了，成了公共场合了，那还能说啥知心话。

其实邢海焱也这么想的，琢磨高伟志回老家自然会有一群亲戚们相聚，亲情的事少不了，但没想到老敢书记这么快就过来了。不过，既然过来了就一块儿热闹，反正高伟志也不是吃这一顿饭就走。

果然，说话的空儿，院子里又热闹起来，前面带头的是房东高国兴，高伟志他爸占理书记后头还跟着秘书司机，一旁还有来挂职的韩芗也跟着来了，真是大队人马。又见几个乡里的干部端着什么吃食进了院子。好家伙，也不知道啥时候，高国兴又弄来两张桌子、好多个塑料凳子，那两盆好吃的往桌上一放，大伙儿都笑了，一盆烧鸡猪蹄子，一大盆排骨。邢海焱也不由得打趣，还是你乡长腐化，我才买了一个烧鸡俩猪蹄，你一弄就弄一盆一盆的呀。

人一多就热闹，邢海焱跟占理书记在嘈杂的酒桌前给韩芗介绍了一下高伟志。两个人互相点了一下头，不等说话，已经被人群冲散到了两张桌子边去了。那烧鸡也是黑头鸡做的，味道冲鼻子的香，谁也挡不住。好几个从小认识高伟志的乡村干部，都搂住高伟志一杯一杯地敬酒。热闹中，邢海焱寻到韩芗跟前，他觉得这个老爷们儿的场合韩芗会不自在，等到了近前，却没想到韩芗正端着鸡汤美滋滋地喝着，一边喝一边不停地称赞老曹。老曹很骄傲，使劲儿介绍自己一早晨就开始炖，时间多长，放了什么作料。邢海焱忍不住赞扬韩芗："韩芗你还真可以，入乡随俗得挺快，我还担心你吃不好喝不好呢。"韩芗笑了说："我要是老那么想，一是会饿着，二是我吃不好饭，我怎么待下去呀。"

高占理是个明白人，见好就收，终于算给几个小哥们儿留了点儿空间，说要先走，明早乡里还有事。司机很利索，很快发动了车。邢海焱看见韩芗过来跟几个人握手，说也跟着车走，就赶紧过去挡住韩芗说："韩乡长多待会儿吧，高伟志一年也回不了几次家，你作为基层干部，应该显得热情点儿。"高伟志也走过来，邢海焱还以为高伟志也是劝韩芗留下的，却没想到他笑着说："韩乡长没发现吧，这个邢海焱一贯装文明，一喝酒就露馅儿，别搭理他。他喝酒了，从安全考虑你赶紧回乡里，以防他一会儿再喝点儿说点儿更没边的话。"

韩芗笑了，没说别的，就随着另外几个乡里的干部走了，老敢书记也告别了，村里其他的人们都散了，留下一片寂静和两大桌子残羹冷炙。邻居家的几个小狗子整晚上跟着大伙儿，这时候当然还绕着桌子不肯走，孙乾就把桌子上剩下的肉骨头丢给小狗们。本来就三个小狗，也不知道别人家的小狗怎么得到的通知，全都来了，在院子里争来抢去一片犬吠。

稍微歇息了一会儿，老曹烧了热水，几个人进了屋子，关了隔道门，大伙儿坐到沙发上，才觉得也累呼呼的。高伟志忽然想起来了，就问邢海焱："你媳妇呢，我怎么记得有一次你说就要结婚了呢？"

当头一棒，叫邢海焱清醒了一点儿，他哼哼着，摇头苦笑。孙乾嘴快，邪笑着说邢海焱已经被踹了，当了两年备胎。邢海焱听了，反驳说："不是两年是一年多好不好。"孙乾改口："对对，一年多，反正是备胎，这性质没错吧。"高伟志看着邢海焱，露出求证的眼神，邢海焱就叹了口气，说："没多大事，就算修炼了一年多。"

高伟志就问咋回事呀。

邢海焱仰头朝着天花板叹口气："啥事呀，就是不够做亲人的级别呗，人家跟咱们不亲，说走就能走，咱们没牵住人家姑娘的心。"

孙乾在一边意味深长地说："得了，还是恋爱时间太长闹的，我说过不，一动心就闪婚，夜长梦多。刚才我说你备胎两年，是夸张了点儿，不过真是太长了呀，谁没个毛病呀，一露馅儿就完蛋了。"

高伟志也给说乐了，说："邢海焱是个知识分子，就是露馅儿也是有知识的馅儿，怕什么呀，还是没缘分，或者呀，肯定是打算追求精神品质高度默契的灵魂伴侣。"

"得了，盲目注重精神世界，到头来鸡飞蛋打一场空。"孙乾说。

邢海焱也忍不住叹口气，一言难尽的无奈写在脸上，自嘲：“其实我就是个超级大傻瓜，孙乾说我是备胎也真没错。人家前男友，还没断了，又续上了，没我什么事了，我还啥也没看出来，你说我不是个大傻瓜是什么。”

孙乾忽然来了兴致，说：“我给你出个馊主意，你要下点儿功夫，再把你女友抢回来咋样？”“得了吧。”邢海焱哼了一声，“一听你说话我就泄气。我已经自省了，大丈夫何患无妻呀。别替我操心了，盼着要我娶的姑娘多着呢，就等我在枣树湾扶完了贫，全国都没贫困户了。”

大伙儿笑，那就等着，那就真成了老腊肉了。邢海焱也笑，忽然转向高伟志，“你怎么样，女友呢？”

高伟志摇头。

孙乾不信：“就是在北京，像你这样的，难道还不够帅呀。”

邢海焱嘲笑孙乾：“得了，帅哥的生活，你是缺乏想象力的。”

可是高伟志一脸诚恳，说：“你们不了解北京，我这样的人太多了，太平常了。优秀的女孩很多，但她们看不上我，这很正常呀。”

几个人东一句西一句闲扯着，然后高伟志忽然问邢海焱：“刚才那个韩芗，你觉得怎么样，看样子还没结婚吧？”

高伟志直接提到了韩芗，这叫邢海焱一点儿没想到，只好蒙着说好像没结婚。然后问高伟志：“你问这个干啥，你什么意思？”高伟志没回答邢海焱，继续又问：“这个女孩怎么样呀？”邢海焱有些不知道怎么回答，不自然地笑：“我怎么知道，认识没多久也不了解。你说外表呀，你今天不是看到了嘛，人家孙乾说过，好好打扮一下也可以，不难看。”他和孙乾都笑了，高伟志没笑也不再问了。

邢海焱却往心里去了，又看了一眼高伟志：“你啥意思，你没事吧。”说完自己去倒水。高伟志却接着刚才的话题，说：“不至于说喜欢，话还没说两句呢，怎么谈得上喜欢呀，也顶多就是不讨厌就可以了吧。女孩也行呀，大大方方的，这个类型，看样子属于心里很有数的那种。”

孙乾马上跟上一句：“那倒是，这一点你看准了，谁家女孩这个岁数还到山穷水尽的地方挂职呀，没有点儿想法肯定撑不下去。”高伟志却说：“挂职锻炼这不是坏事，挺勇敢的。这个韩芗，今天一眼就觉得她跟一般女孩不一样。”

邢海焱递给高伟志一杯水：“你喝多了吧？还不认识人家就评价这么多？”转到屋外，脑海里就出现第一天看到韩芗骑着破摩托领他们进村的情景，就扭身对着屋里说，“人家特能吃苦是真的。”高伟志却说：“面相倒不是受苦的女人相。”孙乾咧了一下嘴，接话：“你这北京待的，老厉害了，连面相都懂了呀，克夫还是旺夫呀，你倒是说说，看哪儿呀你说说。”

几个人胡乱说着酒话调侃到了半夜。那边屋子里老曹震天的鼾声，提醒着他们应该休息了。村里没路灯，漆黑一团，真是伸手不见五指。邢海焱怕高伟志掉沟下面去，说就在这里休息吧，说着便把自己的另一床被子抱了出来。高伟志就在沙发睡下了，大伙儿都累了，很快，一片呼噜声此起彼伏。

第二天早晨，在狗叫声羊叫声鸡叫声中，邢海焱已经习惯性地早起了。他还以为大家都酣睡，走出门，轻轻地，却一眼看见已经坐在沙发上不知道醒了多久的高伟志。邢海焱一边揉眼一边逗：“还以为你起不来呢，北京人民起得更早呀，不然赶不上头班地铁呀。”高伟志从沙发上起来，伸了个懒腰，伸展上身扭动腰背，说：“我看你也已经习惯了枣树湾的农民生活了呀。”

两个人说着话，一起从屋里出来，顺着小道没一会儿就走到了村南口。那里是大片麦子地，看着绿油油的嫩苗，高伟志使劲儿地吸了一口清爽的麦香。邢海焱几乎每天早晨都到这边转转，看着高伟志很带感情的样子，故意奚落他：“看来你呀，无论在北京享受过什么样的生活，对家乡的一草一木，还是带着感情。”高伟志看着远处，扭脸对邢海焱说："就是，我永远不会嫌弃这里，穷是穷。现在有能力了，敢说这个话了，穷可以改变，以前不说这个话，没这个能力。我正想跟你说，我有了新打算，打算回这里，你说呢？"邢海焱没反应过来。高伟志突然往下面河滩上跑去。因为不久前刚下过雨，所以河滩上凸凹不平，有坑洼的地方，还有积水。高伟志蹲下来，把手伸进去，捞了一块石头出来，在手里把玩儿着。邢海焱忽然感觉到，看似淡定的高伟志也是有心事的。

高伟志站起来把手里的石头朝远处用劲儿掷去，没回头，轻描淡写地说了一句："我跟你一样，感情的事出问题了，连备胎都不是了，人家去了加拿大。"

九

接下去两天，高伟志把自己的想法又跟邢海焱聊了几次，他这一次回老家，不仅仅是探亲和看望来扶贫的老同学，真是有想法的，而且很成熟。有天晚上他俩喝了酒，高伟志跟邢海焱聊得很深入，他说起这几年在北京的奋斗，虽然在别人眼里，他的奋斗是勇敢的。但在北京的漂浮不定的生活，其实令他内心也充满了茫然和孤独。但他从没有停止过对心中理想的思考和对期待的事业的寻找。

高伟志深有感触，在北京这种一线大城市，对于像他这样一个农村长大的男孩子来说，一个人的力量太微薄了。用他自己的话说，就是使出天大的劲儿，期望能翻江倒海呢，其实连个水坑里的泡泡都冒得有气无力。高伟志说刚毕业的时候，有点儿无知无畏，觉得自己是一个不平常的人，才有勇气去了北京，想着闯出一片天地。可是到头来八年了，自己在北京受了说不尽的苦，连个一般人的生活都混不成，永远在焦虑、奔波、困惑、迷惘中。他提到前女友时，邢海焱看出高伟志仍然很耿耿于怀。高伟志对邢海焱说，虽然我还仅仅是个小人物，但是我有尊严，我的态度是，我出身卑微但我做人不卑贱，如果属于我的，自然是我的，赶也赶不走，抢也抢不去。但是，当你自己明白，无论如何你也挽留不住她，她最终不属于你的时候，不如把你的手展开，把一手的沙子扬出去，落个潇洒。说到潇洒其实我不潇洒，我很累了，心真的痛了，这一场没有结局的恋爱，彻底叫我醒悟了，也许我应该回到属于我的土地上来，有属于我的天空和土地，才能施展我的所有理想。两个人的话题转到枣树湾的土地和乡亲，邢海焱说起对老敢书记的敬佩，耳闻目睹村里发生的一些有趣事，高伟志才渐渐褪去脸上的阴郁，表情都像天空一样明朗起来。

说话间，高伟志的二叔高国兴来了，满怀心事的样子。坐下以后，高国兴跟高伟志说了自己的最大心事，意思是叫高伟志劝高赫回老家帮他种大棚。高国兴情绪很激动，表现出对高赫的极其不满，说他在城市混来混去，连个租房钱都赚不到，每次回家就是要钱；像样的工作也找不着。就这样在城市，没个盼头儿，还不如回家种大棚。辛苦是辛苦，一年能赚几万，这才是货真价实的。

邢海焱想起在车上高赫说的话，就问高国兴："你跟高赫谈过没，他到底是啥态度，上次不是带着女友回来要结婚呀。"高国兴一听又有点儿急："他说话哪有准儿呀。上次是带着那个梅梅来了，你还不知道吧，那个梅梅也是什么地方穷人家的，说什么要结婚先给她家里十万彩礼，还要求至少在城里买房子找工作。一听就胡扯，没准儿是一个小骗子呢，我肯定不答应。高赫就跟我和他妈当场翻脸，门一甩就走了。这不孝之子算白养了，你看人家伟志，在北京大公司上班，又好看又风光。唉，说来高赫这个混蛋孩子真丢人呀。伟志，你跟他从小一起长大，他就听你的，你招呼他赶紧回来，别扯那用不着的，就回家种大棚赚钱，娶个媳妇回来。十万块，那点儿钱还叫钱呀，其实我是故意瞒着高赫，在我老高家，那点儿钱早准备下了。"

说到这儿，高国兴又坦言："假如高赫回来，这套房子都可以推倒了重盖，外墙瓷砖，院里瓷砖，房子挑高，双重玻璃。"孙乾在一边挺羡慕嫉妒，酸唧唧瘪着脸添怪话："你的日子过得可真不赖呀，我看还是你给我们扶贫得了。"

高国兴不解孙乾话里头的意思，接着自己的畅想："去年咱家弄了一个大棚，赚钱倒不多。我打算，如果高赫能回来弄三个大棚，那才叫赚钱。”说着忽然想起高赫很不配合，就有些泄气，还有点儿恼怒，又接着话题转到让高伟志劝说高赫回家的事上。

高伟志听二叔说完，站起身，帮着高赫解释道：“我马上就给高赫打电话，反正道理你们也给他讲多少遍了，按说他也听明白了，但是为什么不回来，肯定有他自己的想法。他也说了，农村生活枯燥没意思，没事业可干，还有就是他小女友的态度，也很关键对吧。二叔，你放心，我看怎么跟他说他能理解和接受吧。”

没等高伟志说完话，几个人忽然听见外面有摩托声。大家猜想又是高伟志的哪个光屁股发小知道他回来了，迎出去，却见是韩艿推着摩托风尘仆仆地进了院子。大家都意外韩艿来了，当然很高兴，赶紧上前问候。韩艿摘下头盔，头发不知道什么时候剪短了，样子好像变了，很清爽。

邢海焱一边给韩艿倒水，一边想起几个人背地里议论人家韩艿的话，端着水过去，暗中仔细地打量了一下韩艿，这一仔细看，忽然心里有种说不出的感觉。因为他以前接触过的女孩多是化妆的，现在有点儿不习惯对面的女孩不化妆。韩艿没化过妆的肤色看上去很真实健康，额头发亮，鼻梁上有浅浅的晒斑，眼睛不大，眼珠亮晶晶的，鼻子秀巧，嘴角上抿带着笑意。被打量的韩艿好像没感觉出邢海焱的特别眼光，叫邢海焱帮着从车后备厢里拽出来一个大袋子，打开一看竟然是猪肉。大伙儿笑了，很意外很实惠的礼物呀。韩艿也笑说，这个不是单纯的猪肉，进屋我告诉你们怎么回事。

邢海焱把袋子拎进屋子。韩艿叫邢海焱拿过盆来，把一大块猪肉放进盆，然后招呼大家过来仔细观察那猪肉，问大家，发现这猪肉与别的猪肉有什么区别没有。大伙儿看了半天不知道究竟有啥，也就是块很新鲜的猪肉，还是孙乾有所发现，扒拉着那肉说：“这个猪肉说到不同，就是有肥有瘦的，不像街上或者城市超市里卖的，五花肉就是五花肉，要不就是前肘后座的。”

韩芗高兴地接过话头儿，用手扒拉着肉，告诉大伙儿："孙乾说对了，这就是咱们坡坝乡有名的梅花猪肉。你们看，这肉质有肥有瘦、红白相间，很像梅花，对不对？"大伙儿一听，再看那盆里的猪肉果然就是韩芗说的那样，瘦肉层里有丝络，肥肉里带着筋，瘦肉很红肥肉很白，果真就像梅花图案。这个发现叫大伙儿很惊奇，一旁的高国兴不以为然地说："哎呀，早些年咱们枣树湾也有这个品种的猪。后来没人当回事，这种猪养不大，出栏时间慢，不赚钱，没什么人养了。"韩芗扭脸看着大伙儿，说："今天中午，我来炒菜，就吃这个梅花肉，大伙儿尝尝味道如何？"

于是，就在扶贫驻地，韩芗主厨，说给大伙儿炖一锅梅花肉，还要炒几个菜。高国兴去地里摘菜，韩芗就开始洗肉切肉。看韩芗挽着袖子很利索地干活儿，几个小伙子都插不上手。邢海焱没想到韩芗这么能干，前一阵子一直觉得韩芗是个不爱作声还有些腼腆的女孩，没想到却还有泼辣的一面，就凑过去搭讪，问："你这手艺，是从家里练出来的吧，不可能挂职练出来的，我听说你平常都在食堂吃饭。"韩芗就笑了，说："那倒是，我自己不开火，没机会，今天赶紧给你们展现一下。"高伟志在一边也赞扬说："韩芗在家里呀，肯定也是能伺候一家人的主儿。"大家哄地笑了，孙乾却嘲笑高伟志："你真不愧是农村长大的，去过北京还是农民本色，你去城里看看，谁家一个闺女不是被爹娘伺候长大的呀。"韩芗一听，不以为然，很爽朗地说："我就不是，我爸妈从不伺候我，只恨我吃的苦不够。"孙乾补话："难怪你爸妈让你来村里受罪呢。"

韩芗似乎不喜欢话题在自己身上，忽然转了话题："大家注意，秘诀在这里，炖这个梅花肉是不放任何作料的，只要葱姜盐就行。你们肯定说好吃，你们看这肉多好呀，就应了那句俗话了：'宁吃肥中瘦，不吃瘦中肥。'"好家伙，猪肉进了锅，大伙儿期盼着，终于韩芗把锅盖揭开了。大伙儿全部凑过去要求品尝，果真不一样，这个梅花肉吃起来，确实和别的猪肉不一样，肉质筋道有嚼头，而且因为没有大料之类的味道，完全是原始的猪肉香味。大伙儿一边咀嚼品尝着一边不断点头称赞不已，每个人都是吃完一块又吃一块。等韩芗把炒菜端上桌，细看盘里炒好的梅花肉，明显可以看到肉片肌肉的纹理，夹杂在瘦肉层里的肥肉也已经融化，露出包裹在里头的脆嫩的白色软骨。

大家把韩芗炖的一锅肉、炒的猪肉芹菜、肉汤炖土豆粉条，加上一锅大米饭，风卷残云般全干掉了。孙乾还一直嚷嚷给他留点儿晚上吃。等吃光了，大伙儿意犹未尽地讥笑他，中午我们都没吃够，还给你留到晚上，哈哈哈。

邢海焱兴奋地说："这么好吃的梅花肉，超市有钱你都买不到，我看呀，这品牌也不比咱们黑头鸡差呀，不如咱们枣树湾就赶紧接着养梅花猪吧。"等大伙儿讨论完，韩芗终于换了说话语气，告诉大家，她也是这个意思，她是来跟大家商量的。

韩芗说："我也是想，看看能不能恢复养这个梅花猪品种。"韩芗想到刚才高国兴说的话，对他说："国兴叔，你刚才说到产量不大，也卖不上价是事实，针对这个问题咱们想想办法。咱们枣树湾不是没资源，但是怎么挖掘出来，需要有个突破。"

吃完饭以后，大伙儿依旧很兴奋，围坐在一起，热烈讨论梅花猪、黑头鸡的市场前景。韩芗也特别高兴，也说了自己的设想，说借助电商销售应该是个办法。说到电商，大伙儿来了劲头儿，七嘴八舌地说到很多产品借助电商成功销售的案例。比如神话一样的褚橙，当然重要因素之一也是因为这个卖橘子的老头子有来历；但是又说到东北卖酸菜的，就是一个退伍小伙子；还有查干湖卖大鱼的，全是渔民，销量也都很不错；还说四川老婆婆泡菜也卖得好，还有个太湖卖鸭蛋的老太太。对了，"双11"海外购买量超级大，猜猜什么东西卖得好，是老干妈！说明什么呀，市场呀，还有大学毕业没工作的小伙子卖面膜，如今一年赚千万。说到淘宝网叫无数平常人致富的奇事怪事，大伙儿更是兴奋。说着说着，大伙儿落地上了，是呀，人家行，我们行不？我们能做点儿什么呢。大伙儿还是觉得枣树湾黑头鸡、梅花猪肉市场会很好，我们自己怎么做，能做什么？韩芗也坦白承认，虽然咱们的产品好，但是缺少有经验踏实做事情的人，确实是个最大的烦恼。大伙儿七嘴八舌，说起眼下农村普遍的现状，坡坝乡这一带，几乎没有壮劳动力，年轻人都出去了，已经出现很多空心村了。

一旁的高国兴一直听着大伙儿讨论，也叹口气说，其实大棚也是因为缺少劳动力才干不大，本来赚钱，就是缺年轻人。说着说着大家的话题就转到来这里挂职的年轻人韩芗身上。高伟志挨着韩芗，就扭身满脸认真地看着她："你跟我们说实话，来挂职多久了，是不是到了时候就一走了之了。"大家都关注地看着韩芗。韩芗脸色有些不自然，一时语塞，嘴唇嚅动了一下还是没说出什么。孙乾替韩芗解围，插嘴说："你们不能要求人家韩芗待多久，挂职嘛，当然就是短期的呀，来锻炼来了，对吧。韩芗回去有资本了，还可以进步。"韩芗这下马上反驳："那也不一定吧，看个人什么情况。"

邢海焱知道韩芗挂职到年底就结束了，就问她："你怎么打算的呀，一年结束就回去？"孙乾冲着邢海焱说："还用说呀，不管黑头鸡、梅花肉多么好吃，跟咱们的关系不大，咱们也不是这里的人。咱们说到底，扶贫一年就走了，一年时间也起不了什么作用。"邢海焱一听，笑嘻嘻地扭脸对高伟志开玩笑："你瞧，这话应该你接。你是枣树湾好青年嘛，这个任务应该是你的，你的家乡呀，好不容易回来了，千万干点儿事，不能轻易又走了，对吧？"

孙乾也说："也是，难怪农村这么穷，总也发展不起来。这么好的青年都走了，谁来做事，谁来发展家乡，家乡的未来都走了。咱们这些外头人，来一年半载能起什么作用，根本不会有什么大作为。"

高国兴赶紧替伟志说话："人家是北京人了，上了高层次，跟咱们这个破村永远没关系了。不像我们，吃召河水长大，哪儿也不去了。”

“二叔，我也是喝召河水长大的，我也不会忘记老家的。我在北京工作，没房子、没车、没户口，就这个样子了。那里不是我的家，早晚我会离开的。”高伟志口气里的坚定，叫邢海焱想到他跟自己说到的那些纠结心事，邢海焱心里有些触动，他真诚地对高伟志说：“不管你以后做出什么样的决定，我都会支持你的。我也不知道能做什么，反正到时候你一声吆喝我就来啦。”

高国兴不知道俩小伙子话里面的话是什么意思，但是韩芗似乎感觉到了什么，眼睛定定地看着高伟志。高伟志抿了一下嘴角，好像也是受了鼓励，终于说：“我也是在给自己鼓劲儿下决心，我正想离开北京呢。”

高国兴一下惊了忽地站起来：“离开北京？上哪儿？哪儿还有比北京更好的地方？”

高伟志笑了一下说：“天底下好地方多着呢，不光是北京一个地方，你的心在哪里，哪里就是好地方。”

邢海焱也鼓励高伟志：“说真心话，那天咱们俩交流以后，我也想了几次，今天韩芗又来给咱们炖梅花肉，我真是动了心思，多好的地方，枣树湾，我太喜欢了。伟志，也许真的是你的一个选择，你一定能够做成大事，像你说的，在北京外企上班，那是给人家干，虽然你能够赚到钱，但是你的理想和未来可能不是赚这几个钱就能实现的，对吧？”

孙乾一边插嘴：“你去了北京这么多年，连个户口都没有，还是个京漂呢。赚钱了能怎么地，也落不下根基，除非你娶了有北京户口的女孩，才能成北京人；或者排队等指标，前面还有两百万人，你要等到成了中年人；还有到底跟谁能结婚还是个事呢。假如女方没北京户口，还麻烦了，你俩在北京都没未来，有了孩子，要么黑天半夜排队报名上幼儿园，报不上还得弄回枣树湾养活，那你说在北京混的是什么呀。”

看来高伟志要离开北京的话头儿让高国兴上心了，神情迷迷糊糊的，在一边嘀咕："不管怎么样北京不能离开，那是首都呀。"大伙儿一听，就嚷开了，说二叔真是，高伟志有心思回老家多好呀，你不是刚才还骂高赫不是东西不肯回老家呢嘛。高国兴说："他俩是两码事，伟志是个有远大前程的人，读过好大学。高赫没上过好大学，在城市没机会，才打算叫他回老家的。"

大伙儿知道一时半会儿跟二叔也难以沟通，也就不跟他争论了。韩芗听出高伟志似是而非的态度里面其实还有很多犹豫和难以取舍，她也带着宽慰的口气对高伟志说："不管怎么说，这种选择对你而言是很难的。"高伟志听一个年轻女孩很体谅地这么说，忽然就觉得本来这很重的心思，瞬间也没那么重了，他竟然故作轻松眨巴着眼睛半开玩笑地对韩芗说："这样吧，我还要做几次思想斗争。假如有一天我真的回来了，肯定是因为你在坚定地支持我。"

韩芗有点儿不好意思，脸都红了，大伙儿也趁机鼓噪起哄，说韩乡长的任务艰巨了，要招商引资、培养项目、引进人才、开拓市场，真的应该有高伟志这样的男人在后面支持才能有成就。

十

快到五一了，哥儿几个在一起捆绑了数日，高谈阔论也疲倦了。高伟志说要去临县考察，孙乾和邢海焱就回了趟省城。邢海焱一进家门，好家伙，好长时间没有人住的房子到处都是尘土，玻璃成了磨砂的不透亮了。他擦完桌子又擦地，之后看着床单，磨叽犹豫了一会儿，还是战胜了懒惰，干脆全面大清洗算了。邢海焱本来约好舅舅闵桦了，只好打电话说今天不去郊外骑行了，说家里搞卫生，估计要干很长时间，舅舅说没事，有空再联络。

终于把所有的脏衣服、脏床单全部洗好晒好，邢海焱看着里里外外清新的家，浑身酸痛疲乏，暗自怀念了一下前任聂晓丽同志的辛苦。他又看了下自己收拾一新的家，更是充满成就感，索性劲头儿又来了，又唱着小曲儿收拾了厨房和卫生间，出了一身大汗。邢海焱假装自己是外人，走出屋子，装作串门儿一样进来打量，屋里屋外一转悠还真很满意。快下午一点了，他赶紧换了衣服，到楼下小餐馆随意要了份黄焖鸡米饭。

他本来很饿，可是等饭菜端上来，一吃那碗里的鸡肉，就完全失望了。这鸡肉几乎没什么香味，是饲料鸡，肉质很糟。他举着筷子，发了会儿呆，觉得奇怪，想不通，自己怎么会吃不下去，以前吃得很欢，咋回事呀，不会吧，难道吃过黑头鸡，别的鸡就吃不进口了？他又马上想到那天韩芗炖的梅花肉的味道，自己眼前的鸡肉便更吃不下去了，好歹塞了几口就不饿了。回到家里邢海焱好好睡了个觉，觉得精神焕发、心情畅快，去买了水果，打算回家看看父母。

买水果的时候，女老板很多嘴，问他：“你媳妇出差了？怎么老不见她来？”邢海焱心平气和地跟女老板笑了一下。出了水果店，邢海焱仍然很平静。他自己也有些意外，看来呀，去村里自己疗伤有效果，时过境迁了，没那么难受呀，我又越过了一道坎，前任聂晓丽的时代真就过去了。

并不是双休日，邢海焱还以为家里没人，等打开门，却看见父亲一个人坐在阳台的躺椅上半睡半醒，便走过去问怎么没上班呀。邢庭鑫含糊地说，去也没什么事，他想站起来，却似乎很累，身体一歪，邢海焱赶紧上前扶住，他有点儿担心，仔细打量父亲，问，你没什么地方不舒服吧？

邢庭鑫摇头，要去烧水，邢海焱赶紧叫父亲歇着，自己去烧水，然后洗了水果，拿过水果刀到阳台，给父亲削苹果。削好了，邢庭鑫一口也不吃，劝了几句，他还是说不想吃。邢海焱暗自揣摩着，就没话找话说，但父亲也不怎么搭理，有一搭没一搭的，邢海焱就不知道再说啥了。邢海焱走到窗前抬头看到天忽然有点儿阴，好像要下雨一样，便赶紧查查手机的天气网，上面果真写着今天有小雨。他自己家里的阳台是封闭的，窗户也是关着的，但父母这个家的北阳台没有封闭还晒着衣服，邢海焱就过去摘衣服。摘完衣服看父亲还独自在阳台上半倚半靠着长椅，邢海焱就没说什么悄悄走出家门。出了屋子，邢海焱想给母亲打电话，又犹豫，知道母亲很忙，父亲似乎身体没什么大事，也就是心情一般，还是二线综合征闹的。他也担心打搅母亲工作，就又放弃了。站在小区门口，邢海焱四顾不知道应该做点儿什么能帮助父亲高兴起来，要不晚上喝点儿酒？自己摇头担心父亲这个状态还喝酒，对身体有害。他漫无目的地走到街道上，忽然看到一个老爷子骑着一辆三轮车朝这边过来，车上全是绿色植物，邢海焱心里一动。

不到二十分钟的时间，老爷子的半车花草都已经搬到了邢海焱家门口的电梯里。邢海焱大声喊着父亲，故意弄得动静很大，邢庭鑫听见门口的声音，这才犹疑地走出来。不由分说，邢海焱已经把最大的一盆使劲儿搬到了客厅，那老花农跟在后面忙乎，恰巧对门人家有亲戚出来，看到花草也大声赞美，楼道里一片馨香，邢庭鑫也赶紧出门上前帮忙搬进去。送走花农，邢海焱再一看家里，完全变样了，成了绿色世界花的海洋，到处是花团锦簇，满屋子的各种花香。邢庭鑫终于兴奋了，嘴里一边埋怨儿子乱花钱，一边拿着花壶小心翼翼地整理着凌乱的花枝，还嗅着鼻子，满脸的快乐。邢海焱都看到了，心里很是快慰和得意，家里添了花草的新鲜美感，果真把老邢的沉郁一扫而光了。

晚上，闵舒婷一回家，看到满屋子的变化，跟父亲的反应一个样，也是一边埋怨乱花钱，一边满脸欣喜地左顾右盼地观赏，非常高兴。她跟父亲一边整理花草，一边还争辩着关于花的不同品种的优劣，似乎也不顾晚饭吃什么了。直到邢海焱从冰箱掏出一块冻肉，两人才笑呵呵地站起身。

等吃饭的时候，闵舒婷还是扭脸看着那些花问邢海焱各种花的习惯，然后就忽然调转目标，对着邢庭鑫大声说："给你的新任务你听着，家里所有的花必须活着，你负责，一盆死掉，找你是问。"父亲呵呵笑，不理会母亲的命令自顾自端着面条，到阳台看花去了。

看到父母亲高兴，邢海焱趁机问父母五一有什么想法，愿意出去玩儿吗？邢庭鑫端着碗回到桌前，邢海焱就问父亲，想去哪里？

邢庭鑫停住筷子，一脸郑重的样子，邢海焱就等着看父亲会说什么。闵舒婷刚要说话，邢海焱拿眼睛制止她先别说。闵舒婷嘴巴停住，低下眼睛慢慢拿筷子捡菜里的酱豆吃，也看邢庭鑫怎么表态。结果，老邢就猛地冒出一句："那咱们，就去趟西召吧。"

邢海焱愣住了，跟母亲交换了一下眼神，母亲没什么表情也没出声。邢海焱表情却是犹豫，看来父亲憋的不是一天两天了，心里一直惦记着呢，父亲要去哪儿呀，是真回西召老家吗？不合适呀，老家已经没什么走得近的亲戚了，去干什么呢。见邢海焱跟闵舒婷都不吭声，邢庭鑫就不说话了，闷等了会儿，说话调子下来了，闷闷地说："要不就随意吧，你们愿意去哪儿都行。"邢庭鑫态度的突然转变，反而叫闵舒婷沉不住气了，她就埋怨开了："你看你，到底去不去，要去西召也没啥，去就去吧，给老人上坟，再看看老房子，看看啥样了，也不是不能去呀。"母亲的几句话，显然已经叫父亲激动起来，他没说出什么来，脸色已经亮了。

闵舒婷破天荒的开明大度，成就了一家人简直是破冰之举的一次大型返乡活动。距离五一还有两天呢，他们已经准备了一车子礼物，准备送给邢庭鑫绞尽脑汁能想到的远房亲戚或发小，其实他惦记到了所有的人，虽然这些年根本没任何来往，但有这份心愿，邢海焱说什么也要满足了老邢，也不管闵舒婷在一边怎么埋怨，就是不理会，只准备装车出发。

虽然看似准备得很充分，但其实完全是一次无目的的旅行，没什么去访问的具体人，也没什么具体事。于是，临出发，邢庭鑫反而心里惴惴不安起来，在屋里走来走去，想说什么又不好开口。

还是邢海焱安慰父亲，老邢你怎么啦，近乡情怯呀，没事，就是一次不带地图的旅行，你慌什么呀，我们自己花钱住旅馆，饿了花钱吃饭，就是随便溜达，到了老家见到熟人更好，见不到就当旅游一圈。

三个人难得的一次步调一致的出行。上次老邢自己回去，是他父亲过世的时候，这是老邢心里一个一直没有解开的大疙瘩，闵舒婷就是不跟着去。邢海焱认为就是那件事叫父母结了半辈子梁子，所以他心里加着小心，一定警惕，万一话赶话撮火怎么扑灭是他最要紧的事，别把一次愉快的旅行弄坏了。

上回还是邢海焱上小学跟着回去的时候，都是公路，崎岖颠簸的路算好的，之后就是牛车、马车、驴车，甚至只能步行。不到二十年，老家已经通了高速，路况非常好，到了西召，还有国道省道，也是一路畅通。西召是太行山区，跟华北平原的气温相比较，大概要晚上半个月，因为工业污染少，空气清新，紫外线强度很高，一路上见到的人不多，但路两边到处是盎然的山间风貌，草儿都在返绿。

老邢张着眼，使劲儿瞪着窗外，闵舒婷一旁撇了一下嘴，训斥他说："老邢，你睡会儿觉行不？你怎么也不困呀，淡定点儿，别这么紧张行不，你轻松点儿行不，你把我俩都弄得怪紧张的呀。"

邢海焱前面开车，也故意揶揄嘲笑："是呀，爸，你那么激动，果真近乡情更怯呀。"老邢就有些不好意思了，这才把伸出去的头往回收了收，身体回到座位上。早晨九点多出发的，开了两个多小时才到了县城，邢海焱带着父母吃了饭，说休息一下，老邢不肯，非要继续前行，结果又走了两个小时。这两个小时的路就惨了，还几次差点儿拖底，几次差点儿拐到沟里，过了一个旱河沟，又是几道坎子，就看到一个小村落。村子的建筑式样唤醒了邢海焱的记忆，还是夯土加石头的房子。邢庭鑫已经下了车，快步朝村子里走，闵舒婷问他是这里吗，他也不回答。邢海焱的车只能停在村口的树林子外，因为进不去了，他扶着母亲加快脚步追上父亲。

村里几乎看不到人，很多人家都是上着锁的。三步并作两步的邢庭鑫一言不发，不管身后闵舒婷、邢海焱，七拐八绕，就到了老邢家的老宅子了，三个人都有些傻眼。眼前，猛一看哪里是什么房子，就是一堆建筑垃圾堆积，仔细打量，才看到还有破旧歪斜的门板，上着锁，锁也早已经生锈了，但很奇怪，似乎还有人住的气息。邢海焱看父亲站在锁头前发呆，自己就上前扒着门缝往里面看，可是里面黑洞洞什么也看不清。闵舒婷在一边有些着急，皱着眉头，走来走去，又朝村里张望，疑惑地问："老邢，你没记错吧。"

见邢庭鑫还犹豫着，邢海焱转身绕到房后找石头，忽然就注意到杂草丛中似乎是坟冢的小土丘。这时候，老邢也已经绕过来，表情异样，紧盯着那土丘，邢海焱明白了，那该是爷爷奶奶的坟冢。闵舒婷走过来，邢海焱围着院子终于找到了一个已经坏了的铁铲子，而邢庭鑫已经上前用手扒拉那上面的杂草。闵舒婷接过邢海焱的铲子帮着老邢收拾坟冢，邢海焱一边站了一会儿，也蹲下来帮着父母收拾坟冢，之后走到前门。

这个时候，一个骑着摩托的人路过，停住车看见他，又看到从房后走过来的老邢，上前很热情地问："你们不是这里的人吧，是找邢庭裕吗？"

邢海焱听名字感觉跟自己父亲有关系，但不知道他说的人是谁，赶紧扭脸看父亲。邢庭鑫早已经反应过来，上前跟那人搭话。那个人指着村子前头说："邢庭裕可能在村子东头那槐树下小卖店呢，你们是他亲戚吧，好多年没回来了吧，他跟老庆奶奶在一块儿呢。"

邢海焱摸不着头脑了，不是说没什么亲戚了，怎么又冒出一个邢庭裕。邢庭鑫前面走着，一边急切地解释说，邢庭裕是叔伯堂兄，说自己也不知道怎么回事，他本来不在村里的，咋会回来了，说这个堂兄跟自己一样，是早就离家出去了的，说着话他脚步更急了。

等看到大槐树，就看到了挂着小卖店招牌的地方。那房子也是石头加上夯土的结构，但比老邢家的老宅子新了一些。老邢上前掀开门帘子，三个人进了屋子，黑乎乎的，外面太亮，屋里只有一个小窗户，一时间眼睛难以适应。等过了会儿，他们才看见柜台里站着一个老婆婆，过道炉子边坐着一个老头儿，老头儿也正呆愣愣看着邢庭鑫。邢庭鑫上前仔细打量，突然激动得说不出话，屋里的人都有些莫名其妙，直到叫了一声邢庭裕的小名，那老头儿也没认出邢庭鑫。闵舒婷看情形赶紧上前，帮着说话，说了几次邢庭鑫的名字。那老头儿嘴唇翕动着，好像知道邢庭鑫是谁了，可是神情还是比较麻木，反倒是柜台里的老婆婆听明白了。她说话了，带着浓重的口音，邢海焱、闵舒婷都听不懂，她问："是二叔家的庭鑫不，老早出去念书的？"就这一句话，邢庭鑫就开始流泪了。

邢庭鑫虽然在这个地方出生，到了十九岁才离开，却并不认识这个叫老庆奶奶的老婆婆。老庆奶奶招呼他们一家三口坐下，邢庭鑫拉着邢庭裕的手，刑庭裕看上去也是很高兴，却只是傻乎乎地笑着，他们这才意识到可能这个老堂哥脑子有毛病了。果真，幸亏这个老庆奶奶不糊涂呢，精神头儿也很好，还能算个账、做个买卖呢。

那个指路的男人跟老庆奶奶说了几句话，邢海焱得知他是老庆奶奶的侄子，这几个人见面相识的空当儿，小卖店也没再进来一个买东西的人。

老庆奶奶说，她知道邢庭鑫这个远房堂弟，还是同村的人说的，说她自己是邢庭鑫走了以后嫁过来的。老庆奶奶人挺开明，也不避讳自己的隐私事情，说是老庆爷爷老早死了，指着傻笑的邢庭裕说，你哥在城里过不了了，就回来跟我搭帮一块儿过呢。邢庭鑫虽然跟邢庭裕很多年并无一点儿往来，却也听说他本来是在保定的一个县城有工作的，不明白现在怎么回事。老庆奶奶就解释，早就下岗了，家庭也散了，孩子跟着老婆不知道去什么地方了，他生了病，是叫本乡的人接回来的。

说着话，天色已经见黑了，想着要回去的路很难走，邢海焱就小声提醒父亲，没法儿住下来就该走了。见父亲一脸意犹未尽，邢海焱还宽慰他说，他知道路了就好说了，以后随时回来。

邢庭鑫默默站起来，跟老庆奶奶还有堂哥邢庭裕告别。出门的时候，闵舒婷拿出来一千元塞给老庆奶奶，说来得匆忙也没买东西，也不知道能找到你们不，又说您辛苦了，拜托好好照顾我老哥哥。

回县城的路也并不顺利，天黑得很浓，不熟悉路的邢海焱分不清东南西北，上公路后就蒙了，几公里后才感觉出走错了路，耽误了不少时间，到了旅馆已经深夜了。

一天没休息，但情绪一直在亢奋中觉察不出，第二天，三个人感觉实在是累了。邢海焱一个人出去吃了早餐，给父母带回来早饭的时候，两个人才刚刚起来。吃早饭的时候，邢庭鑫跟闵舒婷都没说什么，只是静悄悄地吃，屋里只有两个人的咀嚼声音，尽量不提及昨天的事情。

然后就听从闵舒婷的安排，既然来了就去买一些当地的土特产。邢庭鑫没反对，但到了卖土特产的地方，他还是很内行地指点着闵舒婷，先买了枣花蜜。闵舒婷拗不过老邢还买了三桶散装的七十度的当地的枣杠子酒。

之后他们商量是不是到附近哪个景点看看，邢庭鑫却摆手，说还冷，山上风大，没啥看头。中午找了一家当地特色餐馆吃饭，下午转了转县城，又买了小米大枣烧饼。

第三天一早返程，闵舒婷显出疲倦了，上车以后马上就睡了。虽然开车的邢海焱很辛苦，但他却觉得这个五一过得很有意义。他在后视镜看到父亲望着窗外，一点儿不累，就问他想什么呢。

邢庭鑫看着窗外的风景，若有所思，“你觉得我的家乡怎么样，穷吗？”邢海焱笑：“那还用说，穷呗。”邢庭鑫却摇头：“我以前也知道，一直觉得太穷了，可是为什么，这次我回来，不觉得穷了呢？”

邢海焱说：“那肯定呀，我上次不记事，这次我感触着，穷是穷，看跟哪里比。”

邢庭鑫思忖说：“我承认穷，但是我的认识有变化，我以前觉得，就是穷，交通不行，没什么值钱的东西，真没什么办法。现在我忽然不这么想了，也许会有别的办法，叫这个地方不穷了。你看这几天，我们吃的喝的，都不错，还买了很多土特产，说明我的家乡也不是一无是处，对吧。假如这些土特产卖到全国，是不是也会有很多人买呀？”

说了会儿话，邢庭鑫睡了，是很安详地睡着了。邢海焱开着车，一点儿都不累，心里觉得格外踏实，不管在老家发生了什么，情形是怎么样的，都不重要了，满足了父亲的一个大心愿，而且，真诚地表扬闵舒婷同志这次的表现，终于体现了一个省直处级干部的素质，在必要的时候，支撑了脆弱的老邢一把。

回到家，换到熟悉环境的老邢更是高兴，跟闵舒婷在那里一边收拾那堆土特产一边开着玩笑，说自己真办了退休也有事干，就是开网店卖家乡的土特产，还有就是说起一路上刺激逗笑的事情，什么几次差点儿拐到沟里的惊吓，什么在马车车轱辘印子上前行的紧张，什么咬不动的烧饼还当好东西吃。母亲闵舒婷也很配合老邢的雀跃欢喜，巧妙地不露痕迹地完全避开了一些似乎不适合提及的敏感细节。

十一

五一假期马上就结束。因为把自己的家收拾得没尘土了，特别是家里的气氛祥和温暖，有点儿得意的邢海焱就开始考虑自己的那点儿闲情逸致了，晚上约了女光棍赵闵、李雯还有张艳霞一起到吃酸汤鱼的乌江小镇吃饭聚会。结果三个女孩，赵闵一个人来的，那俩妞儿竟然说已经有了男朋友，还说要带各自的男朋友来。这俩人真厉害，还不等邢海焱尴尬，人家俩见了邢海焱，就先上前开始痛击他，说请她们吃饭只有一种可能，就是他又被新欢给咋地了，又是为了疗伤，所以，决定不当邢海焱的感情垃圾倾倒器，带了男朋友来，就是故意气他的。还说，邢海焱这一下乡，更惨了，估计连个女的都见不到了。嘻嘻哈哈后，还正式介绍了各自的男朋友。

说话间，大伙儿也关心起邢海焱在村里扶贫的事情，话题一转移，一下打开了邢海焱的话匣子，他当即由懊丧变兴奋，心里想，我是有正经事的人，这几个家伙什么都不懂，我需要自我树立一下威信，干脆猛吹一下吧。像她们说的那样也太没出息了吧，我如今不会被小情小调干扰了，我是真干正事呢。

邢海焱兴奋地跟大家讲起村里的事情，为了烘托气氛，话就掺水分了，又是黑头鸡又是梅花肉，竟然召河大鲤鱼也使劲儿描述。虽然他也没见过什么召河大鲤鱼，连那高伟志都含糊地说，自己好像小时候吃过，要是召河再次有水了也许会有吧。说着说着，想起刚才几个女孩对自己的奚落，邢海焱就趁机故弄玄虚说，你们才傻呢，知道啥呀，去过几次农村呀，我们那才有美女呢。告诉你们吧，我们副乡长就是一个超级美女，人家天生丽质，什么都不抹，特俊，不用化妆品也比你们几个皮肤好很多。

邢海焱这么说当然是故意气几个女孩，果然几个女孩不服气了。嚷嚷既然枣树湾是贫困村，为什么你说的都是什么梅花肉、黑头鸡之类的，既然这个地方这么多好吃的，为什么还是穷地方。邢海焱有点儿说不清，是呀，黑头鸡好吃，梅花肉好吃，没错，可是枣树湾就是穷，也没错。

是呀，怎么能叫这些东西给枣树湾带来改变，叫这些好东西有了市场？枣树湾紧挨着召河，如果召河岸边因为生态观光带来经济效益，那枣树湾的老百姓又能不离开本土，又能赚钱，肯定就能脱贫了，而且枣树湾的活力一旦激发出来，相信肯定能过上小康生活呢。

大伙儿才从村里的话题转移到都市的世界，邢海焱的电话忽然响了。邢海焱一边听一边就站起来了，满脸激动，因为高伟志说，他已经从北京那家外企辞职了，等五一之后就回到枣树湾了，还说有很多特别具体的设想谋划要跟他商量。

可以想象邢海焱的激动，是替高伟志激动，自己更激动。高伟志说辞职，邢海焱真一点儿不意外，但是对高伟志要在枣树湾干大事业这个事情，他之前有点儿犯嘀咕。是的，上次在枣树湾，大伙儿群情激昂，但那仅限于口头讨论，要是动手，是要付出很多，可不是一说就行那么简单呀。邢海焱还听说，他家里人特别是书记爹是不同意他回来的。但是现在，高伟志做出了重要的决定。

赵闵看邢海焱接了电话激动兴奋的神情，就关心地问，村里出什么事了吗？邢海焱一言难尽，扭脸先跟张艳霞说："你同学，高伟志，你记得他不？"张艳霞回答："他怎么啦，不是在北京挺好的吗？"

邢海焱摇摇头，索性把好朋友已经从北京辞职，回西召创业这件大事跟几个年轻人说了，特别是他比较担心的部分，获得的竟然是大家的美赞。这叫邢海焱很惊奇，是自己口述得太精彩，还是当局者迷旁观者清呢？

赵闵看出邢海焱的疑惑，对他说：“你呀，只担心他会失败，所以你的心思光在得失之间徘徊，这样患得患失的，是不能做成大事的。我虽然不甚了解你的同学，但凭感觉就坚决支持你这个同学的选择，你应该想象到他的勇敢，这个选择是需要勇气的。还有就是我觉得你这个同学很有眼光，所谓在北京漂着也不完全就是白漂着，他一直在等待而已。如今他觉得机会就在眼前，只是需要付出更多的代价、要承受更多的压力，但我觉得他既然敢于迈出这第一步，就是一个勇者。”赵闵竟然拿出成功商人的做派说，“你跟他说，如果他的项目好，我可以投资。我也在找新农村建设的项目，特别是新农村建设特色小镇的发展，上头有精神，很支持，我本人也看好。必要的话，我还要亲自去看看考察一下，看看能否合作，我说的是真的。”

邢海焱酸溜溜地趴在桌子上，脸凑近赵闵，阴阳怪气地说：“我以前没发现你这么豁达，你这是相信我呀，还是相信没见过面的这个男人呀。”

赵闵看出邢海焱故意话里有话，端起一杯啤酒对邢海焱肯定地说：“首先我肯定信你呀，不然你说的话我为啥信呀！其次呢，那个没见过面的高伟志同学，目前为止还仅仅是个虚像，但你所描述的，就已经构成偶像的大致形象了，自己想想你是怎么描述人家的。高大帅气、智慧勇敢、勇于承担，还不断挑战自我，全是正能量呀，全是你缺乏的，邢海焱，这个男人也是你的偶像吧？”

一旁李雯、张艳霞也不住地敲边鼓。张艳霞因为跟高伟志是同学，赵闵、李雯就把脑袋转向她不停顿地问她高伟志这个那个的。转眼间，高伟志成了女孩子的讨论话题。

周一早晨，邢海焱、孙乾、老曹如约在高速口见面，一起回枣树湾。路上，邢海焱还是说了高伟志的事情，也说这个事情还没最后确定，他是担心高伟志在面临多方压力时是否承受得住。

果然，到了枣树湾不久，老敢书记就来了，在院子里叫邢海焱。邢海焱看到老书记脸色很沉，头发乱糟糟的，脸上的纹理更深了。他走出去，老敢书记就更直接了，问他知道不知道高伟志的事情。邢海焱犹豫了一下，还是承认自己知道了。

老敢书记就说，高占理不同意，很生气，自己也不同意也很生气。一句话，在北京多好呀，好不容易在北京落脚，干吗还要回到这个穷山沟呀，这八年不能白忙乎了呀。总之，老敢书记来找邢海焱，说高伟志下午就回来了，让邢海焱好好劝说高伟志，千万别误了北京的饭碗子，北京一个月能赚两万多块呢。老敢书记一边说一边用手使劲儿捂住腰，仿佛那两万块要从自己的腰包里掉出来似的，心疼死了。

中午邢海焱三个人吃了面条出来，听到高伟志电话说回来了，邢海焱他们走到村口见到高伟志开车进村，看到车上除了一大堆行李还有高赫，显然高伟志是顺便把高赫从什么地方也捎带回来了。高伟志风尘仆仆，但人还是很精神。高赫却是一脸的不情愿，嘟嘟囔囔地从车上下来，见到邢海焱他们也不搭理，直接回他家了。看他悻悻的样子，好像跟高伟志在车上发生了不愉快。

邢海焱不知道高伟志以后打算住哪里，因为高占理自从当了乡长，就不住这个村里了。他们家在县城有很好的房子，可是高伟志说，上次就已经跟爷爷说好了，回来暂时还住他小时候住过的老房子。邢海焱一听，笑，那是你爷爷和你说着玩儿呢。那房子太久了太破了条件不行。高伟志却说很好呀，你知道那位置可以看到召河的，他似乎早已经有了充足的心理准备，完全不以为然。

高占理书记车停在村口的时候，已经有村民看到了。帮着干活的高国兴、邢海焱还有几个村民正收拾房子，看到上门来的灰黑脸的乡书记，知道即将要有冲突，都很担心。他们停下手头儿的活计，脸上惶恐，个个心里七上八下的。邢海焱迎上去，看到了高占理书记脸上强忍的愠怒。高占理毕竟是一个基层干部，是个见过世面的人，不可能在很多人面前发作。他进了院子，什么话也不说，站那里背着手，大家尴尬地跟他打了招呼，他连眼睛都不抬，根本不搭理。大伙儿就继续干活。等了几分钟，高占理忽然走到泥堆边抄起铁锹，旁边的人吓一跳，还以为他要干什么，却见他用劲儿和起泥来，高伟志在房顶上看到了，转身从梯子上下来了。高占理就跟着高伟志进了屋子，顺手关上了门。大伙儿起初以为过一会儿屋里就会爆发战争，却等了半晌还是没啥动静，也就自顾自干活去了。

可能这是父子俩自从上次高伟志归家来，跟父亲说有了初步的回乡创业打算之后第二次的对峙。实际上到了今天，有理智的高占理书记也明白了，结果还是高伟志说了算。如同多年前儿子非要去北京漂，轻易就拒绝回到县里端财政局小铁饭碗。可是现在不同了，他竟然真回来了，当然高占理也明白，儿子也不是奔着失去的那个小铁饭碗回来的。所以起初，高占理还是气咻咻地劝着高伟志说，这里跟北京不是一码事，你在北京能端一个月两万元的饭碗，在这里，你没个像样的铁饭碗，你单凭两只手，一年能赚两万都算你小子能耐。

高伟志听了还笑，接着父亲的话说，自己肯定不是为了一年赚两万的事回来的。看到儿子根本听不进去劝说了，临出屋子，高占理甩给高伟志几句很难听的话。你也别狂妄了，不要以为在北京能一个月赚到两万块钱，自己就不得了啦，你别看我们这个地方穷，其实很复杂的，就你攒下那点儿钱，一百个两万块钱也什么都干不成的。

高伟志脸上很平静，语气也很温和，话一点儿也不软，他对高占理说："我并没有标榜自己成功了就如何，如果真成功了再回来就晚了，我只是不等衣锦就还乡了，跟你说了很多次了，我是有思想准备的，我只想做成几件事。"

好呀，高占理哼哼着，那我就等你交了学费，等你把你那几个钱打了水漂，就舒服了，也就知道该干什么干什么去了。

高占理从屋里出来虽然已经竭力克制着心里的火气不暴露在脸上，但大伙儿还是被他紧绷着都凹进去的面颊吓得够呛。高国兴停住手里的活计，看着他的背影，叹口气，摇摇头，无奈地说了句：“该回来的不回来，不该回来的回来了。”

邢海淼听见了，就问他：“二叔，高赫呢？”高国兴有气无力挥着铲子说：“家里睡觉呢，只要回来，就俩事，要不就是玩儿手机，拉屎撒尿都不离手；要不就是睡大觉，不管白天黑夜地睡。”

孙乾忽然不知何意地问高伟志：“你这次回来，韩芗知道了不？”高伟志笑，回答说：“不知道吧，为什么她要知道？她这一级领导，我就不用直接被领导了吧。怎么着，我需要特意跟她说吗？”说完就看邢海淼，邢海淼不知道孙乾啥意思，也扭脸看孙乾。孙乾眼睛来回在两个人脸上扫，故意不动声色：“还是主动说说吧，不需要地方领导支持，那你怎么进步呀。”

这时候，几个人同时听见院子外有摩托声，真是说谁来，谁就来了。韩芗的脸被山风吹得通红通红的，等进了院子，看几个人的神色，有点儿古怪，也没过问。孙乾已经看到她从后备厢又拽出一个大塑料袋，知道肯定有好吃的，果然香味儿已经从袋子里飘出来了。邢海淼、高伟志赶紧凑上去，孙乾接过袋子打开一看，嘿嘿真是烧鸡，还热乎乎的呢，大伙儿乐坏了，孙乾一脸的馋样，恨不得嘴伸进去马上吃一块鸡肉。

韩芗的到来，叫刚才有点儿不流畅的气氛一下子疏通了，大伙儿都高兴起来。高伟志见韩芗亲自送烧鸡，自然很高兴，一个劲儿说，镇里领导亲自来送好吃的，有些过意不去了。扭脸看邢海淼和孙乾已经把一只烧鸡拆了，大口吃起来。韩芗看出来高伟志对自己的客套，笑着对高伟志说：“我怎么感觉你跟上次我见到的高伟志不一样了呢，怎么见我还腼腆了呀。”邢海淼就替高伟志解释：

"肯定是不一样了呀，上次来，人家还是北京人，高我们一等。现在呢，跟我们一样了属于驻地人民，见到女领导就羞涩了。"

"得了，你这是夸我呢，我跟你们不一样好不好，我已经成了弱势群体了，真正的农二代了，你们比我高雅呀。邢海焱你怎么也是教授级别的知识分子，对了，再说你也是知二代呀。"高伟志调侃着。那边邢海焱说着话，看着韩芗，发现她没笑，眼睛却在高伟志那边，就好像要故意打断韩芗的思维，大声说："对了，韩芗，从没问过你，你是什么学校毕业的，学什么专业的啊？"

韩芗的眼神从高伟志那边转过来，眯着眼看邢海焱，笑着回答他："你觉得我什么学校毕业，学什么的？"大伙儿开始乱猜，有说干部管理学院的，有说科技大学的，有说师范大学的，韩芗全摇头。有说学管理的，有说学经济的，有说学计算机的。邢海焱猜了半天也没说对，只好说反正不是学中文的，不是学金融的，不是学会计的，大伙儿就笑。很奇怪邢海焱为什么特别挑出来中文、金融、会计几个专业不是韩芗的专业。听完大家的猜测，韩芗只剩下摇头，最后，只好自己说了。

原来，韩芗竟然是农大动植物检疫专业毕业的。从毕业那年开始她就报名成了一名大学生村干部，之后她还考了本专业的研究生，毕业后到了农业厅科研所工作，不久恰巧有机会再到基层工作，于是她就到西召县坡坝乡挂职副乡长。韩芗介绍完，大家都很惊奇也更欣喜，原来人家也是知识分子，还是学农业的专业人才，看到她一个年轻城市女孩，不施粉黛，整天骑着破摩托，在坡坝乡十来个村子里忙乎。高伟志和邢海焱都感到眼前的韩芗更亲切了，忽然觉得，这个女孩跟自己的距离也许可以更近。大伙儿好意劝说韩芗，这里太苦了，挂职期满就快回城市去吧。邢海焱听大伙儿劝韩芗，低头看手机没搭话。韩芗看他不说话，故意问他你咋不说话，你想什么呢？

邢海焱抬眼看韩芗，眼神有点儿复杂，一方面，他心里也是觉得韩芗付出了很多，另一方面，自己劝说人家回去，自己的身份，怎么劝呀，都有点儿虚伪和言不由衷吧。因为人家能来挂职肯定也是有了思想准备的，再说，基层的辛苦，对于学农业的大学生来说也是司空见惯的。韩芗好像猜透邢海焱的心思一样，对邢海焱也像是跟大伙儿说："你不说，我也知道你猜错我的心思了。我虽然是个女孩，却不觉得城市那种生活算是享受，无非是物质丰裕，我不怎么在乎这个。我在城市憋得慌，几乎待不住，不然我不会第二次来农村。我是自愿的，我喜欢土，喜欢植物，喜欢小动物，喜欢和大自然的一切打交道，不觉得辛苦不觉得委屈，在这里我体会到的快乐实在太多了。"

韩芗的话，很真诚，带着感情，说得身临其境的大伙儿都有些感动。尤其高伟志更激动，内心一股热流上涌，非常感慨，只觉得跟前这个女孩，是难找到的，至少是可以志同道合的共事人，而且是踏破铁鞋不好找的好女孩。

一旁的高国兴主动上前告诉大家，韩乡长来了以后，坡坝乡的菜农可是占了大便宜。就说自己，去年春天大棚里的蔬菜出现病株，自己想了很多老办法都不灵验，结果还是韩乡长过来，跟几个农户一起研究，靠她的专业技术解决了难题。她还帮菜农建立合作社微信群，还按照季节和天气，给群里的菜农们发送大棚管理病虫害防治的相关知识，帮大伙儿发家致富做了很多好事。

高国兴文化不高，说话也不是特别有逻辑，有时候是前一句不搭后一句的。可是，他满脸的感激，大家都看到了，即使是结结巴巴的讲述，也已经使得大伙儿对韩芗加倍地肃然起敬了。

韩芗没能留下吃饭，接了电话说还有事情要去别的村。刚要走，老敢书记差人送饭来了，给韩芗带了一些煎饼，韩芗跟大伙儿告别就骑着摩托走了。大伙儿看着韩芗的背影消失，都在心里感叹，这个挂职干部实在是太辛苦了。邢海焱也说，从下乡，每次见韩芗都那么忙，不知道坡坝乡如果没有韩芗，还有谁干活儿。

孙乾就瘪着腮帮子笑，冲着老敢书记说：“邢海焱明显基层经验不足，真不会说话。这话要是当着乡里高书记说，人家肯定不高兴了，你什么意思呀，好像没这挂职干部，坡坝乡的事业就停滞不前了似的。”

老敢书记却不理会孙乾的解释，满脸郑重地告诉他们这是事实，说坡坝乡确实是基层干部越来越少了，因为下面条件太差，乡镇干部那点儿福利待遇都难以保障，可却是干着最苦最累的活儿。别的乡镇也差不多，这现象很普遍，干部都往上头挤。你说西召县属于国家级穷困县吧，你进机关瞧瞧，哪个机关机构占员占岗都很满，基层乡镇跟县里一些享清福的机关比起来矮半截儿，人家都看明白了，谁还能在乡镇好好干呀，所以下头各乡镇都很难留住人。你就拿占理来说，说是乡书记，其实呀有职无权，所以好几个跟占理一拨上来的干部，早就想尽办法离开乡镇去县里谋职了。

大伙儿就问，那占理书记干吗不加油呀，干得挺好的，也努力进县里呀。老敢书记脸上显出少有的失落，轻声哼了一声：“你们这些读书娃，日子过得太舒服了，哪里受过苦呀，难过的日子、遭罪的生活，都叫你们父母替你们受了，啥事在你们这里，都不往深处想，也不需要往难处想，看事都太简单。在咱们坡坝乡这么个小地方，本身视野就不宽，又没机会接触到上头大领导，干得再好，占理也不比别人多什么优势。咱们上头没关系，哪个领导会忽然想起来提拔你呀，基层乡镇进县里的渠道就这么一条窄路，想升迁到县里，那可是基层干部一道特别难过的坎儿。”

这顿晚饭，大伙儿就在高伟志新修整好的院子吃的。老敢书记叫人送来的饭都是高伟志从小喜欢吃的，有秫米面煎饼，有煎小鱼，有小葱蘸酱，有几种野菜，还有一盘炒好的鲜芝麻。这芝麻说是裹到煎饼里面吃的，那叫个香呀，吃十个八个没够，比城市的煎饼果子卫生还健康。

那晚上月光也尤其明亮，乡村的槐树花香，在寂静的晚上，伴着和煦的春风更沁人心脾，天上朗月，地上挚友，擎杯抒怀，共图大志，这样的情景，太美了。看大伙儿吃着卷十个也吃不够的秫米面煎饼，再看高伟志满怀着创业的激情，却不知道怎么，邢海焱心里的感受，开始莫名地乱起来。一会儿，他感受的是生活的单纯带来的快乐，一会儿，回味起老敢书记说过的话，想起父母那一辈的生活，他的心头又蒙上一层朦胧的纷乱，说不清楚心里的感受。说来他们到枣树湾已经几个月了，对农村也有了一些了解，心里是既觉得充满希望，又觉得道路漫长。

邢海焱再看高伟志，似乎雄心勃勃，未来的压力，不知道他将怎么承受，却他还是信心满满的样子，好像人也没什么变化，还是原来那个踏实平和，并且能够保持心情平静的年轻小伙儿。这么想再仔细一看他，却又发现不同，高伟志毕竟干了一天活儿，脸上有很多灰土，脸晒黑了，粗糙了不少，那俊朗生机勃勃的京漂气质不见了，已经像个稳重踏实的本土的年轻农民了。邢海焱脑海忽然浮现出韩芗偷偷观察高伟志的略带紧张的表情，又想起高伟志偷偷观察韩芗后若有所思的神情。一想到这，邢海焱不由得叹出了一口气。高伟志觉察到邢海焱在看他了，于是便抬头看邢海焱，邢海焱有意躲开了他的眼神。

这个晚上大伙儿虽然很累，但却没喝酒，都喝了几碗粥。显然，一个不到三十岁的女孩韩芗，这个挂职副乡长，她给大家带来的如沐春风的感觉，不可能不触动这群年轻人各自的心事。

十二

按照上级有关部门的部署，邢海焱他们扶贫队的十项扶贫任务之一是帮助村里实现土地流转。此时恰好高伟志回乡创业已经注册了农业科技公司，邢海焱跟高伟志、韩芗等几个年轻人，也在一起反复讨论高伟志打算在枣树湾谋划的新农村前景。大家说干就干，邢海焱也跟做环境规划设计的赵闵联络好了，赵闵很快就会带人过来考察。

按照高伟志的设想，他想在召河建几道橡胶坝拦住上游雨季泄下的洪水，在低洼地带形成堰塞湖后，夏天垂钓，春秋也可以形成生态湿地，一旦上游遇上暴雨，这里也可以拆坝泄洪，不会造成下游水灾。同时在召河周围发展保护性植物生长，休养生息打造出一块湿地之后，就能吸引各种鸟类，恢复召河生态原貌，总之就是又能吃上召河大鲤鱼，就是高伟志的梦想。还有，著名的黑头鸡养殖，准备扩大范围和增加数量。再有，就是把坡坝乡存栏数量有限的梅花猪养殖进行恢复发展并壮大规模。另外，就是围绕召河生态圈把原来就有的大棚蔬菜种植规范化，形成可以观光采摘的特色产业，并且发展有经济能力有劳动力的农户开办农家院餐馆，形成召河观光休闲采摘加工吃住一条龙的生态园区。当然，还有跟韩芗一起与电商联手把互联网农业做大做强，在枣树湾真正做到电商全覆盖，跟上网络致富时代的步伐。这么多事情要做，高伟志真比在北京每天朝九晚五伏在电脑桌前辛苦多了。

高赫终于被高伟志说服，同意回到枣树湾，到伟志的公司上班，但他的小女友还在拖后腿，还在城市里不肯来枣树湾，这一点叫高赫很不放心。邢海焱担心万一梅梅寂寞了，跟高赫分手，与高伟志说了自己的担心，高伟志鼻子哼了一声，看着邢海焱不说话，脸上的表情就是，这样的女孩，能分手最好赶紧分手。邢海焱心里却为高赫担心，毕竟人家俩还挺恩爱的。梅梅虽然看着浅薄，但能跟高赫这个看不出什么优点的农村小子，在大城市打各种工的农二代厮混，从这一点看，浅薄也是相对的单纯和无功利心吧。他把这话跟高伟志说了，高伟志哈哈大笑，讥笑说没发现邢海焱如此大爱无边。高伟志认为，自己有责任和义务帮助高赫进步成长。高赫文化程度低，在城市肯定是没有什么好出路，白耽误时间不说，还给家里造成莫大压力。高赫如果能在自己的家乡干好，至少也算是回报父母，年轻时虽然不成熟，但如果脚踏实地干出一点儿成绩，对他未来发展也是一种促进。

高伟志不停催促邢海焱，邢海焱不停催促赵闵。两天后，邢海焱接到赵闵的电话，说他们一行人已经上了高速，大约上午十点钟就到枣树湾了。高伟志一直看手机，终于坐不住了，还不到十点，几个人就等在村口了。等赵闵的车一出现，大伙儿立刻上前迎接。事先邢海焱当然也给高伟志介绍过赵闵的底细了，所以当精干的职场女性赵闵一出现，高伟志眼前一亮，没说几句话就对赵闵顿生好感。大家一起进村，高伟志非常高兴，看到赵闵身后还跟着三个一看就是常年画图的设计人员，个个都很年轻干练，连声称赞年轻的设计师好呀，设计前卫不落俗套，而且还大胆敢于突破，而这正是高伟志期待的。

正当一群年轻人聚集到高伟志的家也就是公司驻地，热血沸腾地设计规划枣树湾蓝图的时候，村主任李小毛也领着几个外地人驱车朝枣树湾的方向过来。原来，在高伟志回到枣树湾之前，老敢书记一直委托村主任李小毛张罗找土地公司商量土地流转的事情，但事情一直也没着落，还以为没下文了。这一天，李小毛还真的领来了一群人。这几个人跟着李小毛进了大队部办公室，见了老敢书记。李小毛拉着其中一个戴着很粗金项链和很大祖母绿戒指的黑瘦男人给老敢介绍，说是他小舅子朋友的战友，专门从山东来的，打算流转枣树湾的土地。

黑瘦男人自称姓臧，给了老敢名片，老敢眯着眼睛看，也看不清写的是什么，就转手放在桌上。这时李小毛已经把大队部的门关上，招呼几个人坐在沙发上。那个臧总身体弓着递给老敢烟，还拿打火机点上，打火的时候手上的大祖母绿戒指熠熠发光，但他的表情很是礼貌，似乎很有修养的样子。老敢示意臧总也坐下，李小毛就介绍了臧总他们到枣树湾的想法，说他们打算在这一片搞土地流转后发展特色度假旅游。

老敢听到眼前几个人说的事情，似乎跟伟志正要做的事不谋而合。老敢皱起眉头心生狐疑，怎么回事，以前求爷爷告奶奶的没人来干，现在伟志辞了北京的工作回来了。在这节骨眼儿上，就有人来截胡了咋地，我看没那么简单，伟志那么大热情要做这事我都怀疑是纸上谈兵呢。这伙人哪儿来的，不知底细呀，李小毛搞什么呀，这里面肯定有什么猫儿腻吧。

送走那伙人，老敢书记赶紧给高占理打电话，叫他中午回村里一趟。中午高占理回来吃饭，老敢就把李小毛带着几个人要流转枣树湾土地的事情说了。

高占理一听是李小毛，脸色立刻阴沉，说："这家伙，一把子力气，用在地里炕上还用不完，又要上这儿捣乱呀。"老敢看到占理满脸不满，就问占理："出什么事了吗？"老敢知道李小毛是个多事精，但最近他也没听说李小毛去县里折腾什么事，这小子，该不是因为马上村里换届，他又去哪里瞎胡乱告状了吧。

看到老敢很担心的表情，高占理就摇头，肯定地说："这次这个事没事。"见老敢询问的眼神，高占理忍了一下，还是说了：

“还是他小舅子黑三家里拆迁的事。上次，当着扶贫队的人还想打我，叫我当面出丑，这种人太无耻。一听说拆迁，连夜雇人种树苗，骗苗木损失费，连夜加盖房，增加拆迁面积，这种人就是无赖，纯属讹诈，就是犯罪，他上哪里去告去上访，我也不叫他得逞。我作为一个基层领导已经给他最大的容忍和克制了，他故意破坏拆迁，人证物证都俱在，再闹就走法律程序把他抓起来。”

老敢书记听高占理这么一说，心里更是对李小毛带人来枣树湾搞流转土地的事情感觉担心，也更觉得此中有蹊跷。高占理听了老敢说的李小毛的事，皱着眉头寻思了一会儿，说：“黑三肯定是恨我的，没遂他的心愿他肯定恨我。这个李小毛一直想当枣树湾的书记，也几次去县里找有关领导说这个事，说你四十多年占着这个位置如何，他告你就等于是告我，还用说呀。”

老敢听了，分析说：“既然如此，李小毛做什么都肯定对咱们不利，那这个意思就是说，他带着人来枣树湾不怀好意，黄鼠狼给鸡拜年呢呗。”

高占理没直接回答，对老敢说：“也不用如临大敌，他带着土地公司来了，是好事，村里该尽什么义务尽什么义务。咱们毕竟是枣树湾的主事人，有责任的，必须得把把关。”

说到这，高占理感觉自己话说得沉重了，又安慰老敢：“你也不用想得那么复杂，伟志回来了要做这点儿事，咱们肯定都帮他。至于这个李小毛到底想干什么，能干什么，随便他去施展，咱们静观其变。他也是枣树湾的人，只要是对咱们枣树湾有利，咱们就欢迎。咱们也不反对竞争，不好说有了竞争，伟志的事业就不好干了，有竞争才有发展、才能共赢、才能形成市场。伟志虽然年轻，但敢于回乡创业，也心里有数，不用替他担心，关键时刻提醒他就是。”

正说话，高国兴进门来，看到父亲跟大哥说话，就自顾自到盆里洗了手，拿了馒头坐下来吃饭。老敢就问他：“高赫不是回来了，他怎么不回家吃饭？”高国兴不理会父亲，脑袋朝大哥高占理这边晃了一下说：“去找伟志了。”老敢就哼了一声说：“这下也好，高赫他还有啥说的，伟志都回来做事，他还在城里混什么。”高占理因为还在为伟志回来的事情气不顺，就不接话。高国兴看见高占理表情，知道他心思，就附和说：“伟志回来可是真可惜，白念了那么多书。”刚说到这，被停止筷子的高占理摆手制止，“别说了，吃饭。”老敢一边看在眼里，沉默了一小会儿，还是劝慰占理：“孩子大了有自己的想法了，有自己的意愿了，也许咱们真是过时了。”

他这么一说，高占理就想起来什么，忽然追问一句：“现在政策上要搞土地确权了，枣树湾很多人出去打工，土地情况你都掌握着呢吧。”老敢没言语，等着高占理接着说，“还有，伟志也马上面临村里土地流转这个环节，都是硬骨头，你不出面，他做不成的。”

高国兴一听，赶紧说：“现在高赫也回来了，怎么着呀。”高占理问：“什么怎么着？”高国兴就说了：“我想把我家的大棚扩大点儿，或者搞点儿低息贷款再盖一个大棚呢。”高占理没说话，已经站起来，对老敢书记说：“村里的事情，谨慎些，别叫人家李小毛总有事去找县里，老这么去，影响多不好。”转身对高国兴说，“爹在这村说了算，你做事也注意点儿形象，别因为多吃多占叫人家抓小辫子。”

高国兴听了不高兴，就反驳：“我哪里多吃多占了？”高占理一听高国兴还反驳，就有些不悦：“你宅基地多占了地，你以为村里人都眼瞎呀。你家大棚离村子最近，你以为村里人傻呀。还想盖大棚，看看跟伟志的设想能不能合一起，能不能做点儿大事，一家一块儿赚钱，可还是小农经济，费劲儿不小，赚的钱还是有数的。”说完之后，高占理也不管国兴再说啥就走了。

老敢书记跟高国兴一边吃饭一边唠嗑儿：“我听着占理虽然生气伟志回来了，但还是想开了，你听他的话的意思，是不？”

高国兴叹气说："这年头，什么老子也得听儿子的，能怎么办。前几天在伟志那里干活儿，他来了，人家爷儿俩交流过了，现在谁家都是孩子说了算，你看哪家大人说话算了的？"说到这又想起高赫，"你说也是，刚才占理不叫我说话，就是这个理呀，伟志在北京那么好赚钱，回村来干啥。高赫要是有个在北京赚钱的差事，打死我也不叫他回来，累死我也不叫他回来，能盖十个大棚我也不叫他回来。"

老敢没好气地说："得了，说些没用的废话，高赫要是能有伟志一半头脑也够了。行了，既然都回来了，就跟着伟志好好干吧。"

高国兴嘟囔地说："还是不情愿，还惦记他那个小对象，怕跟人家跑了。"

老敢书记摆摆手，转移了话题："今天李小毛领来了一个土地公司，也要到枣树湾流转土地。刚才我跟占理说了，占理的意思是静观其变，看有什么阴谋没有。"

高国兴又好多天没洗头了，乱糟糟的，脸也脏乎乎的，抓馒头的手也不干净。老敢书记看到了，忍不住提醒了他一句："你也注意点儿个人卫生。现在村里不少城市里的年轻人，看你那脏手，人家还吃得下去饭吗？"

高国兴停住咀嚼说："咱就一个农民，看不惯别来。"话是这么说，但想起高赫，高国兴放下馒头，脏手在衣服上擦了擦，手里的馒头堵在嘴边，看着老敢，眉头皱成川，气咻咻地说，"你觉得李小毛是不是看伟志回来做事，就故意要捣乱？这家伙见什么便宜就想插手，他家包的后山，有多少亩呀，他这么多年给了几个钱？现在又想插手，枣树湾都成他家的得了。"

老敢书记脸色有些忧虑，皱着眉头慢慢地说："别这么说话，人家还这么说你家呢。别那么狭隘，你呀，遇事看问题也学大气些。年代真变了，我这老头子真的感觉，这世道要变。这不是，扶贫队也来了，说是村里的土地确权还有流转，他们都要插手的。”

国兴马上摇头，不以为然地说：“没事呀，那帮小孩子就是瞎热情，农村的事情外行，完全不懂。这一点你放心，我也观察着呢，不会有什么事，再说邢海焱跟咱们伟志还是同学呢。”

老敢却解释说：“我不是这意思，上头政策，都得执行，我是个书记，这觉悟还能没有呀。我的意思是，几十年农村里那些一成不变的事情，似乎不能那么继续下去了。”

“你啥意思，村书记不能当了咋地？”高国兴紧张了，听父亲说了半天，其实他只是关心这个，“刚才占理说什么了？”

老敢端起一杯酒一仰脖子，放下酒杯，叹口气说：“这世界真是变化快呀，我真老了。伟志和高赫都回来了，这谁能想到。这么个穷了多少年的村子，劳力都没剩下几个了，连个媳妇都娶不回来的穷村，突然间热闹起来了。又是伟志辞职回来要搞生态园，又是奇奇怪怪上门来的土地公司，忽然间什么风吹来了闹的，我怎么感觉这个枣树湾真要出什么大事了呢？”

吃完午饭，老敢书记和高国兴两人奔着伟志的院子去，果然头发又焗成黄色的高赫已经在这里了。桌前，伟志和几个年轻人，在一堆图纸上指指点点的，这几个年轻人看着都是很有文化，大家情绪都很高涨，声音响亮。老敢书记的脚步就迟钝了，在院子门口朝里面巴望。高赫迎出来，伟志也看见了，走出屋，邢海焱也一起出来跟老敢书记、高国兴打招呼，给他俩介绍赵闵等几个年轻人。老敢书记看到满屋子陌生人，还都是很都市、很时尚光鲜，顿时表情有点儿僵，没抬眼皮，几步进了屋子，看桌上的是几张枣树湾新农村建设规划设计草图，看不明白上面都是些什么标记含义，皱了一下眉头，就问伟志，“这是啥东西？”

高伟志感觉出爷爷有些紧张，赶紧给老敢书记开着玩笑解释：“这个呀，就是咱们枣树湾的未来，不过现在设计规划还没成型，所以还没跟您详细汇报。”老敢书记没说什么，听见几个年轻人在一边怪笑，估计可能是在笑话他的脏背心，背心穿了不知道多少年，还破了几个洞，他不是没有新背心，就喜欢穿破的，说舒服。老敢书记有些表情讪讪，高国兴也搭不上话，两个人待在那里，神情显得有些不合时宜，没说几句话就告辞了。

赵闵看出老书记的不自在，就有些敏感。高伟志笑了一下安慰赵闵："这些天你就好好实地考察枣树湾，之后安心设计图纸，咱们一定要携手做好这件大事。"接着又补了一句轻松的玩笑，"你对邢海焱很放心吧，那就应该对我也放心。"

没想到赵闵故意用眼角斜了一下高伟志，迅速接话："我对邢海焱从来不放心，对你还是比较放心的。"大伙儿就笑。赵闵头发往后一撩，话锋一转，接着说："还有呢，你打算弄这么大一摊子，资金有问题吗？"这话直接，高伟志就有些语迟，比起刚才的话语幽默来，显然没想好怎么回答更好。

赵闵好像也并不在意，为了缓解紧张气氛，去一旁补妆了。过了一会儿，赵闵又主动走到高伟志面前，神色坦然地说需要资金她可以帮忙，还补充说如今很多投资公司因为找不到好项目苦恼。

虽然高伟志内心还是有些忐忑，但是不管怎么说，赵闵的积极主动，还有对高伟志说的那些话都很有分量，对他肯定是莫大鼓舞。邢海焱看出高伟志的心思，也一个劲儿鼓励他，内心也因为赵闵的支持，替高伟志感到高兴。这真是好事众人帮呀，假如赵闵加入进来给予资金上的支持，助上一臂之力，枣树湾的灿烂前景就真的不远了。

十三

很快，赵闵公司做出的规划效果图出来了，就挂在伟志公司大院专门腾出的一间屋子里，而且公司要在村里流转土地的事情，也早就在枣树湾传遍了。与此同时，李小毛领来的臧总的土地公司也要在枣树湾搞开发的事情，村民也知道了。按照占理的意思，老敢也不能反对臧总到枣树湾来，因为老高家人心里清楚，伟志辞了北京的工作回来，不是玩耍来了，是要干真格的事业来的。既然是干真格的，何必鬼鬼祟祟叫村民觉得，好像有什么猫儿腻，干脆光明正大地让全村人自己选择自己的未来生活，也省得之后李小毛去告状。等伟志手头的工作搞定，老敢准备开全村代表大会，豁豁亮亮搞一下，咱们老高家不是搞阴谋诡计的。

全村村民大会那天一大早，臧总的公司也来了一群人，也带了一些图纸，也有自己做好的效果图，也在村委会大院子做了支架摆好了，跟高伟志这一边的形成对峙。村民来了不少，很多村民把自己家外头打工的亲戚都叫来了，看咋回事，也是因为村里将要发生的事，关系到自家利益。村民围着两边的效果图看来看去，也看不出个所以然，看了赵闵做的效果图，马上就说伟志的好，又过去看，也说臧总的不错。是呀，效果图哪有做得不好看的呀，真都不错。

等开会了，老敢书记就开始介绍两边的公司了。说到投资，伟志说，自己这几年在北京攒的钱都拿回来了。就有村里人叫，说个数吧，伟志你有多少钱。伟志好像也没太犹豫，说自己大概就有两百万可以投入，靠这点儿钱肯定不够，资金的事再想办法。

大伙儿正唏嘘，那边臧总也咳嗽了，李小毛夸张地哈哈笑，叫大伙儿小声淡定。然后他看着臧总，问："臧总你说说吧，什么数？"臧总不慌不忙，用戴着一个大绿宝石戒指的手在空中比画了几下，李小毛故作惊奇地喊，"臧总，你这就是祖母绿吧？"大伙儿疑惑，见臧总满不在乎地随手摸了一下祖母绿，用手点了一下李小毛算是埋怨他转移话题，说："咱们说正事。"

李小毛笑了一下，说："我说的是正事，投五百万？"臧总摇头不说话，又比画一下，大伙儿的眼神又情不自禁跟着那祖母绿转了一圈。李小毛就捏住自己的鼻子说："不是五千万吧。"臧总不动声色地点头。

坐在下面的村民就毛了，有些坐不住，就互相嘀咕："那大钻石啥价呀？大富翁，不差钱，就指缝随便一漏的事。"也有明白点儿的村民就吵嚷："你说多少就多少呀，给我们看看银行证明。"还有人说："应该交抵押金，就交上五十万吧。"

李小毛脸上不屑，但也不好表态，转头看老敢书记，等他说话。结果老敢书记不理他，也没什么反应。接着，双方开始详细介绍自己公司的项目，不等李小毛说话，老敢书记就先发制人，建议臧总先介绍。李小毛看臧总，刚想说什么，臧总却又晃晃祖母绿，脸上很是诚恳，已经站起身走到屋子中央。

臧总介绍说，自己的母公司开在北京，子公司在山东，还顺便介绍说，自己公司以前不是做农业的，是做房地产的，但是在内蒙古鄂尔多斯投资失败了，所以前年开始转行做农业了。说到山东的公司，臧总叫李小毛和司机搬出来一沓子资料和画册，传给村民看。村民打开一看，都是很漂亮的设施农业画面，大棚里的菜又好看又新鲜，规矩整齐的大棚看上去档次很高，跟村民自己盖的暖棚不是一个级别的，确实不错。大家交头接耳，满是羡慕。

有个胆子大的村民就高声问："一个棚多少钱？"臧总笑而不

答，不说多少钱，只口气很大地回答说："像这样的大棚，我可以在枣树湾盖上一百个。"

大伙儿一片哄然："到底多少钱一个呀？"李小毛介绍："一个最少需要投资五十万吧。一百个，光大棚就投入五千万呀，你们看行吗？"

大数字很是玄乎，李小毛口气里的傲慢，叫大伙儿内心有点儿狐疑。然后，臧总又说："我们也要搞生态园区，但不种树不种菜，那些东西不新鲜，太平常了谁都会，是个村民就会的事自己不干。"

"那干什么啊？"大伙儿好奇地问。

见臧总不回答，李小毛就插话解释说，咱们这里，是半山区，臧总有新点子，也不怕谁学，按说咱们这是商业机密，但也没事，我在这说，没实力想学学不成。咱们打算，弄个打猎的游乐场，臧总打算从内蒙古弄点儿马匹过来，然后在园区搞骑马打猎。

大伙儿听了又一片哗然，打什么动物，枣树湾有什么动物可以骑着马打呀。李小毛见大伙儿吵吵，越发不耐烦，眼里都是嫌弃，觉得村民少见多怪，表情带着见过世面的得意："既然投资，当然早想好了。打什么呀，养什么打什么呗，鸡、鸭、兔子、羊、猪什么不可以打呀。"

大伙儿一听，现场顿时一片哗然，有老人不爽了，不满地说："小毛呀，你不是脑子叫门挤了吧，胡咧咧啥呀。"

大伙儿就笑起来。老敢书记也不表态，等臧总说完，就叫大伙儿肃静，叫伟志说。

大伙儿停住吵吵，都看着伟志。伟志大大方方走到前面，先鞠了一躬，然后非常认真说了自己的设想，说了黑头鸡、梅花猪、召河大鲤鱼，也说了围绕召河生态圈发展农家院以及生态大棚种植等。

大伙儿又开始议论，有认同的，也有摇头的，不一而足。其中就也有人觉得，臧总的骑马啊追兔子呀，有点儿新鲜，不知道靠谱儿不；也有人嘀咕说，伟志还是个孩子，太年轻，钱太少，行不行呀。既然外头有人来投资就投资完了，肉烂在枣树湾锅里多合算，反正枣树湾不会吃亏。还有人在感叹，想不到人家伟志这几年真不含糊，既然都有两百万了，还干什么呀，存起来享清福得了。

这时候赵闵跟高伟志说，她也想说几句话，就站起来大大方方走上前去，先介绍说自己是咋回事，然后就叫助理拿出公司的营业执照，上面有注册资金，展示给大伙儿，笑着说，自己公司很看好高伟志的开发项目，打算投资了。就有人大喊："你是啥人？是伟志媳妇吗？"大伙儿哄笑，这时，有人看看上面写的钱："是一个亿吗？"

因为赵闵公司的注册资金写的是一亿元。赵闵自然不会回答大伙儿的提问，只说具体投资数字，还要等公司股东来枣树湾考察之后商议才可以。

大伙儿就起哄，有人担心说："人家臧总现场一下子就说五千万，你现场不敢说呀，那就没准儿了呀。"这时候，高伟志站起来，笑着接话："我敢呀，我都有信心先把我自己的两百万挂在公司明账上，叫大伙儿监督，我自己都有信心把自己的两百万花掉，你们为什么没信心帮着花呢？再说，我们全村人都可以成为股东，搞成董事会，任何一个枣树湾的人都可以入股。"

听了高伟志很豁亮的话，刚才乱吵吵劲儿大的村民就有些语塞，低声交头接耳。老敢书记觉得到了见好就收的时候，就严肃起来，用手示意大伙儿不要再吵吵，声音很硬气地说："行了，今天两个公司的展示就到这里。大伙儿回去，自家也商议一下，看怎么做对自己有利也对枣树湾有利，我们两委会也会认真商议研究，拿出可行性的意见。"

大伙儿一边往外走一边讨论，都挺兴奋，又是五千万，又是一个亿，枣树湾人们没听过这大数字，都迷糊了。大家伙儿说话声音很高亢，还挺热烈。

等人群散去，老敢书记自己也忍不住笑起来，他也是被五千万、一个亿这些大数字弄得有些神经了，自顾自张口骂道："真胡扯，我才不信呢，你们就互相吓唬吧，我可没啥事。”说完，起身就先走了。

高伟志、邢海焱、赵闵几个人回到大院，对刚才发生的一切也有点儿蒙。邢海焱觉得赵闵作为外人，突然上台很是唐突，就埋怨赵闵：“你说你，一个女人，装什么大哥呀，突然上去，效果好呀，帮了倒忙了吧。”

赵闵抬抬眉，往后撩一下脑门前的刘海儿，看着邢海焱，脸上满是觉得他很幼稚的神情说：“你呀，真的不懂，你没经历过生意场面。那种情景，就得装啊，不能叫人家的气势把咱们造死，这就叫商场如战场，兵不厌诈。”

可是孙乾却瞪着眼睛，看着赵闵：“你家真有一个亿呀，那还上枣树湾干啥来呀，拎着去世界各地花钱就得了。”

中午，高占理、韩芗都从乡里赶过来，看望大伙儿。本来高占理的意思是到乡里吃饭，但是算上臧总这边都愿意在枣树湾，说必须在枣树湾吃饭呀，咱们干啥来了呀。但是高占理还是事先叫乡里食堂的师傅提前准备了，开着车来到了枣树湾，在大队部准备了几桌饭菜，算是款待客人。

院子里一片人欢狗叫跟过年似的，一片喜气洋洋景象。主桌上是高占理主座，左边是：老敢、臧总、李小毛，右边是：赵闵、高伟志还有邢海焱。另外几个扶贫干部还有韩芗，这几个不喝酒的，坐另外一桌。高伟志和邢海焱叫韩芗坐这边，她笑笑轻轻摆手说不喝酒。

每当这时候，是村里小狗子最快乐的时候，小黄黄带领一群土狗来来回回叼着骨头欢叫追逐，场面很是美满。虽然是商业对手，但此时到了酒场，就得有酒场的规矩，大伙儿都客客气气、和和气气的，等酒过了三巡，显然桌上气氛还是显得不高涨，高占理就点名高伟志以晚辈身份给各位敬酒，以枣树湾主人身份给远道来的客人敬酒。这两圈儿下来，大伙儿气氛也融洽了不少，李小毛也很主动，也打了一圈儿酒，对着高占理说了不少奉承话。

邢海焱已经知道，扶贫队第一天来的时候，在乡里大院，揪住高占理脖领子的那个缺了一颗牙的黑胖子是李小毛的小舅子。他心里暗忖，李小毛自然是知道自己小舅子那个德行，肯定高占理对自己也是没好气的，还已经知道了，李小毛因为老盼着当枣树湾的书记，也动辄去县里什么熟人那里告状，跟老敢书记明显也是拧着劲儿的。所以，看着李小毛端着酒杯，跟高占理敬酒，跟老敢书记敬酒，跟高伟志敬酒，他就觉得李小毛也不简单。见高占理、老敢还有高伟志却还都是端了酒杯，没给他尴尬，心里就轻松了一些。但也觉得，农村这个地方跟城市，特别是大学真是不一样，城里人不对眼的，比如自己的父亲，肯定不会跟不认可的人坐一个桌子上喝酒的吧，农村呀，有农村的江湖。

邢海焱站起来，到韩芗那个桌前，挨着她坐下，说自己过来躲会儿酒，好好喝点儿鸡汤。韩芗就给他舀了一大碗，邢海焱一边喝一边说，真比酒好喝呀，大伙儿就笑。

韩芗看到赵闵在那边周旋喝了不少，就有些担心，问邢海焱，赵闵行不行呀，赶紧叫过来躲会儿酒。邢海焱知道赵闵很能喝的，而且抬眼看赵闵紧挨着高伟志那满脸兴奋劲儿，哼了一声，对韩芗说："别管她，看人家多高兴，没事，她是我幼儿园同学，我很了解她，没事，这个时候，不叫她喝她才跟你急呢。"韩芗就不再说什么，邢海焱抬眼看那个桌，高伟志跟赵闵配合得不错，臧总、李小毛俩人都红头涨脸的。听着那边的酒话，相互之间好像越来越和谐了。

酒席散了以后，臧总要回县里，赵闵、韩芗也要回乡里去了。高占理跟高伟志、邢海焱到伟志大院来了，大伙儿还是不歇着，七嘴八舌议论着枣树湾的未来发展话题。李小毛跟那个臧总不在，就有人开始嘲笑他们那个骑马追兔子的设想，多么不现实，纯属是扯淡。但是高占理书记的态度却跟这些人一样，还帮那伙人说话，说那个项目，也有合理之处，那个项目就是需要天时地利人和，枣树湾不合适的话，也许别的地方合适。高占理这么一说提醒了大伙儿，人家身份是坡坝乡乡书记，自然眼界跟格局跟大伙儿不一样。也是呀，坡坝乡不少的村子呢，有的村子基本就是平原，枣树湾不合适，或许别的村比枣树湾更合适。

这回屋子里的人都是高家的了，当然，邢海焱跟孙乾他们也不是外人了，就自然说什么也不避讳他们俩了。老敢书记就对高占理说，你到底怎么个意思呀。高占理拿手捂着上牙床，挡着半个嘴，说一直牙疼，叫高伟志从他的包里拿出败火药来。吃了药，高占理慢慢悠悠地说："怎么个意思，支持呗，你们不知道，李小毛已经把招商引资臧总的事嚷嚷到县里了，县长已经知道了，你说怎么着？"

孙乾就愣乎乎地问："这个李小毛还挺喜欢走上层路线。他一个村主任，什么事都去县里嚷嚷呀，不把老敢书记还有您高书记这个一乡之书记放眼里呀。"老敢书记一旁点着烟，对孙乾回了一句："农村的事情，你们城里人是弄不明白的。就这么个地方，基本都是亲套亲的，就没血缘也带姻亲，你说能怎么着，干事情你不顾忌到这些，什么事情也做不下去呀。"

邢海焱就直接问老敢书记："我那天听李小毛说，这个臧总，也是他小舅子的朋友，就是我们春天来的时候遇到的，在乡政府院里闹事的，乡里那个破坏拆迁的黑三的朋友？"

高占理听了，知道邢海焱提到的，就是那个跟自己在乡政府院里起冲突的人，只是哼了一声，对老敢书记说："你要知道，这个臧总的事，县长也是打了招呼的。"老敢书记没接话，高占理又把眼睛转向高伟志，"你记得我跟你说过的话吗，农村的事之所以非常复杂就在这儿。"

邢海焱对占理书记说："县长知道怕什么呀，咱们一切从枣树湾人民的利益出发，咱们光明磊落的，咱们怕什么呀。"

老敢书记这时候才反驳："谁不是光明磊落呀，人家也是光明磊落的啊！”邢海焱就哑口了。高占理说：“今天的事情虽然做得马马虎虎，但是假如需要继续这么操作下去，就有这个必要。伟志你也要有心理准备，不是那么简单。你也看到了，虽然你爷爷你爹都在这儿生活几十年了，说话办事也不一定都能按照咱们自己的意愿干。”

高占理走了以后，老敢书记也回家睡觉去了，大院里就剩下邢海焱、孙乾和高伟志了。孙乾还在纳闷儿，就问高伟志：“你爹也算基层的官了，怎么决定一个村搞开发的事情都不能拍板呀，那还啥事他能说了算。”

高伟志也很无奈，只好调侃说：“还是官小，做了县长就行了吧。”邢海焱听了，想起刚才那个话题，就问伟志：“我感觉你爸挺给李小毛面子的。我就很奇怪，那天我们刚来的时候，他小舅子，跟你爸气势汹汹的恶霸一样。而且我们第一天来枣树湾，这个李小毛真不把我们当外人，喝点儿酒就诉说想当枣树湾书记，这个人基本就是你老高家对手了。难道真是因为他家宗族势力大，或者说，难道真的如同传说的，农村这种地方，厉害人谁都怕吗？”

高伟志没接话，忽然拿手捂住上牙床，嘴里发出叹气声。邢海焱就问：“怎么上火啦？”高伟志就真的发出一声叹气声说：“上火，能不上火呀。看我爹那费劲儿琢磨的样子，他就想着怎么平衡关系呢。现在这个事情明摆着，你不能赶走臧总，人家是来投资的，而且我爹他们还有招商引资的硬任务呢。等我这边，我是考虑得少了、单纯了，我既然回来了，我爷爷我爹必须支持我是肯定的。但是，怎么做好这个事情，真要动脑筋，明白吗？还有，李小毛总到县里跟什么神秘人那里说三道四，这个事就是基层农村的特点，我也听说那个人是能跟县里主要领导说上话的。你说说，做事不慎重，我爹能做稳当乡书记的位置吗？别看这个小官，换了咱们哪个，也许真不行呀。”说得邢海焱和孙乾越发觉得事态复杂，一边不住地点头又摇头，一边一个劲儿咂嘴，摇头叹息。

十四

高占理就枣树湾的事情，去县里找书记县长汇报工作去了。赵闵的人周一又来了，还继续在伟志大院子里完善设计图，同时到山上、河边现场考察，使得设计更契合枣树湾地域特点。高伟志也跟韩艿一起见了刚上任的县水务局的刘局长，一起到召河上下游考察建橡胶坝的可能。

邢海焱周一下午到枣树湾，扶贫工作还要继续。县里扶贫办的领导要搞扶贫项目推进会，打电话问老敢书记，愿意别的工作队到枣树湾看看不？结果老敢书记给拒绝了，也没当回事，回来跟邢海焱顺嘴说了一句。邢海焱一听，有些不高兴，这老书记，也不跟自己商量，怎么就自己做主了？问他为什么，老敢书记摆手，解释说："县里这么做都是摆样子，没什么实际意义，而且还要接待，村里会破费，没什么用。而且，如果还有什么大官来，还更麻烦，说不定出什么意外娄子，就完蛋了。"

邢海焱更不明白了："那能麻烦什么呀，出什么意外娄子呀。咱们干的都是好事，领导来了不是正好呀，咱们修了路了，还接上水了，这是咱们干活了呀，别的地方想要领导来看看，还请不来人呢。"

结果老敢书记就撇嘴，说："修那么一点儿路，换了俩变压器，村子西头有水了，这点儿事领导来了，也不算有什么成就。"邢海焱一听，虽然心里不悦，但也没话说。

老敢书记在邢海焱身边一直转悠着，好像还要说什么。邢海焱也看出来了，觉得自己猜得差不离。

老敢终于说话了："我看你呀，这么着吧，反正县里书记县长都不来了，你也不用总在这里等着，抓紧时间，还是赶紧回你们单位。或者找一下你的什么关系去要点儿钱去，或者你们看看通过什么渠道，能到省里交通厅去，听说人家那里有专门经费，可以专门给拨款修路。"

邢海焱一听，自己果然猜对了，心里有些别扭，话怎么这么说，什么意思呀，难道是嫌我们扶贫工作队已经修好的路太少了？你们说希望再修两条路，一条是奔着村后头那堆坟头去的路，一条是奔着大棚去的山腰路。但是，这需要钱呀，我邢海焱哪里做得了我们单位的主，你们想要钱，我们单位就给？要求给扶贫款的报告早就打上去了，学校没回音，再说去找关系的事，自己这点儿可怜的社会关系，认识谁呀，根本也没谱儿。

听老敢书记说了几次，邢海焱也有点儿坐不住。这天，三个扶贫队员因为这个事在一起商量，一直不怎么提建议的老曹就说话了，说他老婆同学在交通厅什么部门工作的。孙乾跟抓住稻草一样赶紧问有可能给拨款修路吗，有门道吗？老曹用把握不大的口气说，也不敢保证呀，就说只能跟老婆通个话，问问她再说。

自从老敢书记开始发话，劝邢海焱他们回去搞钱，邢海焱就觉得，脸上非常挂不住，单位没给扶贫款这事，显得自己很不硬气了，好像待在村里成了享清闲的了。邢海焱是个爱面子的人，虽然心里不爽，但还是回单位了，也真是为了抓紧去找领导问问扶贫款的进展情况。然后，他又跟老曹去交通局那里拜访了那个"特管事"的处长。之后，老曹老婆的同学跟老曹、邢海焱、孙乾，叫了公路局管事的人一起吃了饭，老曹还从家里拎了自己存了好多年的好酒。

却原来这个公路局的许科长，看上去人很朴实平和、低眉顺眼，是个不张扬的人。但他分管的具体业务事情，比厅长还重要，负责经手走过多少亿财政款，具体分散下去到所有基层。

没错，要不是老曹老婆同学的面子，人家这个公路局的科长肯定不买他们几个大学老师的账。邢海焱也看明白了，人家业务特别娴熟，许科长一说话，邢海焱就意识到了，人家是诚恳的，不是瞎忽悠，看来这个忙，人家是要帮了。其中有个细节，许科长反复问："你们为村里修的路在公路局的卫星定位图上有没有？"而且问了多次。邢海焱听不懂，许科长解释说："如果想修的路图上没有定位，我们想帮你们修也修不成的，财政厅审核都通不过去。"

邢海焱他们回到村里，赶紧按照人家交通厅的意思，先叫县里交通局弄出个文件来，必须是红头的，说清楚要修哪两条路。因为那个公路局的许科长给看了卫星图，说村子后头通往土坟的路没有，必须换一条路。邢海焱他们到县里弄了文件，很快盖上大章，返回省里给了人家之后，许科长就告诉他回去等消息吧。

等待期间，老敢书记最急，天天问老曹，催着打电话。以前老曹不爱说话，遇见事情也不上前，找交通厅给修路这事以后，成了老敢书记眼里的红人了。老敢书记不仅追着老曹问进展，还拿老曹帮忙的事打击孙乾，好几次直接讽刺孙乾是扶贫队里最没起到什么作用的人，啥钱也带不来。这可气坏孙乾了，他在背地里还恶损了几次老敢。

有一天早晨，高国兴忽然到库房找工具，院子里叮当地响。邢海焱他们几个被弄醒了。听高国兴和老敢商量，那两条道要开工了。

邢海焱还不知道修路开工这个事，一下醒了，赶紧回屋穿好衣服，跟着高国兴到了村子后山。到了后山，才发现，已经有一条大沟横亘眼前，他顿时傻眼了。而且最气人的是，老敢这行为，明摆着是故意瞒着扶贫队的。上次邢海焱反复跟老敢书记说了，必须是人家交通厅卫星定位图上标注的路才能修，否则你自己修了，人家也不给你钱。可是老敢书记根本不理会，自己做主，先去修了通往村后头一堆土坟的路。

邢海焱很上火，修路的工程队都是农民，他们只听老敢的。邢海焱上前制止，人家没有人听他的。他给老敢打电话，老敢故意含含糊糊说没在村里。邢海焱知道，他根本没办法制止老敢和村民随意修路的行为，邢海焱在后山走来走去，不知道怎么办，看着工程队在那里干活，只能在那里发愣。他心里也在祈祷，也许交通厅真有这笔钱能批下来呢，这么一想，心又悬起来，就只担心这笔修路钱到底能不能批下来。

那天傍晚，他看老敢书记又指挥几个农民上后山，吆喝大家自作主张的样子，就根本没打算停工，邢海焱就真生气了，上前跟老敢书记吵吵了几句。回到驻地，孙乾跟老曹自然也知道了事情的前因后果，也很生气，可是，三个人无计可施。

孙乾就说，老敢书记既然敢自己做主，那就叫他自己做主去得了，钱的事咱们不管了，人家不尊重咱们，咱们也无所谓了。但气话说完之后，三个扶贫干部也只能继续协商，这事儿，还是要跟老敢书记说清楚呀。不然如果钱真批不下来，给工程队的钱谁出啊?

结果老敢书记到驻地来了，看三个人的态度，全都气哼哼的，不拿正眼看他。老敢就忽然冒出一句话，说："你们甭着急，我反正有办法，钱的事情如果有麻烦，你们就别管了，我肯定有办法的。"说完就走了，撂下三个人在那里瞪眼。

晚上邢海焱就把事情跟高伟志说了，他尽量叫自己说话口气平和，问高伟志："你爷爷说事情急了的话，他也能弄出钱来，你爷爷这话什么意思啊？"孙乾也没好气地说："对呀，你爷爷到底是有钱没钱呀，我看呀，你老高家，好歹在枣树湾算一号，钱也不缺吧。"

高伟志一听，觉得爷爷的架势拉得太大了，也不介意他们俩的话，为了缓和气氛，半说真话半开玩笑地回答说："我估计呀，我家里好歹有俩钱儿，你们知道我爷爷一年到头咋过的日子吗?他一辈子除了自家地里长出来的吃过，别的啥也没吃过，说有俩钱儿也就是卖粮食、卖土特产、卖菜，省吃俭用攒下的。之外，就是这些年我每年给他一些，小辈给的孝敬钱，他才舍不得花呢。再说我爸，虽然是个国家公职人员，但是基层干部收入很少，而且他谨慎着呢。我爷爷能有几个钱儿呀，那年我家在县城买房，还东凑西凑的。你们放心，我爷爷也好，我爸爸也好，肯定不是行贿受贿道上的人。你们也看到了，枣树湾也好，坡坝乡也好，他们俩的人缘口碑怎么样，你们来了这么久，早该知道了吧。”

等呀等呀，又过了一周多时间，县里交通局传过来话了，省交通厅修路那笔钱果真到了。可是，叫邢海焱猜准了，只批了修一条路的钱，果真没有批下来那条通往土坟路的钱。邢海焱就高兴不起来了，虽然好歹到了一笔钱，但他不知道如何摆平那一条已经修了一半却没钱到账的路。

邢海焱到后山见了老敢，实事求是说了这情况，老敢也不说话，只是挥着手叫邢海焱先回去，自己背着手，往远处自顾自走了。邢海焱站在那里，巴望了一会儿，不见了老敢的影子，心里就更是不爽，也回到驻地生闷气。

高伟志也去找了一趟老敢书记回来也闷着头。邢海焱忍不住问他，你爷爷怎么回事呀？高伟志没马上接话，在门口，仰头看着天，天上一朵云都没有。邢海焱就等着，高伟志摇摇头，口气里带着情绪，说：“告诉你吧，我爷爷早盘算好了，他的最后一步棋子，就是退位给李小毛。他说李小毛这个人，也能解决一些问题，虽然他身上毛病不少，但个人能力也不是没有，在村里的群众基础呢，还是有人支持他的，并不是人人都反对他。但如果让位给李小毛，必须有个条件，就是李小毛要出这笔钱，给全村修这条通往土坟的路。只要李小毛答应这个条件，我爷爷就可以退一步。”

高伟志的话，一下子叫邢海焱他们几个都摸不着头脑了。什么意思呀，让位给李小毛？人家现在也是一个村主任，人家有这义务吗？让他自己花钱给全村修路，这又凭什么呀，没有道理吧。即使是当村书记，组织上哪条规定也没写这个呀，你这个村书记说的这话，也有些奇怪。

之后，邢海焱他们才知道，为什么老敢书记这么想。原来，这个李小毛，是村里的能人还真是不假，他特别能赚钱。早在三十年前，李小毛低价承包了枣树湾后山。说到这个，老敢书记也承认自己真是有责任的。承包价是过于低了。但是，三十年前呢，那时候，谁家有存款呀。那年头，农民实在是都太穷了，根本吃不饱，谁手头儿也没钱。村里有点儿力气的男人都出去打工了，枣树湾山头荒了，光秃秃的，没人愿意承包，也没钱承包，李小毛给的钱不算多，但是老敢书记接受了，签了协议，就是为了给几个五保户修漏雨的房子，他一咬牙给他盖了章。之后，李小毛在山上种了梨树，这十几年算是发财了，村里人看到了，都很眼红，但也没办法，有三十年的合同在那里摆着。听说李小毛还在县城买了二层楼，还跟别人合作，一块儿养了出租的车，最近几年，又跟县城的生意人合作开了工程公司，反正大家都说他的赚钱生意不少，在村里的房子也装修得富丽堂皇。他的老婆也穿金戴银的，回村里的时候在小卖店买东西出手很大方，说是平常总住县里二层楼的，只会打麻将。俩孩子都在城里读书是全日制住宿那种，是私立学校，每年学费不少。

孙乾听了关于能人李小毛的介绍，不由嘴上感叹，我呢，属于站在中立的立场的，觉得这个李小毛真是个人物呀，你也很难说人家哪里不对。改革开放一开始，人家也是付出辛苦了，说人家不对的，实际就是嫉妒呀。难怪在村里胆敢跟老高家人作对。听说还有点儿什么县里背景，自家又有经济后盾，难怪占理书记对他也有顾虑呢。

邢海焱虽然没有在嘴上说什么，但也在心里暗暗想，自己对基层真是一无所知，还以为高伟志家里，在坡坝乡，在枣树湾，说什么是什么呢。没想到，在村里，高伟志还能遇到对手。看来，真正做成事真是不容易，到处是你想不到的意外和不确定，还说什么城里套路深，赶紧回农村，我看呀，村里的套路也不浅。

一旁老曹逗趣说：“咱们还来扶贫呢，我看呀，干脆叫李小毛给扶贫得了。人家不是有工程公司呀，那些个贫困户到他的公司去干活儿得了，还叫咱们给找什么扶贫项目呀。”大伙儿就讪笑。

说了半晌泄气话，三个人还是要先想出办法，怎么给老敢书记擅自做主修的路找到钱来。想来想去就两个办法，一个是学校给些扶贫款，修好这条路；另一个就是靠自己造血，不行就用什么办法赚点儿钱，先把老敢书记弄的这个窟窿堵上。之后，三个人东奔西走，用各种办法寻找资金，结果自然是空手而归。

懊丧了很多天，一天孙乾忽然醒悟了一般，拍着邢海焱的肩膀，喊叫说：“我们中计了，都被老敢书记给忽悠了。老敢这一招真狠，这一招呀，把咱们三个都堵墙角了。你看看最近咱们三个，四处奔跑给他找钱，成了什么了，真有使命感了，奔命一样，手段是真够狠的，你俩明白了吧。”

听孙乾这么一说，邢海焱心里也一机灵。

孙乾气咻咻地说：“爱咋地咋地，我反正用力了，不管了，你跟伟志说说去，这么使唤折磨我们几个扶贫干部，他于心何忍，赶紧叫他书记爸爸想办法，或者他自己想办法，谁叫他爷爷玩这一招呢，叫他家里接招算了，实在不行，就按照老敢的部署，叫李小毛接招算了。反正李小毛也是个能人，说不定呀，不比老敢书记干得差呢。人家自己都能富裕了，就叫全枣树湾的人都跟着他富裕得了。”

邢海焱也不敢确定老敢真这么打算的，半信半疑，想来想去，还是觉得孙乾想多了，因为不管什么套路，找不回来钱，老敢最难下台。可是孙乾说，他这是故意的，就是想对你道德绑架。知道你不忍心，会使尽力气找钱，咱们找不到的话，就是没本事，也丢脸了，他这是个赌，到时候，还不知道会有什么变数。

老敢书记也不到扶贫驻地来了，邢海焱反而心里轻松了几天，主要是怕他一见面，就一个劲儿问一句“你们单位什么时候给钱呀”，闹得自己面子上也过不去。

村里真烦人的事还有呢，反正很蹊跷，好几个村民见到邢海焱、孙乾他们，都是这一句话：“你们单位怎么还不给钱？”

孙乾被问了几次，就怀疑是老敢书记背后指使的，故意叫村民这么问，给他们造成压力。这就有点儿叫人觉得奇怪。到后来，常见面的几个村民也就不问了，都问了几遍还问什么呀，就轮到老敢书记自己了。

有天下午，在伟志大院邢海焱遇到老敢书记，老敢书记话很直接，说已经听说别的扶贫队都给钱了，有个保险公司给得最多，给了三十万，说那个史家寨真是命好，捡到大便宜了，我们枣树湾还以为你们学校有钱呢，敢情还不如保险公司呢。

老敢书记也不管邢海焱啥脸色，又一股劲儿地说，人家电视台给了栗树坪二十个旧电视，虽然是旧的，修修也能看，也行呀。你看你们单位，要钱不给，要个啥值钱的物件吧，也没有。你说，你们那么大个学校，到底还有啥呀。

邢海焱肯定是生气了，觉得老敢书记太伤自己的自尊了，怎么能这么藐视自己的学校呢，顿时一肚子的火，带着怒气顶撞道：“我们是国家正经的大学，是教书育人的地方。扶贫是政治任务，我们是有责任有义务，但也要考虑我们单位的实际情况，量力而行吧。我们有旧书，很有价值的，学校图书馆已经捐了很多，下次就拉过来。”

谁知道邢海焱这么一说，老敢书记嗤笑一声，不以为然地说：“书呀，书有什么用呀，你拉来也没地方放。”

高伟志一直在一边没说话，听到这里站起来接话说：“昨天我去县城遇见我同学，有个旧家具工厂，我看他那里有不少破烂旧家具估计没什么用，可以找几件当书架吧。”

老敢书记来一句：“你快拉倒吧，去县里几十里路，还不够出的脚钱呢，拉回来，你不好好看着，也会叫村民偷走了。”

邢海焱不以为然：“书偷走了就偷走了，反正偷回家看去了，没事。”

邢海焱猛一句抢白，差点儿噎死了老敢：“哎呀，你个学生娃，太天真，哪个偷书的是回家学知识？拿回家烧火做饭去了呀。”

这下，邢海焱张着嘴说不出来话了，扭脸就瞪着高伟志，他的意思是：高伟志，你可是从枣树湾走出去的，你这么好学的青年，不会有如此荒蛮的家乡吧？

这场面叫高伟志也很尴尬，一时也找不到合适的话回答邢海焱。这边老敢书记脸色也不好看，扭身要离开的样子，一边对邢海焱说：“我看，最近村里你们也帮不上什么忙，还不如回学校要钱去。”说完自顾自地走了。

老敢书记先是自作主张不跟扶贫队商量，叫来了他熟悉的工程队，没钱就修路，然后又指使村民催促扶贫队回单位去找钱，现在索性没啥顾忌，干脆就明说，撵他们回学校要钱。此时此刻，这生硬态度，真叫邢海焱下不了台。

一边的高伟志都看在眼里，赶紧上前拉住气得脸色都变了的邢海焱，连声劝解：“你先别生气，我替我爷爷道歉。他一个老农民，没啥文化，做事说话都很直接，也是因为在这个村，他说话算数快四十年了，习惯了想说啥说啥，不顾及别人感受，没办法，说到底是素质问题，素质不行，我先给你道歉行不？”

等看邢海焱情绪缓和了些，高伟志拉着邢海焱坐下。邢海焱其实还是生气，给高伟志说了一遍这件事的前因后果，高伟志也是摇头，更觉得爷爷做的事情很不妥。几个人也七嘴八舌议论起他们扶贫队很不适应农村干部做事的方法，于情于理上，都很具有典型的农村基层特性。孙乾也提起，刚进村的时候，因为工地需要水，老敢书记就直接把会计老财迷家的水切断了，老财迷在地里大骂，这就是老敢书记的做法。但是，不这么做，老财迷绝对不答应停自己家浇麦子的水。说到修水的时候，很多扶贫村子出现的情况，水管好不容易修到各自家门口，叫每个家庭给三百元修管子费，村民就坚决拒绝交这钱，结果是，造成工程全部搁置。还有的村子，村民从没有花过吃水钱，听说自来水要花钱，坚决不接自来水了，也造成修水工程进展快到尾声却没了结局，就被搁置了。

但是这种事情到了枣树湾，就没出现，就因为老敢书记的果断，自己先把三百元拍桌上，然后命令村委会成员每人掏钱，之后党员开会，命令一个党员管十家，就去各家要钱吧，果然三天钱都缴齐了。大家也想起，扶贫队刚来的时候，前期为了抢工程队，也是没钱呢，还是老敢书记和几个村委自己垫钱，工程队才最先进入的枣树湾。

说了这么多发生在老敢书记身上的事情，邢海焱的气消了不少，一旁高伟志又一个劲儿辩白说，你还是不了解我爷爷，我爷爷不是对你耍威风，他就是个典型的文化不高的基层农村干部，工作方式简单粗暴而已。

虽然高伟志在一旁使劲儿帮着沟通，扶贫队还是跟老敢书记别扭了好多天。之后，心里有些不爽的扶贫干部，就真回省城了，当然，肯定也是心里揣着大事。回学校后，他们赶紧找分管领导，把自己都做了哪些扶贫工作，遇到了什么具体的困难，当然，主要是村里着急扶贫款的事情，能否尽快落实到位，都原原本本地汇报了。

领导也算通情达理，撂下学校非常紧张的评估考察要事，专门开了扶贫工作会议。之后邢海焱他们拿着拨款批示，去找各个部门领导签字，几次去学校财务中心候着，一直期待的扶贫申请款终于到了西召县交通局的账上。

知道扶贫款已经到了西召县交通局了，邢海焱心里的石头落了地。学校做到了全力支持扶贫，叫他这个代表学校出面与农民打交道的扶贫干部，如同后面有靠山支撑一样，腰也硬了，浑身轻松了不少，心情也愉快了，不再怕老敢书记追着问了，马上就想着这钱一定要花到刀刃上。这么一想，他就又开始着急，因为了解老敢，恨不得马上回枣树湾，看看那条道路修到什么程度了，老敢书记可别再自作主张，出点儿什么幺蛾子，学校给点儿钱也是不容易，村里千万别乱花钱。

在学校往车上装书的时候，学校的人都小心翼翼的，怕把书损坏了。邢海焱默默看着，想起老敢书记说的话：学校送书给村里根本没什么用，顶多都是烧火。只要一想起来，心里就堵得慌。邢海焱一边把装到车上的书整理整齐，一边心里憋着一口气，他坚决不信老敢书记说的话，心里就赌这一口气，一定把这些书弄到枣树湾，非要叫他亲眼看看，村里那么多孩子，还有不少留守儿童，是多么喜欢书，是多么渴望读书，是多么需要读书。老敢书记呀，你还是县里的劳动模范，可是呀，你真是脑筋太老了，看来枣树湾这么穷，总也不发展，老敢书记自己也是逃不了干系的呀。

之后，高伟志又来驻地，请几个扶贫队员喝道歉酒，邢海焱也开始倒苦水，几个人都喝迷糊了。高伟志也说起执拗爷爷的过往，当年为去北京得罪爷爷后，好几年过年回来爷爷不搭理他，自己也是很无奈。但是，每次告别离开，嘴上没法说出来，心里却憋着一股劲儿，觉得自己总会有一天，做出大事情让爷爷露出笑颜。而且，说起来，枣树湾的人都知道老敢的倔脾气。当然，人的威严立起来，更因为他人品正、做事公道，几十年来，爷爷就是枣树湾人心里的定盘星。高伟志还告诉邢海焱自己爷爷烈属的身世，1943年冬天反“扫荡”时，为掩护边区八路军干部，老敢的父亲被鬼子杀害了，那时候老敢母亲肚子里正怀着老敢，但老敢的母亲不仅没有退缩，反而加入了共产党，解放初期，老敢的母亲一直在县里重要岗位任职。

听了高伟志关于老敢身世的讲述，几个扶贫队员都非常感动，赶紧端酒，说要为自己的不礼貌找老敢去赔不是。

但高伟志却话锋一转，端起酒，正色对邢海焱他们说：“这杯酒我还是先感谢你们吧，我这次回乡，所观所感，触动太大了。因为你们的到来，我亲眼看到了扶贫队给枣树湾带来的变化和新面貌，看到各级组织对上级扶贫政策的大力落实，看到了基层干部的干劲儿和广大乡亲的热切期望。”然后高伟志又喝了一杯说，“这一杯，我也是再次感谢，你们还要继续跟我爷爷这样旧的思想观念磨合。说到底，这就是我们枣树湾的现状，我们枣树湾缺人、缺做事的年轻人，如今政策这么好，机会这么多，可惜，没人挑头来干，说真心话，我爷爷确实太老了，不该让他继续承担这么重的担子了！还有，就扶贫来说，仅仅给枣树湾供血不行，必须寻找到我们这里可以开发利用的资源，必须寻找到有未来发展远景的项目，扶植成长，使得枣树湾真正有了自我造血的能力!”

高伟志一番心里话，说到了大伙儿心里，内心受到很大触动的几个人不约而同都站起来，眼含深意共同举杯。

十五

枣树湾真热闹起来了，有从北京回来的高伟志要在枣树湾建设新农村，又有李小毛带来的臧总也要流转枣树湾土地。李小毛把自己县城的买卖都放一边了，带着臧总在村里做了一些串联活动，鼓动大伙儿认同他们的投资项目。

但是，奇怪了，李小毛他们这一边鼓动加上送礼物，枣树湾的百姓却开始犹豫躲闪，起初还投以信任票的一些农户也撤退了，那个五千万的大数据成了笑话，没吓住枣树湾的农民，反而成了不靠谱儿的把柄。李小毛有点儿懊恼，亲自去劝说一些农户，也没人倒戈，李小毛这个被枣树湾人承认的能人遭遇到了打击，有点儿无计可施了。

高伟志欣喜又感动，他发现，李小毛来挡道也不是什么坏事，因为没有比较就没有鉴别，枣树湾百姓信任他高伟志。当然，他明白得很，与其说是信任他，不如说是信任他后面的老一辈人，高伟志心里给自己鼓劲儿说，一定对自己要做的事，更坚定，踏踏实实的，俩字，干好。

后来，村里人还传开了，说李小毛带着臧总，也找了西召县的县长，把他们想搞骑马追兔子的项目汇报了，据说县长听了以后，很有兴趣，但表示了自己的担忧。县长说，要知道开枪打兔子是有风险的，万一把人打中了，事情可不好办了，谁给打保票，你绝对不会伤到人呀。还说这个项目很新颖，但觉得项目似乎还有很多不太成熟的地方。最后县长建议说，乡里跟投资者多磨合磨合，看能不能想办法叫这项目落地。

与此同时，韩芗这边才叫帮了一个实打实的大忙。韩芗亲自操刀，紧锣密鼓完成《枣树湾生态农业园区项目引导资金申请报告》，其中四万字的《枣树湾生态农业园区项目的可行性报告》数易其稿了。还有就是，她已经协调县网信办等部门协助高伟志他们建了叫“枣树湾农产品新高地”的线上平台，开始直播带货运行的前期准备工作。

这回高赫出了风头了，还说服了女友来当网红，梅梅一听自己还可以天天化好妆很美丽地露面做直播，很是兴奋，特别痛快就回来了。之后，也是反复试播，不断改进，效果还不错，虽然直播销售农产品不够风尚，不像卖化妆品卖衣服那么有趣，可是高赫和梅梅进入状态后，也找到一些门道，两个人在线直播进步很快，没多久就褪去青涩了，还配合得相当好，而且也非常敬业。他们跟韩芗也相处得很融洽，一口一口地叫着韩芗姐姐，很听韩芗的话。

才一个月，直播卖枣树湾的各种农产品就有了叫人兴奋的效果。因为产品好，很快就有了口碑。比如黑头鸡下的灰皮鸡蛋，枣树湾村民家的梅花猪肉，自己种的农家菜，还有枣树湾山上采的枣花蜂蜜、中药材，果真吸引住了网民。梅梅进入角色后做得有声有色，不仅高赫高兴、国兴高兴、老敢高兴，大伙儿都跟着高兴。高赫整个人都变了，比谁都忙乎，梅梅在网上卖村民家的梅花猪肉，城里人看着厚厚的肥肉，不敢吃，高赫担心销售受影响，索性就亲自上阵示范品尝韩芗炖好的梅花肉，以展示梅花猪肉不腻的特点，一边品尝一边还嘴里不停地介绍着：“看看这肉，肥中瘦，瘦中肥……”网红高赫，重新理了短寸头，小伙儿心情好，精神头足，看着就很健康。

韩芗却是因为实在辛苦，越来越瘦，大伙儿都看出来了。全坡坝乡十几个村子，她手头负责的工作也不少，现在又需要付出很多精力很大心思，用在高伟志他们的事业上。眼看高伟志他们公司的工作日见成效，村里流转土地有序进行着，水务局跟他们公司联合进行召河流域开发建橡胶坝的批文也批下来了，养黑头鸡、梅花猪的村民合作社也开始运作了，每户参与散养的村民在山上各自圈好了散养范围，河边半山腰的规模大棚也有了模样。

就这么忙着，炎热的夏天也来了。

这天，韩芗去县里开了很重要的会议，回来以后在坡坝乡传达了上级很重要的指示精神。西召县为了发展壮大农村集体经济，推进农村基层党建科学化，适应农村发展新常态，准备探索集体土地重新发包，还有“四旁”绿化植树、合作社提留、集体资产入股出租、兴办经济实体等特色模式，作为重要抓手和有效平台。而且，上级希望西召县各乡镇迅速领会精神，形成好经验好做法，尽快涌现解放思想、勇于实践、造福集体、全心富民的示范村。

韩芗分管枣树湾，会后很快就来到村里找老敢书记，部署落实会议精神，迅速召集村两委班子成员开会。会上，韩芗结合实际情况说：“我多次来枣树湾，了解一些这里的真实情况。枣树湾有一定集体预留机动地，这是实际情况，应该能够将土地重新发包作为推动集体增收的突破口，真正做活做实土地文章。”

会上，叫老敢书记表态。当时在会上，老敢书记没看出有什么异样，也表态说了，肯定配合韩乡长的工作。但是之后，这项工作韩芗过问了几次，叫老敢书记早些动手，枣树湾却没有实质进展。

这天韩芗又来了，还带了俩乡干部，打电话给老敢书记，说亲自到村子摸底来了。老敢书记戴着一个旧草帽，匆忙从地里赶过来，一看韩芗带着俩精明能干的年轻人，正在逐个地块地摸排登记。老敢书记怕韩芗觉得自己怠慢，赶紧打电话招呼李小毛等人过来，给两委会的干部分工，加快摸排进度。

之后问题上来了，还涉及了老敢书记自己，还有承包荒山三十年的李小毛。李小毛那件事，老敢书记自己知道咋回事，那是三十年前，李小毛把后山大概有三百亩以每亩二十元的价格承包了，当时口头约定承包年限是十五年，因为当时村子实在太困难，五保户房子漏雨太危险住不了人，急需修房钱；加上村集体打机井也需要钱，村书记老敢在非常急迫的情况下，没有召开村民代表会，自己做主，跟李小毛签了三十年的合同，承包费还是维持原来约定的二十元一亩的价格。到如今，土地承包费市场行情上涨，村里大部分农民对李小毛长期低价承包村集体土地很有意见。还有，村民认为，李小毛还依仗自己村主任的权力长期欠款。而且最近两年李小毛还私自把承包山上的果树砍伐了不少，用于种植经济作物了，还听说暗地里把这部分集体土地再次发包给村里另外的农户，这绝对是违约行为。

韩芗了解这些事之后，找到老敢书记，叫老敢书记出面跟李小毛商量，条件是：要么承包方不变，但是必须提高承包费，根据村民大会决定承包价格；要么收回土地，重新公开竞标，重新发包给新的农户。

老敢书记听韩芗说完，也不表态，也不说话，一支烟一支烟地抽，韩芗看出不对劲儿，就直接问老敢书记："说吧，怎么啦，什么地方为难住了？"

老敢书记几根烟后，丢了一地的烟蒂，终于说了。原来，李小毛再次转包土地给的村民不是别人，竟然也是老敢书记的本家亲戚，村子里叫六叔的一个人。这还是老敢给说合的，李小毛才转租给六叔的。

这个六叔原来也是村里人，后来农转非，到县里粮食局上班，当时以为一辈子由国家给养老了，很狂妄地走了，没留后手，村里房子、土地、户口都不要了，大伙儿都真以为他永远不回来了。结果不知道怎么搞的，也不知是犯错误了，还是单位效益不行了，反正就是一个人又回村里来了，没老婆没孩子，就带回来一个铺盖卷儿，找老敢书记，说以后要靠村里养老。这六叔在枣树湾又没房子又没地，还要活着，老敢书记想来想去只好找李小毛，让他在李小毛的承包地上种了点儿秋葵赚点儿钱。

韩芗听了六叔的事，也很为难，不知道怎么办，可是李小毛的事情不能没任何进展。之后，老敢书记也去找了李小毛，李小毛肯定不同意，因为损失他自家的利益了。他们的分歧很大，几次商谈都没有结果。老敢书记很无奈，跟韩芗汇报了跟李小毛谈判的情况。韩芗就生气了说："李小毛什么觉悟呀，这还是村干部呢，就这水平，村里很多工作还指望他带好头呢。现在可好，全村都看着他，他反而起了负面的作用。"

韩芗亲自上门找李小毛，反复做工作。结果，李小毛却提出条件，说要带头也很好办，老敢书记先带头吧。韩芗不明究竟，问啥事老敢书记要带头？

李小毛阴阳怪气地说："你不会真不知道吧，还是装不知道，村里没一个不知道的。这些年村里很多人家出去打工了，为了巴结老敢，主动把自己的土地叫他白种，老敢自己说是给人家租地钱呢，谁信呀，这算利用职权损公肥私吧。"

韩芗一听，有点儿意外，她真的不知道，含糊了一下说："地是谁家的，自己做主，如果双方都自愿的，似乎不算吧。"

李小毛却说："得了，那怎么不给别人家种呀，明摆着是贿赂，对吧。"哼哼了两声表示不满之后，他又说，"还有呢，高国兴现在种大棚的地方，原来是村里的砖厂废弃地，叫老敢家给霸占了，承包费也是一亩不到五十元，怎么算？承包年限也是三十年，还算数不？如果高国兴同意解除承包合同，我这边什么都好说。"

韩芗去过高国兴的大棚，外观一看档次不低盖得不错，显然资金投入不少，进了大棚里头，心里更是称赞，高国兴真是一个农家好把式，大棚被他打理得跟花园一样，各种农作物都长得格外精神，经济效益肯定不错。现在听李小毛这么说，韩芗心里就嘀咕，原来这块地也是枣树湾集体土地，大棚里外花了不少钱进去了，要收回的话高国兴肯定不会答应。

韩芗不好表态高国兴的事，还是问李小毛，还有什么事情要说，当即她也承认自己掌握的情况不多。

李小毛就悻悻地说：“我也知道高国兴投入不少，但是承包费也确实是太低了。我还知道，那么低的承包费他还不好好交呢，凭什么叫别人交承包费？再说，他那块地靠近河滩，现在转租的价也不低，如果收回集体来，我才不信高国兴、高老敢有这个觉悟。”

韩芗没想到枣树湾情况这么复杂，还牵扯到老敢书记很多事情，看来还是先跟老敢书记好好沟通再说吧。

她在村委会见到老敢书记，高国兴也在那里，韩芗犹豫了一下，心里揣摩到底说不说，一想还是不要拖沓了，索性直接说了，就问高国兴租用集体砖厂废弃地的事，问承包费过低属实不，问到期不交承包费属实不。

高国兴不等她说完就急了嗷嗷嚷，老敢书记大声呵斥阻拦他，结果高国兴还是叫嚷，说绝对不行，说自己投入那么多了，这损失谁管，还有，前两年雾霾太大，大棚菜种植户都赔钱了，村委会这才同意暂缓交承包费的，说，不是不交，是暂缓交钱。

这个时候，韩芗看高国兴抵触的态度很强烈，一旁的老敢书记也一言不发。她知道一时间无法解决问题，只好退一步说回去跟乡里汇报反映枣树湾的实际情况。

韩芗从村委会出来，直接去了扶贫队驻地，邢海淼他们正在院子里刻模板，要在全村喷宣传标语，因为学校领导说要过来看望驻村干部，村里要有点儿扶贫的热烈气氛。

韩芗过去一看，正好看见“真扶贫，扶真贫”几个字刻好了。邢海淼看韩芗满脸心事，眼神愣愣的，站在院子里也不说话，就停住手里的活计，进屋子洗了手，搬了凳子叫韩芗坐会儿，问她摸排土地情况进展怎么样。韩芗张了一下嘴没说出来什么话，摇摇头。邢海淼已经看出韩芗有些为难的神情里，好像想说又没法说，敏感的邢海焱就知道肯定遇到难题了。想劝劝她，也不知道具体问题，沉默了一会儿，就说，遇到难题了吧，这又不是你一个人的事，你可以跟高占理书记汇报，老敢书记是他老爹，什么话不好说呀，你不用这么为难的。说完这话，似又想到什么不妥，想起自己跟老敢书记打交道碰壁的遭遇，又对韩艿说，你要是也觉得跟占理书记也不好说，干脆我去跟伟志说，你去说更好，叫他去找他爸爸，肯定比咱们出面灵验。

韩艿听了，脸上挤了一下笑容，不置可否。

邢海焱站起来就给高伟志打电话。过了半个多小时，高伟志来了，浑身是灰土，头发上也是乱蓬蓬的，进了院子才看见韩艿也在，一时还有些不好意思，赶紧把脏乎乎的外衣脱了，又到水管边洗了一把脸才过来。

邢海焱就奚落他，你至于吗？用不用使雪花膏。高伟志笑，没有媳妇的人用什么雪花膏。

高伟志问找自己什么事。韩艿索性就不犹豫了，把今天在枣树湾摸排集体土地发现的问题说了，当然包括涉及高国兴和李小毛的事情。

确实是个难题，几个年轻人都有些挠头，基层农村工作确实复杂难搞。一旦涉及自身利益的时候，需要权衡利弊的时候，都是最难的时候，也正是看基层干部党性觉悟的时候。

邢海焱寻思着，看着高伟志说："如果老敢书记不亲自上手、高国兴不带这个头儿，那个李小毛呀，真不好咋地人家。"邢海焱说完，别的人也不说话，见几个人都不发言，孙乾一旁不冷不热地说："这事呀，我看完全靠自觉，伟志是小辈的，怎么说话？他爷爷他爸爸能听他的呀，他又不是县领导，对吧。"说着话，他扭向韩艿，"可惜呀，你要不是挂职的，可能村里人还把你当回事，你一个挂职的，说不定哪天就走了，谁听你的呀，肯定白忙活。说到老敢书记，他也为难，你说的那个六叔既然回村里来了，村书记不管谁管，岂不饿死了？社会主义国家肯定不能这么做，可是你说，他没地，没养老钱，怎么活？还有高国兴的大棚投入那么多了，刚要赚钱，你们要收走，肯定跟你们拼命，换成我，我也跟你们拼命呀。”

是呀，不是简单事。不能用单一的形式、简单的方式，光想收回集体土地，不考虑农户的损失也是不行的。韩芗听了大伙儿的话若有所思。虽然孙乾的话不中听，但是是有道理的。韩芗已经领悟到了，她脸上已经晴朗不少。

这时候，一直低头沉思的高伟志长出一口气，神情很严肃，口气很肯定，对大伙儿更是对韩芗表态：“没啥说的，明摆的事，我家就应该带这个头儿，我也起点儿作用，跟我爷爷、我爸爸、我二叔摆摆理，这不是你情愿不情愿的事，既然上头政策有要求，从你们乡里工作的角度，从枣树湾未来集体经济发展的角度，我家都应该做这个表率，这不仅是觉悟问题，还是新农民的素质问题。”说完，还故作轻松做了一下鬼脸。

韩芗知道高伟志这个故作轻松的态度是给她看的，他家里的工作谁知道好做不好做呀。她也赶紧补充，我回去再联络联络别的乡镇，看看有什么更好的经验可以借鉴，咱们一定以最好的方式，叫解除合同的农户也少受损失。

其实，刚才韩芗去村委会找老敢书记，高国兴之所以在那里，正是老敢书记已经跟他说了他那块砖厂废弃地合同的事，高国兴肯定不情愿，老敢书记也没说服高国兴，弄得高国兴还气呼呼的。之后，老敢按照一贯的做法，先又跟高占理通了话，核准整个西召县落实集体土地重新发包这政策的准确性和权威性，得到高占理必须落实这个不容置疑的答复后，老敢书记心里有数了。他沉默了一支烟的工夫，站起来，到村委会广播室，沙哑着嗓子，冲着大喇叭说晚饭后召开村民大会，会上讨论枣树湾集体土地重新发包。

广播完了，高国兴就急匆匆赶过来，很着急，跟老敢嚷：“你这么一公开，事不是更不好解决了呀。私下解决得了，还弄到全体村民大会上，不是自己给自己出难题吗？”老敢不动声色假装糊涂，话里却反驳：“你不是私下不好解决嘛，我已经跟占理通气了，必须搞，上头是要结果的，不是忽悠忽悠就混过去了的事。关系咱全村人的利益，谁都两只眼睛盯着呢，你看着办，我也跟你交代了，你也别拧着劲儿，李小毛就等着看我的热闹呢。我可告诉你，别因为这个事叫李小毛又抓住把柄去县里告状，这回可就真没准儿村书记不叫我干了，我到时候也认了，你不支持上头干工作，你也就等于自动弃权别干了。”

老敢书记的话很硬，看来回旋余地也不大，高国兴虽然当面还是一个劲儿扛顶，却也听进心里了，但是，他自己的损失确实不小，这个损失怎么弥补？一想到这些，高国兴的蛮劲儿上来了，心里想，不管你们说什么，我扔进去的钱不能白扔。想到这，高国兴不想再跟老敢书记说什么，就给高占理打了电话，结果高占理不接电话，高国兴也不知道高占理什么态度，就一个劲儿地打，高占理那边终于接了，不等高国兴说话，那边就劈头盖脸一通训斥：“你怎么这么不懂事，不接电话就是不能接电话，我正在县里开会，县长正在讲话，接你什么电话！”说完“啪”的一声挂了。被高占理很凶的态度吓了一跳的高国兴，本来还想跟高占理说道说道，顿时啥也说不出来了，没了底气人也蔫儿了。

十六

这几天，从上午到下午，老敢书记已经不知道给孙乾打过几个电话了。邢海焱怀疑孙乾在忽悠老敢书记，而老敢书记似乎真信了。

自从扶贫干部到枣树湾村里来，乡里几个年轻的包村干部也总过来。年轻人愿意扎堆凑热闹，因为大家家都在很远的村，中午回不去，赶上饭点在扶贫队驻地一块儿吃饭。这个时候，几个小年轻人，就围着孙乾，听他“白话”，孙乾“白话”的内容还不是说自己，都是讲他那些事业有成的朋友，这些朋友过着什么样的豪华生活，说得大伙儿一愣一愣的。孙乾觉得说这些显得他自己见过场面，见识很高，村干部会尊敬和崇拜他。有一次吹劲儿太大了，顺嘴就说，我有个朋友，那资产多少个亿，一听我扶贫，马上说，扶贫，多大点儿事呀，我过去一趟，随便指头缝漏点儿就办了的小事。

大伙儿就当场巴结孙乾，说一辈子没机会看看这成功大人物，真来呀。孙乾不屑，这点儿小事，人家根本都不用亲自过来。

肯定孙乾也跟老敢说了这话了，因为邢海焱听到老敢书记电话里头的意思，一个劲儿问孙乾说的那个开悍马开矿的朋友，还愿意给枣树湾投钱不，问了很多次，孙乾就敷衍说，人家去非洲了，太远没空儿过来。

但老敢书记不放弃，过了一阵，又跟孙乾试探着说，也不用把全村的路修了，就叫这个非洲开矿的老板给点儿钱，修修村委会大院的地面就行了。后来，老敢书记又退后一步，说实在不行，就给点儿钱修修大队部的厕所。听老敢书记试探的口气，还是对孙乾抱着希望。

晚上邢海焱跟高伟志到老敢家，高伟志跟爷爷问起白天韩芗问起的事情，就是李小毛说的后山三十年承包合同，还有六叔砖厂废弃地三十年合同的事情。老爷子马上就猜到是韩芗跟他说的，没否认也不说话。

高伟志给爷爷倒了杯水，看爷爷不高兴，也没急着问。结果爷爷看着邢海焱忽然冒出一句："你们孙乾呢，叫他晚上过来吃饺子吧。"邢海焱说孙乾下午回城了。结果老敢书记一听，登时满脸喜色，一下子从椅子上站起身来，冲口说，"那估计是给我找人去了，听他说他那个非洲开矿的朋友回来了，我叫他给咱们修修大队部地面呢，你也别在村里闲待着呀，你们学校那五万不顶事，你再跟你们学校要点儿钱去吧。"

这话说得叫邢海焱又尴尬又生气。真纳闷儿老敢书记怎么跟刚进村的时候不一样了，性情大变，邢海焱心里真不舒服，有点儿被人过河拆桥的感觉，但是也不好发作，毕竟在老敢书记家里，还有高伟志在场。等高伟志叫他坐下来吃饭，他一点儿食欲都没有，根本吃不下去。正好他电话响了，邢海焱站起来到了院子里。过了半晌，高伟志不见邢海焱回来，到院子一看，人已经没了。

高伟志打电话给邢海焱，问怎么啦，邢海焱接了，没好气地说："不吃了，谁吃得下去呀，你亲耳听见你爷爷说话了吧，多难听。农村人真是人心不足呀，我们给你们村干多少事都是外人，你还是自己忙乎你家的事吧。"说完就挂了手机。

其实刚才听见爷爷说的话，高伟志也挺不高兴，怎么能这么对扶贫干部说话呢，他就埋怨了爷爷几句。爷爷却不以为然，还振振有词，说起了别的村来的扶贫单位，给了人家村里多少钱。老敢再次提起保险公司扶贫队，那才叫特大方，还有电视台扶贫队的，给了电视多少个，电脑多少个，别的村都占便宜了，就咱们枣树湾这个村倒霉，还自己先选的扶贫队呢，结果大学这个扶贫单位最差，折腾了半年，算给了五万，太少了吧，这点儿钱还直接打到县交通局账上了，枣树湾连个毛也没沾着。而且，这几个大学老师的社会关系也不行，没什么人脉，没什么能耐，不像别的村，认识不少有权力的单位，弄来项目弄来钱，人家工商局的还白弄来不少广场瓷砖，还弄来了不锈钢的好几米高的大旗杆呢，每天升旗，哗啦啦的，那叫一个威风。

高伟志见爷爷这么要求扶贫队，觉得显得有点儿不仗义了，也就没客气马上就反驳：“人家怎么没给你找关系弄钱，老曹不是弄了一笔钱修后山的路呀。”

“就批了一条最短的，那条我最想修的路，没批下来，说不是规划路，什么规划路不规划路的，我看根本就是没门路找借口，规划路也都是交通部门自己定，说是规划路就是规划路，还是说明他们门路不行。”爷爷口气还是不满。

高伟志本来就因为刚才爷爷对邢海焱的态度感到内心很歉疚，此时听爷爷说出这么多没道理的话，忽然就被老敢冷漠的态度激怒了，也不顾长幼尊卑了，当即口气就变了，指责爷爷确实不应该这么说话，太没道理。人家驻村工作队来枣树湾是担负政治任务来的，这没错，干好干赖，村干部都应该有个包容心，互相理解，枣树湾能获得多少实际利益，都要有感恩心，不能太贪婪。

结果高伟志的话一出口，老敢也就生气了。爷孙俩就吵吵起来了，老敢书记借题发挥，索性就开始埋怨高伟志辞职回村子里来，等于给全家找麻烦，“你能干什么事呀，你不回来，枣树湾也挺好的。你这一回来，行了，李小毛趁机拱火闹事，你干什么都会成为把柄落人家手里，还觉得自己聪明呢。你知道你这么一任性，给你爸爸带来多大负担不，说话都加小心了，生怕因为你得罪什么人，位子丢了。你还来教我怎么说话，我在这村子当书记四十多年了，为什么你想在村子里流转土地，李小毛也招呼来一个公司，不知道哪里冒出来的臧总也想流转土地，存心是给我难堪呢。你还张口就说，以两委会的名义召开村民大会，拿项目拿价格跟李小毛PK。你们刚回来的时候，不是跟李小毛一起开过一次大会呀，那不是一场闹剧是什么，还公正，还竞争，还双赢。我敢说，任何一个村民敢把土地流转给你，都绝对是看你爹你爷爷的面子，你以为村民会相信你吗？一群乳臭未干的小孩子，谁敢把一家子活命的土地随意就交给你呀，没老没少的，还教训起我来了。”

结果，高伟志也丢下筷子抬腿走了。

最近高伟志确实是太烦恼了。首先是流转土地推进很艰难，村民也不是不愿意，一亩地落实给一千元，已经高于原预计的八百元了。高伟志承认提高两百元是叫李小毛捣乱闹的，到了一千元的价格，那边李小毛又在散布每亩给一千两百元呢。虽然李小毛就是真的给一千两百元，村民也不敢轻易信任李小毛带来的臧总。因为有这个价格权衡着，村民就开始腻歪，不签字，老是说李小毛给多少钱如何如何，期待高伟志提高价格。

而且也有很多村民表态了，肯定信任高伟志，说不可能不信任他，不认识高伟志，还不认识高占理、高老敢吗？这么说，好像是跟高伟志套近乎，却其实也很叫高伟志心里不舒服。他也矛盾，一些签字流转的村民也是说信任老高家的话了，但似乎话里话外却是一种叮嘱，显然言外之意是，你可不能丢老高家的脸。村民说话都很直接，不考虑对方的感受，光想说出自己的心里话，有时候说的不知轻重的话，叫高伟志当场脸上青一下红一下的。

从爷爷那里出来，他是真生气的，也没吃几口，就气呼呼直接奔了驻村干部大院，知道刚才邢海焱也很生气。到了驻村干部那里，邢海焱正躺在床上玩儿手机，抬眼看高伟志进来也不搭理他。高伟志自觉无趣，在屋子里转了几圈，走到邢海焱身边说：“我不想干了。”

邢海焱怔住，放下手机，看着高伟志，高伟志看邢海焱转过脸来了，就扭转身子一屁股坐在沙发上不说话了。这下邢海焱心情有点儿搁不住了，光着脚下了床走到沙发前问他：“啥意思，你也跟你爷爷打架了？”

“我先给你道歉，替我爷爷的。”说完，高伟志又不说话了。见高伟志满脸的郁闷情绪，邢海焱也就不再矫情刚才老敢的态度了，反而劝说高伟志。

邢海焱满肚子情绪一字字道来，他说，从进村来，也算是有四个多月了，修了路，通了水，安装了变压器，虽然没什么大成就，但是上级指示的几项任务都在做着。老敢书记有不满足也认，怪自己能力的确有限，比不上别的村的驻村干部。扶贫队有组织部派来的，谁都来帮忙。有发改委工商局派来的，人家更懂扶贫政策，就占了先机。还有几家单位，工作性质有近水楼台的优势，也帮村子得了不少实惠。跟人家比，可惜咱这大学，也没多少钱给贫困村，本打算捐书吧，老敢书记还说没用，也郁闷呀。至于老敢书记的态度，也早就领教了。

邢海焱苦笑着，带着理解的口气跟高伟志说起老敢书记以邻为壑的滑稽事。刚修好第一条路的时候，为了不叫邻近的村子经过这条路，老敢书记竟然在村口弄了水泥桩子，结果桩子太粗了，加上村口的路很窄，邢海焱的车子根本拐不进来，当时真是气坏邢海焱他们了，也是骂了一通枣树湾，也太狭隘了，路修了，驻村干部进不了村了，只好从庄稼地里绕道进村，结果车子栽进大泥坑了。后来占理书记也知道了，当即电话命令老敢马上拆除村口路障。那几天老敢书记见到扶贫干部几个人，也是讪讪地很尴尬，这件事也算是个笑话了。

两个人说着说着，也忍不住笑，邢海焱忽然想起刚才高伟志说不干了的话，就问，你啥意思。

高伟志长叹一声，说真难呀，没想到这么难。然后就跟邢海焱说这些日子经历的事情。

“你真的打退堂鼓了？”邢海焱不太信，看高伟志乱蓬蓬的头发，一筹莫展的样子，又开玩笑，“我可是看好你呀。”说完就一头扑到床上，然后仰面朝天，呼出一口气，却又话锋一转说，“我也知道，我看好你的态度，怎么表达对你也不重要，关键是韩芗同志的关怀，不能说丢下就丢下吧，还有我那发小富姐赵闵女士，你可不能辜负呀，人家可是真金白银要给你投资呀。你说你是个多么有魅力的男人呀，一说要做事，精神上支持物质上援助，各种红颜都来了，我们多么羡慕呀，你要是撂了挑子我可是从此不佩服你了。”

邢海焱一番看似开玩笑，其实全是真心话在劝慰和鼓励高伟志。高伟志自然是听得懂的，笑着站起来，踢了一脚邢海焱说：“你真以为我扛不住了咋地？”

“你不是刚说的要不干了。”

“我逗你玩儿呢，我不是担心你生我农民爷爷的气呀。”高伟志狡黠地挤挤眼。邢海焱也抬脚踢了一下高伟志，来了一句：“人家荀子不说了：‘岁不寒无以知松柏，事不难无以知君子。’”

“好像不是荀子说的吧。”高伟志反驳，“是《论语》里孔子说的，‘子曰，岁寒，然后知松柏之后凋也’。”

闹腾了一阵儿，还是回到正题，高伟志正色说，既然回来了，心里是有准备的。父亲和爷爷在坡坝乡枣树湾的位置不是没考虑过，但是，觉得自己光明正大回来做事情，就是想给家乡做事，想叫枣树湾改变面貌，这个心思没错，虽然没有预料到现实这么复杂，但还是有一定心理准备的。男子汉大丈夫敢作敢当，退一万步说，就是最后实在做不成，也不可能叫自己的枣树湾乡亲受损失。这一点，我老高家也好，我自己也好，几代人在这个地方，我绝对不可能毁掉自己家族的声誉的。

话说到这，邢海焱也很认同，一个劲儿点头，但是说到叫村民完全信任，还是要承担更多风险。高伟志左思右想，自己拥有的，除了这些年在北京打拼赚来的几百万要全部投入运转之外，还有什么呀，就是此时自己住的这个院子。这套房子是高占理名义下的宅基地，村里人都知道的，听韩芗说了，农村贷款正在试验新政策，就是农民宅基地也可以贷款了，自己可以拿这套老宅子作抵押，这样的话，农民肯定就更加深对自己的信任。邢海焱半信半疑，表示不太了解农村贷款新政策，建议去找韩芗了解一下。

傍晚到了乡里，他俩看到素颜的韩芗已经等候在楼下，说也要跟他们说重要的事情。进屋里韩芗就拿出了一本《涉农金融机构业务培训资料》递给高伟志。原来韩芗刚从省里回来，前几天去参加培训了。等他们俩坐定，韩芗兴奋地告诉他们，此次去学习新政策，获得不少新信息。金融贷款涉及三农的业务范围和信贷政策，比以往扩大很多，特别是农业综合开发贷款。比如高伟志他们跟县里水务局一起搞的召河水域开发橡胶坝项目，属于水利基本建设改造和生态农业环境建设范畴，是可以在农发行贷款的；还有农业开发公司可以办理生产资料贷款，用于支持流通和销售环节。韩芗显得很兴奋，两眼发亮，高伟志不等听完，站起来连声问具体怎么操作，恨不得马上去银行一样。

韩芗站起来，满屋绕，思忖着，告诉他们应该很快，但也需要一些时间，农发行会到西召县设立分支机构，在县城的地点都选好了，准备工作不会太长，业务很快就会开始。韩芗叫高伟志他们回去就赶紧准备材料，审批程序包括受理、调查、审查、审议、审批、下发批复书，之后就放款。这么一说，高伟志和邢海焱顿时挠头，程序不是一般的复杂呀。看他俩发怵，韩芗却一点儿不急，脸上还浅笑心里很有数的样子。等邢海焱、高伟志狐疑地问她是否有绿色通道？她才故意不紧不慢地说："我看呀，你们也不缺钱对吧。赵闵给你们投资肯定不用这么费劲儿，从自己家保险柜拿出来一捆子就得了，对吧？”

韩芗的话，好像有点儿酸唧唧。高伟志心里复杂，一紧张使劲儿挠后脑勺。看韩芗提到赵闵时候的口气，似乎是故意表现出来有那么点儿醋意，心里就暗想，韩芗难道是故意做给高伟志看的，韩芗就是在乎高伟志和赵闵的关系？他猜不透女孩的心思，可是他凭直觉，韩芗对高伟志的帮助真是太给力了。

也就在这个瞬间，他看到韩芗很随意地递给高伟志一杯水，抬眼专注地看着高伟志喝下去，才又去给自己倒水。这个时候，邢海焱觉得韩芗是无意的，却也很说明问题。

韩芗对高伟志确实太支持，能简单地解释为一个乡领导，还是挂职的领导，对高伟志这个做事年轻人的鼎力支持吗，这么简单吗？还有女孩子不经意间流露的细微关切表情，邢海焱几次都捕捉到了。邢海焱的心思有些走神儿。

韩芗问两个人找她有什么具体的事，邢海焱故意眼睛看着别处，抬高胳膊，就只是拿手指头指着高伟志，一个劲儿说，叫他说，自己坐到沙发上看手机去了。假装清闲低头玩儿手机的空当，耳朵却伸着，听见高伟志在咨询韩芗枣树湾宅基地抵押贷款的事情，这个话题太重要了，两个人兴致很高说个没完。

韩芗介绍说，原则上按照宪法是不允许的，属于集体所有的宅基地和土地是不允许买卖转让的，这是个现实问题。农民除了房屋之外没有抵押物，这样的政策障碍制约了农村信贷增长和农村的金融发展。但现在各界人士也在热议，如何激活属于农村集体所有的土地和房屋这块沉睡资本。韩芗说南方有几个城市也在搞宅基贷的试验田。

两个人说得热闹，全是涉及农村政策讨论的范畴。邢海焱也插不上嘴，站起来走到门口张望。韩芗停住话头问：“你们饿不，天色不早了，请你们去县城西边啃烤羊腿吧。”

邢海焱、高伟志一听，顿时咧嘴笑，韩芗说：“但是，咱们先去直播室看看高赫和梅梅吧。”这一下提醒了俩人，他们跟着韩芗到了乡政府院子后面的一排平房，一进屋子，好家伙，也就不到一个月的时间，高赫成绩不小，很老练地里里外外指挥大伙儿在忙活，一边接着电话一边拿眼睛朝他们这边看。

大伙儿隔着窗户看着，梅梅正在直播间做销售直播，也是眉飞色舞的，非常投入，根本没顾上看他们。高赫得意地说，梅梅的粉丝每日在蹿升，销售额也是翻着番地上涨。说着说着，手机响了，又是客户催货的电话。

韩芗本来打算招呼他们俩也一起去吃烤羊腿，结果高赫说一会儿一个大客户装货，他不大放心，必须在场。

出了屋子，邢海焱就感慨地说，高赫的潜质忽然间被发挥出来了呢。高伟志赶紧在韩芗身后跟上一句，还是因为韩芗领导有方呀，说完，还跟邢海焱挤挤眼。韩芗知道这俩人在故意调侃自己，也不回头，脸上却是满满的笑意。

高赫的变化实在太惊人了。邢海焱不由得说起第一次见到高赫的情景，再看刚才两人做事情的专心致志，亲眼看到两人的变化，才由衷地感触。他也因此很佩服韩芗独到的眼光，还有对高赫的信任，自己当初还持有怀疑态度呢，跟韩芗与人相处的方式和态度比，自己太不成熟了。

邢海焱诚恳地表达了对韩芗的赞许，连声夸赞，虽然是个小女子，身处基层，做事有方向，看问题有高度，解决问题有办法，太称职了。韩芗被说得有些不好意思了，但还是表态，会协调关系帮助高伟志早日拿到农业贷款。邢海焱听了，信任韩芗说的话，不是说着玩儿的，她是个雷厉风行说干就干的女干部，他已经完全从心底里钦佩韩芗。

到了那个烤羊腿的地方，三个人找了一个比较僻静的角落，高伟志赶紧要去点菜，可是被韩芗制止住了，她笑着说，我霸道一回，我请客就得我去点菜，因为我知道哪个好吃。

十七

夏天到了，经过多次努力，高伟志流转土地的事情有了突破性的进展，已经有一千亩地入户开发公司。这跟高伟志的期望还差很多。这几十户村民之所以同意流转土地，多数村民还是因为已经离开村子，到外地打工去了，自家的土地要么荒着，要么给村里的亲戚种，没什么收益。现在流转给高伟志的公司，有合同有收入，又因为是老敢书记的孙子，所以信任他。

还有一些是年老体弱的村民，土地流转给了高伟志，有流转金，还在公司打工，一天六十元，非常知足了。当然也有很多不愿意流转土地的农户，一般是那种自家有劳动力和有种植经验的，自己有大棚，可以种错季农作物，比较赚钱，不愿意参与流转公司。

同时，西召县委再次召开全县动员大会，加紧落实上级关于发展壮大集体经济的精神。这项工作的实质，落实到实处，要涉及很多人的利益，所以推进很难，特别是退还集体土地重新发包这个事最难。

高占理的坡坝乡之前也几次召集各村村书记，要求早动手，早见效。这次，高占理也直接跟老敢书记说了，别耗着啦，没余地，文件在这摆着，不要有什么幻想啦，不管多难，枣树湾先带个头吧。

老敢书记听出高占理话语的重量，一路上掂量着，左思右想，暗自咬牙下了决心。路上就给两委班子打电话，回到村里，连夜召开村两委班子会议，还邀请了邢海焱他们扶贫队也参加了会议。

老敢书记在会上说，乡里会上占理讲清楚了，县里说很多乡镇存在麻烦，要求条件好的村子带个好头。咱们枣树湾这么多年，土地管理比较规范，没那么多麻烦，明天行动，咱们肯定能走到全县的前头。之后，坡坝乡党委班子成员分头到各村实地调查，韩芗几次到枣树湾，最后根据各村实际情况，乡党委决定还是由枣树湾老敢书记带头，先给坡坝乡各村做个表率。

老敢书记不含糊，下了决心就马上推进。村两委班子成员，分头主动跟外出打工的村民一个一个联络，协商外出村民名下的自有土地和租赁承包集体土地的归属。在外头打工的村民，听说是县里统一政策要求，还是半信半疑，有的还专门给老敢书记打电话核准，他们身在外乡，还是比较信任老敢书记。听了老敢书记的解释，他们一律表态说自己身在外，顾不到家里的事情，村里家里的事情就由老敢书记给做主就行。

有的村民也心里犯嘀咕，心里想，就看你老敢书记怎么做，你肯不肯在自己家人身上开刀。邢海焱也有些担心，老敢书记可别在这关键时刻掉链子。

那天晚上九点，村民吃过晚饭，到村委会开全体村民代表大会，邢海焱他们驻村工作队也去了。路上，邢海焱就听见有村民议论高家的情况，他们也正是想看看老敢到底如何解决村里最棘手的问题。

其实，坡坝乡打算把枣树湾作为试点，就是叫最有经验和威信高的老敢书记先做榜样的意思，因为大家都知道这绝对不是一个好干的活儿。老敢书记做了四十多年的基层工作，知道解决难事从什么地方下手。老人带着两委班子成员为了说服群众，不知道跑了多少趟腿，费了多少唇舌，回答应对了多少五花八门的问题，也真是使尽了各种软硬兼施的办法。

枣树湾有大多数的承包户承包集体土地，虽然签订了三十年的合同，但是当时定的每亩地承包费四十元的价格，或者还有更少的价格，现在看，这些价格，也是实在太低了。几个村委去了几次承包户人家，怎么说也不行。直到老敢书记出面磋商，把上级政策说透，存在的问题摆明，承包户终于也认这个理了。但是合同还没到期，经过村委会多次讨论，决定合理补偿，给予这类型的承包农户每亩地两千元补偿费，之后再收回土地重新公开发包。

村民最关注的高伟志二叔高国兴租的砖厂废弃地也是同样，合同租期是三十年，每亩价格太低。老敢书记已经在会上发话了，高国兴心里乐意不乐意，也得执行上级新的政策。高国兴当然要保护自己的利益，他就提出了，自己这两年改造土地建造大棚投入过大，另外他也期望继续承包。经过村委会商议，拿出两种方案叫国兴选择：要么，给予提高承包费的解决方案，每亩地按照五百元价格承包；要么，给予前期投入一些补偿，集体收回土地。

高国兴左思右想，还是心里不乐意，他提出给予的补偿太少，自己太吃亏，太不合算。会上为这事吵吵起来，起了争议。当场就有村民举手，喊话说愿意以六百元承包。结果获得村民一片嘘声，因为大家都知道，高国兴那块废弃地，因为之前干过砖厂，土质基本被破坏荒废了，确实改造土地投入不少。于是村委会增加补充协议，如果高国兴不再承包，愿意接受补偿之外，考虑村委会短期财政吃紧，可以在重新发包以后，高国兴与集体分享土地租金收益，比如国兴可以收取新承包户前两年的租金，之后全部租金归村里。

这个建议获得村民全票支持，高国兴犹犹豫豫，说再回家算算账。

然后这项工作推进到了枣树湾最难啃的骨头上，就是后山李小毛的山林地三十年合同的问题。事先，老敢已经安排好了六叔的去向，到伟志的开发公司养猪，一天给六十元，还管吃住，六叔高兴地立马下山了，不指望种秋葵养活自己了。

其实，老敢书记事先已经跟李小毛推心置腹谈了很多次，觉得他毕竟是村里的二把手，很多村民都看着他的表现，很期待李小毛支持村里的工作，再说，他是村委会成员之一，关键他还老想替代老敢，接班当书记。最近这一个多月，村里很多特别难办的事情，触及村民的利益了，普通的村民都有觉悟，都退了一步，老敢书记就觉得，你李小毛也都看在眼里了吧，应该也受触动了。虽然李小毛平素确实有些事让自己不满意，但是，在大事情上，作为村干部的他应该有这个觉悟。

但是老敢想错了。李小毛坚决不干，他就一句硬话，村委会违反合同，你高老敢出尔反尔，我要上访。本来一片欢腾喜庆场面的村民大会，叫李小毛搅浑了，不欢而散。村民的情绪也受了影响，议论纷纷。甚至有的本来已经签了退还集体土地重新发包协议的农民，看李小毛这个村主任不认同重新发包集体土地，心里没底，也发毛了，也开始闹腾反悔。

邢海焱没看出一堆事挤压得老敢书记很是糟心。老敢书记表现得很淡定，只要高国兴的事解决了，可就身正不怕影子斜了。没多久就得知，李小毛已经告到了县里，县里有关部门和分管领导叫老敢书记过去说明问题。老敢书记带着俩村委去了，坦然说明当时的情况背景，为什么没有经村民大会同意等原因。

县里根据这种情况，给李小毛做工作。他们首先从政策依据入手，拿出了2013年7月省里一份《农村土地承包条例》文件，只见上面第九条明确规定："机动地应当实行公开竞价发包，合同期不得超过五年。"根据这个文件，李小毛的合同应该自动终止。然后县里有关部门又指出从合同依据上讲，李小毛原来的承包合同上只允许种植果树，而且约定不得买卖转包，果树已经被李小毛砍得差不多了，并且改种别的农作物不说，还盖了两处房舍，这都是明显的违约行为。

听了县里的解释，老敢书记心里更是释然，本以为李小毛就认了拉倒了，却不想，李小毛拒绝村委会每亩追收六百元的决议，自己说只答应每亩追收一百元，还拿高国兴的事举例说，说自己前些年投入更大，也应该补偿，所以前些年欠村里的租金就应该全部免除。这下子，双方分歧加大了。几次商量未果，乡里韩芗带人来协调了几次，后来专门为李小毛的事召开村民大会，投票决议。会议之后，形成决议，叫李小毛首先缴纳承包费欠款。到期后，李小毛还是置之不理，也不跟老敢书记说明情况。没多久，李小毛竟然去了县法院，把枣树湾村委会告了。过了一个月，法院经过审理，判决村委会胜诉。接到判决书，大家松了口气，看李小毛也蔫儿巴了，都寻思李小毛这回该消停了呢，没想到很快这件事后续又起了波澜。

原来，李小毛提出了自己解决问题的方案，要求继续承包。既然如此，老敢书记就跟村委会也退一步认同原承包户优先的原则。但是没想到，后山果园重新测量的时候，是从县里土地局请来的专业人员，发现实际面积少于之前的合同规定面积，这下子，李小毛又有理由了，又炸了，坚决不同意缴纳之前的承包费欠款，竟然还要求退还部分从前缴纳的承包费。

老敢书记真的被李小毛得寸近尺的行为气坏了，坚决拒绝他的无理要求。这下李小毛觉得自己得理了，再次把村委会诉至县法院了，还扬言，县法院如果官官相护的话就上诉至中院，总之跟枣树湾拼了。

从入夏开始，村里的气氛显得纷纷乱乱，村里应付着李小毛的法院官司，同时还不能耽误麦收。

邢海焱他们的扶贫工作因为老敢书记自己的不配合也闹得不痛快。搞好村里“四化”的这个工作，是扶贫任务很重要的内容，就是村里的净化、绿化、亮化、美化，没想到这次就为了这个，老敢差点儿跟扶贫队发生冲突。

原来，修好路以后，邢海焱跟老敢书记商量，是不是村委会派个人专门负责环境卫生，打扫修好的街道路面。结果，老敢书记不同意，说：“这部分的钱，一方面，村委会没钱不好出。”老敢书记因此还嘲笑邢海焱，“另一方面呢，就是你没在村里生活过，农村根本不用专人打扫的，这个是你不知道的秘密。”邢海焱不解究竟，心里很纳闷儿：“什么秘密？城里有扫大街的，村里不用？”

结果老敢书记还挺得意说：“你不知道吧，就等下雨呀。一下雨，村里就干净了。”

邢海焱因为村口的大垃圾坑，跟老敢书记沟通了不知多少次，老敢书记就是那几句话：“没事，不用管，等下雨吧。”很快进入盛夏，驻地有空调，可是没地方洗澡，看到村里没几家有太阳能，一般都是放一个铁桶在房顶上晒热，用一根管子通下来，凑合冲洗一下。邢海焱那天想到洗澡的问题，问老敢书记，得到的回复更是逗死，老爷子说：“还洗澡呀，简单呀，等下雨天，出去撩拨撩拨得了呗。”结果，有一天大雨倾盆，估计老敢书记在雨中沐浴，撩拨劲儿大了，得了感冒。

清理垃圾的事情一直得不到老敢书记的协助，村里几处垃圾的堆放地泛着恶臭。邢海焱很着急，又听说老敢书记生病了，那天就自己直接去老敢书记家里找老敢书记。结果，到了老敢书记家的院子，满院子呛人的臭大粪味道，邢海焱捂着鼻子转到墙角的厕所。他第一次发现，敢情老敢书记家里厕所还是最老式的，露天厕所，就是弄个大缸埋地里，上面搭两块木板。还不如高国兴家的厕所。高国兴家的厕所已经改良了，院子里的厕所，修的斜坡，粪便顺着坡度自然流到院墙外面的粪池里。孙乾还嘲笑，这等于把臭味留给了别人家了，邢海焱曾经仔细看过外面的粪池，上面铺着很重的石板，一般不会轻易搬动。邢海焱还开玩笑问，石板弄那么重干什么呀，怕谁偷呀。高国兴晃着头解释，那是自然，自己家的粪肥可是好东西，留着地里用，肥水不流外人田呀。邢海焱就想起有好几次高国兴媳妇追打邻居家的狗，只是因为老曹常把剩饭倒在院子里的垃圾盆里，引来了邻居家的狗，高国兴媳妇觉得吃亏，特意把自己院子里的俩土狗带来，专门吃老曹的剩饭。后来那俩土狗就不走了，天天跟在老曹身边很亲热。

再说那天邢海焱去找老敢书记，就发现他家露天厕所臭气冲天不说，还里外爬满了蛆虫，那天，邢海焱又直接跑到高伟志的大院，先去院子里的厕所看了看，这个厕所跟高国兴家的厕所设置一样，蹲坑上摆着砖头，四周洒了来苏水，还比较干净。

邢海焱说，求你啦，跟你爷爷说说去，村里的垃圾问题，他家厕所的改造问题，怎么解决。高伟志何尝不清楚自己爷爷的秉性，叫邢海焱说得他也很抱歉，说自己也不知说多少次了，老爷子冥顽不化，你怎么办。高伟志说着说着，忽然灵机一动笑了说，也不是没办法，等哪天他去乡里开会，不在家，咱们趁机把他家厕所办妥，就这一个强硬办法了。邢海焱回去跟孙乾说了这个办法，孙乾痛苦状，瘪着脸撇嘴，快拉倒，我可不去，先说一声，万一你们被沼气熏死，算工亡吧。

结果，有一天趁老敢书记去乡里开会，邢海焱跟着高伟志他们就进了老敢书记的家，几个小伙子都戴着大口罩，开来了高国兴家的电三轮，还弄了几个大桶装大粪。大伙儿屏住呼吸，把粪便舀出来装进大桶，可是那个大缸怎么办，大伙儿没了主意。弄不出来是一个原因，主要是恶臭，几个小伙子实在受不了，高伟志就做主，敲碎了，一块块拽出来，当垃圾丢掉。清理完地面，大伙儿又七手八脚地搅拌水泥，又到外墙挖了大坑，按照别人家改造过的厕所样子，重新修了厕所。

邢海焱从头发丝开始，浑身上下这个臭呀。幸亏高伟志大院有太阳能，一遍遍，水都凉了，他也不在乎，冻得哆嗦了，还是冲个不停。这得多大的功劳呀。到了晚上，邢海焱反复嗅，还是觉得有屎味儿，可是已经不在乎了。干活的时候邢海焱还以为这几天自己都不会吃饭了呢，没想到，饭吃得更香了。一夜无话，邢海焱很累也睡得很香。

到了第二天早晨，不见老敢家有什么动静，高伟志也没什么动静。这有些反常，邢海焱心里就有些不踏实，赶紧起来。结果，就在村口看见老敢套着自己家的驴车，拉着昨天他们扔到村口垃圾坑里的破缸片子回来了，邢海焱赶紧迎上去，问老敢："都敲碎了，还费劲儿捡回来做什么用？"

结果老敢书记说，早晨下到垃圾坑一看，发现破缸还没完全敲碎，就捡回来，准备留着盖院墙当墙顶的瓦片用。邢海焱实在不知道再说什么，侧过身体叫老敢的驴车过去，老敢书记也没再说什么，但是邢海焱看着老人的背影，心里不知道什么滋味了。显然，老敢书记肯定不情愿他们修这个厕所的，看这个冷淡态度就明白了。

邢海焱很苦恼，理念冲突还不止这一回。很快，因为村民烧秸秆的事情，驻村工作队又跟老敢书记吵了一次。按照老敢书记的意思，枣树湾属于半山地村子，村子的麦地并不多，没有必要按照县里的规定，秸秆全部拉到县里集中处理。老敢认为，这么点儿秸秆拉到县里脚钱不合算，也没必要费这么大事白搭工夫。

邢海焱问枣树湾的秸秆怎么处理，老敢说，根本不用处理，放倒在地里，直接种玉米还可以保墒。邢海焱不懂，但是叫老敢书记说得不再坚持拉走秸秆了。结果，没多久，就发现不少村民就在地里烧秸秆。要知道烧秸秆这个事，因为影响环保指数，县里很重视，专门开了几次会，上个月因为不达标，全市倒数第一，县长都被约谈了，能不急眼啊！所以，枣树湾烧秸秆的事情，很快就被市里环保监察大队的人发现了。因为此时正是启动重污染天气二级预警期间，一下子，事情闹大了，市里通报之后全县通报，不仅处理了枣树湾村委会领导高老敢，还捎带影响到了坡坝乡高占理书记和分管的环保局有关领导。说是为了起到震慑作用，和这件事有关联的领导和有关部门，按照懒政怠政不作为、履职不到位、监管不力的处理意见，涉及的人从村里到乡里，再到县里，都分别给予党内警告、处分和行政警告处分，挨了处分的不下十人。

十八

因为不听劝阻惹了乱子，老敢很后悔，在家躺了好几天，说有病了，有人来找也不去村委会。说实在话，老敢书记这次是真的上大火了。不仅自己受了处分，还连累了乡里县里的人，特别是儿子高占理，说不定提拔都受影响了，老敢书记心里真的很难受。

邢海焱听高伟志说了老敢书记在家躺着，好几天不出屋子，问高伟志有什么办法。高伟志却平静地说："他愿意躺着就躺着去吧。我爷爷这个犟劲儿，一辈子了谁也没办法，谁的话也不听，正好这事他也该反思一下。"

之后一天早晨，韩艿来枣树湾了，邢海焱就跟着她一起去看了老敢。老爷子就躺在床上，高国兴媳妇给做了早饭也不好好吃。大家劝来劝去的，在老人家面前，也不知道说什么好，只好说点儿安慰话就离开了。等到了驻地，邢海焱问韩艿关于李小毛到县里打官司的事情，也议论起最近枣树湾发生的很多事情，也一起念叨着老敢书记从前的很多业绩，都感叹不已。

要知道，枣树湾村书记高老敢，那可是多少年的市级劳动模范。他在村书记的位置十多年，枣树湾没有一个群众因为违法受过刑事处罚，全村没有一个党员因为违纪受过处分，也没有发生过群众大型上访事件。当然，直到这个李小毛上访，这真是枣树湾历史上的首创，属于创纪录之举。

说到前不久收回集体土地的事情，韩艿也由衷地赞扬了老敢书记不但敢作敢当，而且在关键时刻最值得信任。毕竟是在基层干了四十多年的书记，在大是大非面前能站稳脚跟，他虽然岁数不小了，却能很快领会掌握上级的方针政策，并且最可贵的是，去认真落实，执行力很强，不含糊，这一点太令人称赞了。

老敢作为一个基层的普通的农民干部，工作中遇到牵连自己家人利益的时候，难免会有个人的私心存在。但是，当家人利益与集体的利益冲突，他最终的选择还是不叫集体吃亏，不叫村里人指着后脖子臭骂。老敢书记最叫人敬佩的地方，那就是对他自己是有要求的，也是知错就改，不给自己留情面。

世界上都没有十全十美的神仙，更何况一个几乎没出过村子的七十多岁的老农民。

说到高国兴的大棚，邢海焱说早就听别的农民说是最开始的时候，虽然枣树湾的田地收入不好，闲置田地更少，也听说外头种大棚能多收入，但农民非常胆小，不敢尝试，怕干不成赔钱不说，还耽误了一年收成，没人敢挑头。老敢书记为此反复做工作，号召村民在枣树湾建起大棚，可是没几个人应答，最后也是逼到自己儿子高国兴头上，高国兴也是不情愿地硬着头皮干的。

当时为了把大棚建起来，老书记动员枣树湾几个比较勇敢的人挑头。他们几个人，有的自己没地就租地，有的愿意种，就跟不愿意种的人家换地。老敢还把自己一整块八亩平整肥沃的地块儿，调成了零散的四块地。终于为七户胆大的村民协调了四十亩土地。老敢书记亲自去县里跑了一个多月，终于跑来十六万的贷款，盖起了大棚。高国兴几次抱怨过，因为老敢书记家里这原来八亩地，浇水用电不足一百二十度电，现在至少四百三十度，一年按小麦四水、玉米三水计算，家里每年多开支一千五百多元。

邢海焱还说起，他们当初刚到村里，进户走访调查村情，就听很多村民说起老敢书记，说起村里最关心的财务，要知道农村财务往往是群众关注的热点。枣树湾村理财小组的组长老财迷就对邢海淼说：“俺村的收入笔笔上墙公开，开支事项、时间、事由、经手人一目了然，不要说村干部，就是普通群众都十分清楚。上级各种检查，经济上从来没有出过任何问题。”

两个人越是念叨老敢书记的好处，越是心里觉得因为烧秸秆的事情受了处分感到遗憾。可是，这个遗憾之余，两个人也是感叹烧秸秆的事情违反政策，也的确是老敢书记大意了。作为副乡长，韩芗还有些担心，老敢书记因为心里不痛快，会撂挑子，耽误枣树湾的工作。目前来讲，枣树湾的实际情况，真的没有一个人能代替老敢书记，李小毛自私，真不行，可是，枣树湾也没别人行呀。韩芗跟邢海淼说起坡坝乡别的村收回集体机动地的情况，又说到目前从乡里到县里落实推进发展壮大集体经济的很多做法。

韩芗近日来肯定是因为太忙碌，人也黑瘦，说话的间隙还咳嗽，邢海淼心里有些担心，问她是不是感冒了。韩芗说感冒了好几天了，吃药都顾不上，活儿太多干不完。邢海淼就带着埋怨的口气说，都是你一个人干，肯定永远干不完。别的乡镇干部呢，你也给他们多摊点活儿。

韩芗就苦笑说，也这么做过，结果，还不如自己干呢。那些基层干部，文化过低，他们也不是不想干好，就是真干不好。两个人就一起叹息，农村基层，实在太缺人才了。

邢海淼联想到枣树湾的实际情况，老敢书记一病倒，枣树湾就没人了一样。

韩芗深有感触地说，我到基层快一年了，也懂了不少基层管理经验，农村要想发展壮大集体经济，一定要有一个带头人，正所谓“农村要致富，关键在支部，支部强不强，关键看班长”。下个月，咱们坡坝乡村两委班子就要换届了，我们班子这次下决心了，一定要把优秀的人选拔到村级基层群众组织中来，一定要选拔那种政治坚定、思维活跃能带领群众致富的带头人，村集体领导班子朝气蓬勃、奋发有为很重要，而且带头人还要有市场意识和经济洞察力。

说话间，韩芗的手机响了，是老敢书记，两个人都很意外。刚从他家里出来，还躺床上，也不搭理他们，这是咋回事呀。韩芗接了电话，先询问老敢书记身体好些没有，有什么事情需要帮忙。结果那边老敢书记瓮声瓮气地回答，我没病，赶紧一起商量商量村里土地重新发包的事情吧。

韩芗一听，老敢书记没事了，顿时很惊喜，放下电话，就跟邢海焱一起去了村委会。

到村委会之前的路上，韩芗叮嘱大伙儿，见了老敢绝口不提烧秸秆的事情，大伙儿应声点头。进了村委会大院，几个村委会委员都在场，只是不见李小毛。墙上，挂着一幅《枣树湾村办理集体土地调整发包流程》。

几个人走上前，发现工作流程非常细化，分成这十二项：提出议案、提出申请、乡镇核实、及时回复、组建工作小组、拟定工作方案、乡镇把关、县级备案、民主表决、公开公示、组织实施、材料归档。

接下来，枣树湾村的集体土地重新发包工作，在老敢书记的主持下，在韩芗副乡长以及村委会成员、驻村工作队员的协助下，得到了有序推进。坡坝乡党委建立了协调联动分工负责的工作机制，所有坡坝乡党委的成员都分包到各村，他们定期到村里实地督导，各个村子还自己成立了村监委，摸底排查、合同拟定、重新发包过程中全程监督规范了工作程序。

老敢书记还调动老党员老干部起作用，利用“1+10”党员互助组制度，全村挨家挨户讲政策做工作发动大家共同参与。很快，枣树湾村已经收回集体机动地五百八十三亩，全部重新签订了发包合同，就这一项为枣树湾集体每年增收三十万。到了8月底，整个坡坝乡，重新发包集体土地完成七个村二千零四十亩，正在进行新合同签订的八个村二千二百六十七亩，剩余二千五百七十一亩正在进行合同协商。

期间李小毛的官司败诉了，又上诉到中院。中院的人到了枣树湾调解，看到双方僵持不下，法院提出，枣树湾与李小毛重新签订承包合同，考虑之前李小毛的欠费以及村里自己测量不准的因素，双方重新商议共同认可的承包费。老敢书记也提出原来的承包期可以不变，但约定合同到期不再续签，因为这个三十年的合同也很快就到期了。

老敢书记怎么忽然好说话了，原来是，他早有小算盘了。老人看着高伟志这么忙乎，也开窍了。他想好了，等召河水域开发项目落成，橡胶坝建起来，后山也差不多就快收回来了。一等收回后山，村两委就可以向乡里申请协助开发，马上跟伟志合作，发展农业种植观光旅游。到那个时候，不仅伟志的事业会有很大的飞跃，枣树湾集体每年还能增收三十万，好日子在后头呢。所以，他以退为守，绝不能叫李小毛拖住腿耽误事。

那天在村里，邢海焱又遇到枣树湾理财小组长老财迷。他很得意，主动上前告诉邢海焱，等村里有钱了，他这个理财小组长就有作用了，说村民期待多少年了，就想全村安太阳能路灯，此外还打算买个大鼓，买个音响，很多留守妇女很想学跳广场舞呢。

邢海焱一听忍不住说："等有钱了，也别乱花呀。"

老财迷笑眯眯地说："我们村民主理财，村务公开，一分一分地算账，都是透明的，会张榜公布的，谁还敢大吃大喝呀。而且老敢书记说了八遍了，不能违反规定。我们村三百元以上的开支，必须经过村两委班子集体讨论决定。每季度把村财务公开一次，接受群众监督。定期还有监督小组对村集体经济的收支和开支情况进行审核监督，公布结果。还必须及时纠正账目不清的不良行为，防止贪污挪用，坚决杜绝铺张浪费。"

枣树湾村里的工作，没有因为老敢书记为烧秸秆的事挨处分有任何影响和停滞，反而是，集体土地收回重新发包走到了全乡的前头。这叫邢海淼很受感动，也因此对老敢书记有了更深一步的了解和认识。

下午，邢海淼给韩芗打电话，叫她在乡里捎两只烧鸡，晚上一起到老敢书记家看看。韩芗来了，还一起带来了高赫和梅梅，老敢书记也给忙得不行的伟志打电话叫他过来。韩芗还带了品质高的枣杠子酒，说是孝敬老敢书记的，招呼工作队的孙乾、老曹一起，到老敢书记家做客唠嗑儿。高国兴媳妇给包了黄韭菜的饺子，也是她自己家后院种的。

说到这黄韭菜，之前忘记说了，也是枣树湾特产之一。这黄韭菜特鲜嫩，比市场的普通绿韭菜好消化，包饺子极其好吃，梅梅在网上直播过。好家伙，就这个黄韭菜一个品种，网站每天打包往外走货，快递公司都忙不过来。

说到高赫和梅梅的变化和努力，老敢书记端着酒杯，都笑得手颤，把酒洒出来了。大家看到高赫，调侃他又瘦了，头发颜色又变成黑的了，肯定直播这阵子不吃炖梅花肉了。老敢书记也说起在手机里看到高赫在直播室吃肥肉的情景。大伙儿就称赞，老敢书记还上网，一点儿不落伍呀。

老敢书记连着喝了几杯酒，脸上有点儿红了，话也比平常多了。还真不是别人提起的，他自己就说到了拆厕所。老敢书记坦诚地说，自从得了处分，心里也反思了。也在琢磨自己，最近几年是不是因为岁数大了，固执保守了，僵化落后了，做不到与时俱进了呢。还承认了，那天一回家，看到几个小伙子也不跟自己商量，就重新翻盖了厕所，真有点儿生气不高兴。可是，也很快就想通了。检讨自己，怎么回事呀，你个老敢，人家帮你弄厕所，是多腻歪的事呀，你还不高兴。真是你从前穷怕了，现在手里也有俩钱了，可还是一个钱都不敢乱花，粮食敞开吃也够吃，还就是不肯浪费一粒粮食。就想，为啥如今不愁吃喝了，却还是跟原来一样的生活方式，把自己几十年的生活方式改掉，真是很难呀。

说着说着就说到烧秸秆了，大伙儿怕老敢书记喝了酒上情绪，赶紧转移话题。可是，老敢书记显然也已经整明白了，自己拍自己脑门子，还一个劲儿说自己糊涂，给上级领导添麻烦了，影响了全市的环保指标，说自己也不是没觉悟，知道如今跟以前不一样，环保是一票否决的。

之后，邢海焱他们工作队跟老敢书记配合得更加默契。扶贫任务里有一项很重要的工作是村里“四化”问题，净化的问题，老敢书记还是使上了鼓动群众的最好办法，就是党员带群众“1+10”，叫全体村民齐上阵，各家各户院外不许堆放垃圾、砖头、秸秆，还在人多密集的地方用水泥砌了六个垃圾池；亮化的问题也解决了，安装了五个太阳能板的路灯；绿化的问题要特别多说几句，因为，除了重新发包集体用地成了全西召县的排头兵外，枣树湾的“绿色银行”经验，也上了西召县“发展壮大农村集体经济指导小组办公室”的内部刊物《工作简报》上。

这要感谢邢海焱和高伟志他们，他们一起去了两次外地的苗木基地，实地查看树苗。起初高伟志考虑的是自己开发公司的业务范畴，等邢海焱一提醒，又跟老敢书记沟通后，索性他们顺便就连带上枣树湾村内外的绿化工程了。

他们选购了海棠、樱花、榆叶梅、紫叶李等品种，通过跟专家交谈得知，这些花树按照树径大小，经济价值相差很大。比如，直径三厘米的海棠每棵七十元，两到三年后，长到六厘米的直径，就能卖到两百元以上，如果达到十厘米用于工程绿化，那价格更是不菲。老敢书记召开村两委班子会议研究，统一购苗统一种植，安排村民日常管理，之后由村里进行统一销售，卖出的树苗所得的利润20%~30%由村民所得，其余归村集体所有。

结果，村民们觉得非常合算，很受激励。村民照看的树苗成活率达到95%，肯定会在两到三年内实现资金回笼。老敢书记一看，欢喜了，干脆就拿“以树养树”的经营模式，让绿色覆盖枣树湾吧。于是，村委会把收回的性价比不高的村周围的泥塘、大土沟、斜坡、废弃闲散地，统统用于种植经济花树。

枣树湾的村民一边干活一边说笑着，咱们枣树湾成花果山了。高伟志发现爷爷劲头上来了，全村人劲头都上来了，他马上灵感也来了，干脆又去了外地的苗木基地，跟对方商量签了合同，凡是新、特、优品种，都拿到枣树湾去培育，然后苗木基地回收树苗。这样，苗培育种植销路拓展，“以树养树”又上了一个台阶。

老敢书记乐坏了，跟老财迷在那扳着手指一算账，现在枣树湾已经种植十多个品种了，五千余棵，新增绿化面积一万平方米，三年后出售树苗，实现循环滚动发展，到时一年将要增收一百万元，枣树湾就真的实现经济稳步增长了呀。

从“绿色银行”这件事成功以后，老敢书记心里有数了，对以前不怎么放心的高伟志，老敢书记开始格外留心了，看这小子还有啥新花样。他整天不管上午下午，背着双手有事没事，天天到高伟志的开发公司转转，看高伟志又玩儿什么新花样没有。

高伟志有一天看见爷爷来了，也不跟他打招呼，就鬼鬼祟祟在院子里转悠，他就故意嘲笑爷爷：“怎么呢，又来偷艺来了呀。”老敢书记就呵呵笑。高伟志埋怨爷爷抢走了自己的重劳力，耽误了地里的活计。

原来，已经流转土地的村民本来很高兴，没有种地的负担了，正好到伟志的农业公司来干活，一天给五六十元。可是，老敢书记一搞“绿色银行”，就有村民心眼活了，也盘算到老敢书记那里种树赚钱，有了选择以后，就不安心在伟志这里工作了。

老敢却不以为然，笑呵呵地给高伟志出主意说：“还是你这个老板太抠门儿，我看你那食堂伙食不行，你那要是每天有个炖黑头鸡，有个炖梅花肉吃上一碗，我看，谁也不会回家吃馒头喝稀饭了。”

说完老敢书记狡黠地笑了。高伟志若有所思，琢磨着爷爷的话里话，是在给自己提醒呢。

十九

正当高伟志跟县里水务局在召河水域修建橡胶坝的项目已经初具规模的紧要关头，出了一件大事。橡胶坝拦住了上游的水，形成了堰塞湖。已经伏天了，太热了，很多村里的孩子不听警告，偷偷去游泳了。

结果出事了。一天傍晚，村里人们还没吃完饭的时候，就听见村口有孩子大人的呼喊声传过来，人们从家里出来就看到几个慌慌张张的大人，奔向召河边上。刚要吃饭的高伟志也听见了，很快就意识到发生了可怕的事情，一直就担心这个事情发生还是发生了。他顾不得一切，丢掉手里的碗筷拼命跑向河边，不等听清河边哭嚎的人说清原委，就一个猛子扎了下去，终于把孩子救了上来。

上了岸，高伟志赶紧给奄奄一息的孩子做人工呼吸，抢救孩子的生命。这个时候，听到消息的半个村子的人，都从村里跑到河边来，老敢书记也赶来了。此时，人们才发现落水的孩子是李小毛的二儿子锁富。大家七嘁八叫，却没见李小毛还有李小毛的老婆。大家的注意力也全在锁富身上，等着孩子苏醒。紧张之中的高伟志刚才跳下河去，衣服都没脱，身上的水淌了一地。忽然，大伙儿看到孩子的身体抽搐了几下，然后就眼看着有水从嘴角流出来。高伟志赶紧把孩子身体转过来叫孩子吐水，孩子一边呕吐一边发出了呜咽声，孩子得救了。

看到孩子没事了，大伙儿松了一口气。同时，赶紧四下呼喊李小毛和他老婆。就有人说，看到李小毛一早就出村了，估计还忙乎打官司呢。

“他老婆呢？”老敢书记很生气，问周围的人。周围有人嘀咕：“估计还在后山打麻将呢吧。”老敢书记跟说话的人命令：“赶紧给李小毛打电话叫他回来。”结果打电话的人一着急，就跟接了电话说话没好气的李小毛说：“你赶紧回来吧，你儿子淹死了！”

这下子李小毛还不急疯了，开车开得都“炸毛”了，比平常快了一半的时间。车子进了村子，到了村里刚刚修了一半的医务所，医务所的窗户还是大黑窟窿，还没安装玻璃呢。隔着墙垛，李小毛就看见小儿子躺在床上，旁边老婆披头散发哭泣着，一群人围着。李小毛脸都青了，等冲进屋子，却看到儿子正瞪着眼睛看他，他一下蒙了，这不是还活着呀。

“咋回事呀？”李小毛问周围的人们，然后也不管别的了，上去就把儿子抱住了，眼睛也湿了，一个劲儿问儿子：“是谁救了你呀，告诉爸爸，咱们赶紧去给救命恩人磕头。”

就有人喊伟志呢伟志呢。大伙儿七嘴八舌跟李小毛讲述刚才发生的一切，才发现伟志不知道去哪儿了。老敢书记在屋子外头抽烟，也不看李小毛，闷声说：“伟志回家换干衣服去了，别叫了。”

听大伙儿说是伟志不顾自己安危，救了自己的孩子，李小毛脸色一会儿红一会儿白的。过了会儿，自己讪讪地先跟老敢书记作揖致谢，又一个劲儿张望找伟志。终于大伙儿看到一瘸一拐的伟志被邢海焱搀扶着过来了，原来刚才着急救人，也不知道咋搞的，被一块尖石头扎破脚了。大伙儿看伟志脚腕子已经肿了，都说赶紧送俩人一起去县里医院瞧瞧吧。

李小毛开车，车到半路，李小毛接到法院的人打来的电话，他很是尴尬。邢海焱就在一旁劝说李小毛：“都是一个村子的人，跟亲戚有啥两样，这个孩子要不是伟志就没命了，大家乡里乡亲的低头不见抬头见，何必这么较劲。”

其实李小毛是个聪明人，此时情景，听邢海焱一劝说也就有了台阶下，索性当即表示官司不打了，然后又改口说，其实早想好了，听法院的劝解，说完，又改口，说听老敢书记的，反正怎么着都行。

之后，老敢书记招呼乡里法律所的人过来，就在枣树湾村委会，老财迷负责算好账目，清清楚楚的，法院负责调解的人也在场，按照李小毛认可的价格，老敢跟李小毛重新补签了合同。李小毛也补偿了以前欠下的承包费，还一个劲儿作揖表示，以后一定做个让大伙儿满意的村主任，说自己年轻，做事莽撞，以后大家多担待，而且还要进步，希望大家支持他。大伙儿听他这么说，也不知道他说得虚实真假，就各自散去了。

落单孤寂的李小毛一个人站在村委会大院里，想着大伙儿对自己的怠慢态度，暗自出口长气，哎，也是，都是一个村的人，怎么都成了陌生人了？不对，也不是呀，刚才自己家儿子要不是伟志拼命跳下去救，不就完了呀。闷头想着，一低头就看到满脚丫子的黄土，看着看着，李小毛忽然就灵机一动，心里有了主意，应该做点儿事情，也好好感动村里人一下。

之后，李小毛自己出钱买了两车砖。隔壁村子送砖的车进了村子，就有人把消息告诉家里吃饭的老敢书记了。老敢书记没表态，只是叫一边的国兴媳妇煮绿豆汤去。等他吃了饭才背着手去村委会大院看。结果看到邢海焱他们几个跟李小毛一起铺地呢，三伏天，个个都满头大汗的。老敢书记赶紧打电话，招呼国兴媳妇快给送绿豆汤来。

李小毛的变化，叫邢海焱既欢喜又纳闷儿。欢喜的是，枣树湾的钉子户李小毛如同换了一个人，这一下子，收回集体土地的任务100%完成不说，李小毛还主动出钱修了村委会的地面。纳闷儿的是，农村的事也很奇怪，起初还以为不共戴天的仇人，如今却也能坐一个桌子前喝酒了。

邢海焱那天见到老敢就把心里话说了，老敢书记却笑，对邢海焱说：“你看着简单吧，农村的事就是这样，说复杂就复杂，说简单就简单。”邢海焱就随着老敢书记的话说：“既然李小毛也表态了，咱们就大人大量也不跟他一般见识。我听说，他最近表现特好，还主动去几家以前跟他有过节的人家串门了呢。”

老敢书记一听，顿时警觉：“他不是又玩儿什么幺蛾子呢吧，这不是马上要换届了，他有打算，你瞧着吧。”

邢海焱不解：“李小毛不是看着比以前好些了呀？”

“那不是伟志救了他家二小子的命了呀。”

“是呀，他不是感动了？”

“你简单了，一码归一码，感动归感动，选举归选举，两码事。”

可是这事叫高占理知道后，却劝说自家老爷子宽宏大量，占理说：“您别想那么多，不管李小毛做什么，人家公民都有选举权，咱们不能干涉。眼下，既然他做工作有主动性，就叫他去做好了，看他擅长啥就去做啥。”老敢书记听了占理的话，当即就想到村里一件很棘手的事，正好交给李小毛去办，正好考验他的虚实。

原来前两年枣树湾也想跟着别的村子学，占了集体八十亩地盖了一个鞭炮厂出租，结果盖好以后，那个承租人却因为经济纠纷被抓起来了，造成那个厂房常年闲置，枣树湾还欠人家工程款六十万。这个事情，当初也是李小毛出面跟人家洽谈的，后来，那个厂长被抓走，李小毛跟村里的关系也紧张，就把这个事撂了挑子。

老敢书记那天跟李小毛说了，委托他代表村里全权处置这件事。李小毛二话没说，马上开车去找那个刚放出来的鞭炮厂厂长，鞭炮厂厂长人找到了，可是落魄了，接近破产，那个人自己有技术，也是想接着做这个事，但是没钱。李小毛跟那个人几次协商，最后以前两年免收承包费为条件签订承包合同，两年后以每年每亩一千元的价格出租，算是盘活了这块集体用地。

后来李小毛去乡里开会，见到高占理书记，高书记还表扬了李小毛勇于承担，表扬他说，只要是能够给枣树湾乡亲们真心实意做好事做实事，叫集体能不断增加收入，叫乡亲们享受到福利，改善生活，就有资格争取村干部的当选。还说，村民自有自己的黑白判断，只要做到问心无愧，自然会得到村民的支持。不要想那么多，虽然老敢书记是我爹，我绝对不徇私情任人唯亲，我也是枣树湾长大的，我当然盼着枣树湾人过好日子。不管是谁，只要能叫枣树湾人民过上好日子，就有资格担任枣树湾村干部。

李小毛回到村里，马上找老敢，提到以前成立的奶牛合作社的事情，说自己考虑，愿意出头带大伙儿继续干下去。之后，那个想来枣树湾流转土地的臧总也来了。李小毛跟他说，流转土地的事情就不考虑了，高伟志比咱们势力大，胳膊扭不过大腿。

臧总说，那咱们干点儿啥，我这好心来投资，怎么都没机会呀。

李小毛就趁机邀请臧总给他投资养牛。叫他给投资三百万，占三分之一股份，叫枣树湾集体拿出一百零五亩地还有九十万征地补偿金占三分之一股份，村民集资户占三分之一股份。由李小毛负责合作社的经营管理，养牛户只负责购牛喂养，合作社负责场地饲料、消毒防疫、鲜奶销售等事宜，合作社通过鲜奶销售提成方式赚取利润。

臧总一听马上摇头，很不以为然，觉得真没劲儿，反复说，吃苦耐劳的事真没意思，骑马打兔子多好玩儿呀。李小毛就反复劝说肯定赚钱，销售肯定有渠道，臧总最后犹犹豫豫地答应了，但说自己最近没钱。

李小毛一听，有点儿炸了，跟臧总急了眼："当初不是你说五千万没问题呀，怎么现在叫你拿三百万，都没钱了？"

臧总忙解释说："不是没钱，只是眼下没钱，我也是非常倒霉，叫一个所谓的朋友给毁了。"

他说他开的两家资金担保公司都注销了，担保客户资金链断了，自己也快破产了，老婆也叫人家骗了，在网上玩什么P2P被人家卷包了。

总之李小毛费了半天劲，臧总答应投资五十万，说这点儿也别嫌少，已经接近于卖血了。

李小毛回想起臧总他老婆还劝过自己跟她玩P2P呢，一下子后怕，一身白毛汗冒出来。接下去他也没心思听臧总说啥给五十万了，爱咋地咋地吧，转身低头琢磨，就暗自庆幸自己，没被他老婆套住就不赖了。

李小毛又担心自己小舅子，赶紧跟小舅子问了问详情，先问他臧总还有钱吗？不是号称有五千万？

小舅子气歪歪地说，别提了，他还欠我五万呢，反正不是他就是他老婆，遇到麻烦了，没弄清，一会儿说是他们自己被骗了，一会又说是他们骗了人家好几百万……说不清，总之，还是少惹臧总这两口子吧。

李小毛这一下真警觉紧张了，赶紧收心，啥也别说了，差点儿栽进大深沟呀，还是本分挣钱吧，那就好好经营养牛场吧。起初，他手头钱少，设备简陋，办公室就是宿舍，平常吃住都在那里，他既是负责人又是普通工人，什么活儿都干。扛过了最艰难的时候，后来牛场规模渐渐扩大了，牛舍增加，存栏增加，鲜奶产量增加。李小毛又多次到市里找市场，终于跟光明、蒙牛签订了销售协议，保证了鲜奶的销售渠道。

枣树湾奶农们都盘算着，到了年底，平均每家可增加收入两万多元。这件事，李小毛尽心尽力承担风险，做得漂亮，获得大伙儿真心称道，都说，小毛到底是枣树湾的能人，发财就是有两下子。

老敢也认可李小毛的表现，跟占理说，这小子聪明，只要好好上道，不走歪门邪道，肯定是个能干致富的汉子。高占理也说，小毛要是这么干下去出了成绩了，当个带头人还真有谱。因为老百姓都看在眼里了，愿意跟李小毛干了，乡里头也就没有不支持李小毛竞选的理由了。

这边，李小毛的积极性调动起来以后，村里的事，大事小情都很顺畅。邢海猋他们也根据扶贫任务中文化扶贫一项，跟省里文化厅那边心连心艺术团联络了，终于定了演出的时间，马上要来到枣树湾进行义务演出。

村里的文化广场正好已经修好了，说周五下午三点演出。从早晨，老敢就开始张罗，从乡里学校借来了五十把椅子，还邀请了县里宣传部的领导。周围的村子都知道消息了，刚过了中午，已经有不少外村村民骑着摩托赶过来了。

心连心艺术团常年走基层，也知道村民喜欢什么样的节目，好多的传统戏曲节目都很精彩。村民高兴得使劲儿叫好，等演出结束，村民还是不走，说没听够呢。邢海猋在广场看到国兴的媳妇满脸通红，很得意地用扇子指着那些看完节目、在光溜溜的出村路上往家走的邻村人，对邢海猋说，瞧，他们都来我们枣树湾了，他们都不是我们村的人，也来我们村看戏来了。言外之意是人家占他们村子的便宜了。邢海猋知道这是因为自豪，哈哈笑起来，问国兴媳妇，老戏听够没有？国兴媳妇连连摇头说，没有呀，一年都听不上这一回，咋会听够呀。

高伟志的农业生态园区也初具雏形。高伟志已经投入了自己的全部积蓄，赵闵投资七百多万，按照约定合同，分期到账，再加上申请的市里专项拨给的农业项目开发扶植资金两百万，以及韩芗促成的农发行贷款一千万，枣树湾流转土地两千多亩，高伟志以“合作社+公司+农户”的经营模式初步实现了农业生产的立体化经营，在召河水域建成高标准大棚，棚室蔬菜生产与优质食用菌生产相辅相成，形成南菜北菌的新式棚室格局，土地使用率达到百分之九十以上，既节约了土地又节省了资金。

为了提高水质、增强肥效，高伟志还修了一条人工蓄水河，为棚室蔬菜浇灌以及下一步饲料厂、肥料厂建设，提供了给水、排水保障。高伟志还投资进行道路整修，使整个生态园区内路面全部硬化，耕种区周围也显得非常整齐清洁。之后他接受邢海焱建议，也在生态园区内，搞亮化、绿化和美化建设。这么一搞，这里简直就是一个美丽的绿色神仙世界。

别说一辈子在枣树湾生活的老敢，就算是也见过世面的高占理，都被高伟志打造的这个美轮美奂的新世界征服了。这个神仙世界，真的是咱们从前又穷又破的枣树湾吗？农村也能收拾得像花园一样吗？这个高伟志，在外头晃了一圈儿回来，本事真的大了，没见过以前有这方面的特长呀，也不是学农业的，哪来的这么多道道呀。

高占理觉得，这里面肯定是有奥妙的。不用高占理自己宣传，高伟志的生态园已经在全县出名了，西召县别的乡镇也早就有人过来参观学习了。

那天在县里开会，县长见到高占理，也说到枣树湾生态园区的事，很郑重地说："我听说你家小子从北京外企辞职回来创业，高薪不要了，真行呀。农村太需要这么有魄力的年轻人了，就这勇气我都佩服。这小子行，能做大事，怎么坡坝乡没专门汇报呢，我还是听别的乡镇说起的。"

高占理赶紧解释说："乡里还没准备好材料，是准备跟县里好好汇报的。"当时在场不少人都听着，县长就说："改天我要专门去拜访，大伙儿也要去看，如果真不错，就作为典型推广。"

高占理听话听音呀，显然县长是真心话，当下也觉着，自己的儿子是胆子挺大，自己肯定都不敢做。他心里装了事，赶紧回到乡里，赶紧张罗人，准备迅速回枣树湾。

高占理路上心里一直在想，自己作为父亲，以前也不是没认真对待高伟志的事业，就是还是担心，疑疑惑惑的，总觉得说不定哪一天这个小子干着干着不顺心了，拍拍屁股就溜走。他跟老敢书记叮咛过多少次，对待高伟志，原则是，一边尽可能地帮衬，年轻人总有毛躁和不切实际的地方；另一方面，见到不对路子的地方，一定赶紧制止马上汇报，搞不好还正常，搞砸了的话，自己还要及时给他擦屁股。现在一看，县长都发话了，心里笃定，这事行了。

高占理继续想，自己作为坡坝乡书记，是自己地面上的事，而且是很敏感的事。高伟志是自己的儿子，本来自己就因为这个，很紧张小心，现在反正也没退路了，也不要想那么多了，不管怎么样，高伟志是回来做事的，是勇敢承担的年轻人，自己不该这么患得患失心惊胆战的。自己现在该做的，就是赶紧走到县长前头吧。枣树湾的一切自己心里有数，也没必要牵着不走打着倒退，不然，可能就真有点儿被动了。

二十

占理书记刚打算去枣树湾，韩芗副乡长就过来汇报说，高伟志邀请的北京和省里的专家们到枣树湾了。高占理就一愣：“我怎么不知道呀，你们也没跟我提前说呀？”韩芗笑说：“高伟志通过他大学同学邀请的，可能没拿准人家来不来。”高占理也马上正色说：“那不是正好呀，走吧。”说完就赶紧招呼一行人上车。

车上，他给高伟志打电话，一通埋怨，你小子什么情况也不给我汇报？语气带着点儿愠怒。

那边高伟志有点儿纳闷儿，嘀咕，我又不是你的下属，干吗跟你汇报呀，管人上瘾的呀。

等高占理他们到枣树湾村口，恰好就遇到也是刚下车的中国农业科学院和农业大学的专家教授来到枣树湾现场观摩指导。再看迎候在村口的高伟志，显然跟几个专家都很熟悉，一问才知道，河北农大的那位李教授，就是韩芗的老师，还真是第一次来西召县，周围的县都去过了。见到李教授、韩芗和高伟志相谈甚欢的样子，高占理一边就心里有些悻悻，偷眼瞄了一下伟志跟韩芗，这俩小年轻意见挺一致，有共同语言，啥意思，我啥都不懂吗，都不跟我说，把我当啥了。

原来高伟志回来以后，经过韩芗的介绍，他多次驱车去临县听李教授现场指导，跟李教授已经熟悉了，所以这次人家才受邀前来现场指导。中科院的专家也是他同学介绍的，之后他一直在网上咨询，这次也受邀亲自来到枣树湾。高伟志给大家相互做了介绍，当然先介绍高占理书记，之后乡里几个干部随着高占理书记，跟在几位专家教授身后，随着高伟志一起进了他的召河水域生态园区。大家一边走一边听伟志介绍，偶尔还停下脚步，听高伟志现场咨询请教农业技术问题。有时，几个上了岁数的老专家也不拘小节，就用手捧起泥土谈论土质的问题。

高占理一路上听专家跟伟志说的都是农业技术话题，还很不习惯，因为这些人不怎么打官腔。起初，高占理有些不自在，跟着转悠了一会儿，人家专家们的专注点也不在他身上，他反而轻松了，看高伟志跟几个专家教授在一起的专注和认真，看人家教授专家对高伟志很看重的样子，跟在一边的高占理不由心生感慨：高伟志回来做农民，做的可不是一般的农民呀。还是要有文化呀，这小子，没白上大学。谁说当农民不用学习，就知道猫腰撒种子浇水就行，绝对不是。难怪高伟志做事有条不紊有板有眼，敢情后面有这么强大的技术支持呀，真有你的。想起县长对高伟志的评价，高占理更是心里生出自豪感。

之后，专家们的来访指导，叫高占理的觉悟和理念也上了层次。他又再次组织坡坝乡各村来枣树湾取经，还叫高伟志介绍他那一套立体化经营管理模式。

高占理他们在园区参观的时候，又发现一个有趣的事情。上次回来，吃饭的时候，老敢书记跟孙子斗嘴，因为高伟志笑话爷爷实在太狡猾，偷学能力超级强，跟着园区学会了满村子种花树赚钱，竟然还跟自己抢劳动力。这一回，在园区看到的，可是高伟志跟老敢学来的，只见在生态园区内的闲散沟渠土坎子下面，都种了很多树木，有国槐有白蜡，还有很多果树花树，树种不少，既绿化又美化。高占理指着这些树木对高伟志说：“这一手，绝对是跟你爷爷学的。”

结果高伟志还是笑着摇头说：“这么做，应该算是扶贫工作队学来的。”高伟志说邢海焱他们提醒他的。他又指着棚室路边的太阳能路灯说：“瞧瞧，怎么样，我们的亮化做到了，晚上过来也不黑灯瞎火的。”

又过了一周，不仅西召县长真就来了，市里还来了一位分管农业的副市长，还有农工委书记也来了。大伙儿饶有兴致地参观之后叫高伟志说说下一步的计划。来了这么多市县领导，伟志起初讲话的时候有点儿拘谨，讲着讲着进入了自己的状态，滔滔不绝。他说自己的计划是打算在三年内完成枣树湾全部的土建工程，使项目形成规模，争取明年就开始特色采摘、垂钓、旅游休闲度假。还有，下一步的肥料厂、饲料厂沼气工程也要开始运作。如果按计划实现农业生态园区的专业化、集约化、立体化的不断发展跟进，经济效益就肯定逐渐凸显，而且效益可以辐射周围的四至五个穷困村，大约会有一千八百多户五千多人受益，人均提高收入一万二左右，解决剩余闲散劳动力三千至五千人之多。

伟志在那儿描绘枣树湾远大美景的时候，现场所有人都听得入神，全在心里默默想象着未来的枣树湾：

到那不远的时候，在家门口就能赚钱吃饭，谁还出去打工，留守儿童不就少了嘛。枣树湾村人、坡坝乡人、西召人，在家门口，就能吃上老婆做的热饭，看着自己的孩子慢慢长大，也不用惦记留在老家的父母，就在自己的故乡做事，不用抛家舍业到外头赚钱。等那些在外面上了学见了世面的小辈们，跟伟志一样，也还会想着回家乡，把知识用在家乡建设上，在召河边、枣树湾山上，安居乐业，颐养天年了。

高伟志的话说得在场的人都很激动，很多人眼睛都湿润了，是呀，哪个人出去打工，不是无奈的选择，谁不愿意这样守着家呢。

市长也很激动，说今天见到高伟志，收获太大了，不仅仅是农业生态园给自己的启发，更有新一代枣树湾人家国情怀对自己的感染。最后，他握着高伟志的手说：“其实，我今天过来考察，是有个关乎我们全市经济发展的重要决策，要跟你们枣树湾生态园区有联系。我们也准备立项，正准备上报国家和省里，就是在召河两岸流域创建国家农业公园，我们要打造成品牌，你的生态园区建设给了我们很多启发，很有收获。之后我们会邀请你参与到农业公园建设中来，一起调研考察。”

市长说了这么肯定伟志的话，市电视台还拍摄了新闻片，叫枣树湾在场的人情绪都非常激昂。再加上市长说到建设国家农业公园的命题，还说要高伟志也参加，真是叫大伙儿情绪有些沸腾。

等大伙儿散去，情绪饱满的高伟志找到院子里树下歇凉的老敢，却见他挺平静，就有点儿意外，问他：“大伙儿都挺高兴建国家农业公园的事情，你怎么不说话呀？”高伟志当然知道爷爷心里的智慧，觉得爷爷对这个事不够兴奋，肯定心里有另外一本经，就赶紧过来问爷爷。

老敢抽了口烟，瞟了一眼还在兴奋头上的伟志，故意扫他的兴，口气好像有什么暗示：“怎么，认真了？”高伟志看着满脸顾虑的老敢，没明白：“什么认真啦，爷爷你啥意思？”“我是说呀，你呀，这时候，就没经验了。你呀，既要把市长的话当真，也不能当真，明白不？”高伟志当然不明白，赶紧挨着爷爷坐下，给爷爷点上一支烟，做出愿闻其详的谦虚样子，等爷爷说下去。

老敢的忧虑是，高伟志虽然在大城市外企干过，是文化人，做这个生态园也算开头不错，靠信息先行，靠科技支撑，靠市场引导，给枣树湾带来了全新的局面。但是，毕竟这个西召县，一个国家级的贫困县，经济形势到底如何，还有对农村基层各级组织结构的存在状态，他根本不清楚。接着老敢说到眼下具体的事，就是刚才市长说到要创建国家农业公园的事情，不等表态，结果高伟志就插嘴：“这个不是好事情吗？”爷爷模棱两可地回答：“当然是，关键是效率。好事多磨，你不了解农村做事，跟你们北京外企两码事。”

老敢在基层几十年，看事情有些世故，但给高伟志这个年轻人的提醒也很必要和及时。之后，高伟志参与了几次市里县里专门成立的创建国家农业公园办公室召开的会议。每次，都有市里县里领导参加，命题都是围绕创建国家农业公园如何突破，之后还组织人员到西召县乡镇各部门进行专题调研。县里也算非常重视，出了好几个文件，厚厚一沓子摆在高伟志的桌子上。

邢海焱过来看到那一沓子文件，开玩笑说："看你这个架势，还以为你当了县领导了，天天在这儿批改文件。"高伟志长叹一声，由衷地说："就这一沓子文件就把我整怕了。这干活儿的节奏呀，什么年代呀，牛车的速度呀。"

邢海焱忽然想起什么，问高伟志："怎么昨天韩芗过来给你打了几次电话也接不通呀？"

高伟志一听，更是懊恼说："你说滑稽不，什么年代了，人家别的地方都开现场微信调度会。这地方可好，县里开会WIFI还被屏蔽了，真是完全没办法，耽误了我很多事情。"

邢海焱问起公园的事，高伟志有些烦躁，说话口气又很无奈，他说："海焱，别看你在枣树湾时间不短了，跟你说，其实你什么都不懂。你看到的都是表面上的东西，农村基层深层次的东西，你呀，等再待上两年吧，可能能明白个大概。就说我最近几天与县里领导们一起开的会议吧，按说我应该感到幸运，能一起参与跟进县里的大项目。但是，我还是觉得我跟他们不是一个节奏，有时候，我自己都想，快主动熄火得了。说实话这个国家农业公园项目，大政策不错，思路也很好，就是操作起来，感觉着，从上到下，大伙儿对国家农业公园的认识很模糊，没有形成统一认识，感觉跟各部门工作也融不到一起。可能还是咱们经验不够，底气不足，不够淡定，所以我还提了建议，是不是应该去学习一下这方面的经验好些。"

没多久，邢海焱听说高伟志跟着市里领导去外地参观学习去了，说县长也去了，西召县相关乡镇还有县里部门负责同志也跟着去了，高占理自然在此之列。他们先去山东兰陵县国家农业公园，又去了河南中牟县国家农业公园参观学习，回来之后，开了一个专门的汇报会，会上市长说，等过了农忙，还要专门邀请有关专家过来实地考察调研开专题讲座。

本来邢海焱还觉得，项目进度加快了，可是高伟志更着急了。当然，这不是着急就能干成的事情，着急也没用。高伟志又去找县长说，觉得这个事情在不停拖延，不能旷日持久。县长听他说了，也表态了，当然也不可能就给一个令他满意的回答。

高伟志有些失望，心里就对这个国家农业公园的项目，能何时立项，何时上马，感觉遥远，心思上就有了懈怠。回到村子，见到老敢，把自己心里郁结的感受说了。老敢书记早预料到了，但话上却还是安慰提醒他说，这是个关乎全县生计的大事，自然要慎之又慎，比你这个枣树湾生态园大多少倍的项目，哪敢草草上马呢。

伟志见爷爷又换了这种口气说话，就这一件事，先前那么说，这会儿又这么说，里外都是他的理，真叫有城府。就忍不住讥讽老敢："爷爷，我也发现你的特点了，你才叫老奸巨猾呢，什么事情都能估计到它的结局，对吧。一事一个态度，或者一个事俩态度，都是你，善于腾挪转身，狡猾极了。"爷爷听了，并不生气伟志话里的冲撞，还很得意，他很认真地对伟志说："懂不，我在村里当了四十多年的书记，什么政策文件都要落实，适应的落实，不适应的也要落实，如何落实？在这儿就叫作基层工作经验，你呀，假如还要在这里生活下去，你就要适应。不然的话，有一天，你就会离开，就要回北京去。"

高伟志一听，赶紧反驳："回北京？我既然回来了，就别提北京了好不？刺激我呀。"爷爷眯着眼睛，忽然笑了，口气半真半假："真的不走了，那好办，你也别光做事，就在这里找个合适的媳妇，成家，落户，就在枣树湾，我才信你不打算回北京。"

邢海焱听高伟志给自己学老敢书记跟他讲的话，心里也琢磨了一会儿问高伟志："你爷爷这么说呀，肯定心里有数儿。你不是说了，最老奸巨猾了，你说，你爷爷有啥打算呀，他希望你跟谁结婚呀？"说完这个话，两个人对视了一眼，彼此的表情都有点儿微妙。

邢海焱每次见到韩芗都是忙于公务，他想献殷勤都插不进去手，当然也不是什么行动都没有。

周五晚上，邢海焱跟韩芗一起回城，在车上，也算是试探了一次。咋叫试探呢，邢海焱假装有意无意地问韩芗对自己的看法，还大胆地说，自己找女朋友就想找韩芗这样的。结果呢，效果并不咋地。韩芗好像根本不明白还是没打算听明白，显然她把邢海焱的谄媚话，只当作好话听，并无别的感觉，脸上的笑意很肤浅。

邢海焱见韩芗无动于衷，索性加大试探力度，就故意说，你觉得高伟志怎么样？看韩芗还只是笑嘻嘻的，他有点儿着急了，直截了当地说，你没爱上他吧。这一句话说出来，两个人都一下子卡壳了。结果下车的时候，邢海焱也觉得不妥了还道歉，韩芗却态度很明朗地说，谢谢邢教授对我这个乡镇干部的夸奖。这俩称呼，好家伙，明显是在告诉邢海焱，其实你跟我是有距离的，对吧。

韩芗这口气说话，就是幽默的结束语。可是，那天很奇怪，邢海焱不知道哪里来的非凡勇气，竟然追上已经下车的韩芗，不管三七二十一，拽住韩芗的胳膊，拉她到路边。邢海焱对着满脸惊愕的韩芗说："我干脆直接点儿吧。"但是韩芗反应更快，她迅速制止住邢海焱："那我也干脆点儿，这是个严肃的事，对吧。"说完，不等邢海焱表态，她扭脸迅速地走了。

这次莫名其妙的相互表态，叫邢海焱很失落和懊丧，甚至觉得自己的表现很低级也很滑稽，这不是自己真实的样子，别叫人家韩芗因此看不起自己吧。

实在是太糗了，他绝对是不会给高伟志透露半点儿的。心里腻歪了几天，邢海焱终于开始宽慰自己，没事，人家女孩子出于羞涩，肯定是要拒绝几次才显得矜持。

邢海焱心里开始琢磨老敢书记希望高伟志找媳妇的奇怪想法，是不是跟韩芗有关。周边，确实没有比韩芗更好的姑娘，显然没错，这老高家早都对韩芗有打算了。

但是，就邢海焱的观察，高伟志似乎并没有什么具体的举动，去有意接近韩芗。他一天到晚就是自己公司的事情忙不完，全部的兴致也都在生态园区上，似乎已经把谈恋爱的念头都扼杀了一样。而且每次韩芗来这里，都感觉他们俩说话做事光明正大的，并不像神神秘秘的情侣。

于是，邢海焱对韩芗的态度又多了一层解释，只是表明人家对自己还没什么感觉，不能说就是彻底的拒绝。

在此时，邢海焱才想到自己，其实他自己也并不了解韩芗，难道自己感觉的喜欢她，只是看到她的美德钦羡而已？

想来韩芗这个姑娘有些地方也很蹊跷。有一次几个人一起回城里，孙乾话多，爱刨根问底，问起韩芗的家庭，她都绝口不谈。此时想起来，邢海焱忽然觉得，韩芗其实是故意隐瞒的。大家都是普通家庭的话，不至于要故意隐瞒吧，每次都不吭声，就另类了。邢海焱心里装着这个事，有一次假装知道点儿什么故意探问高伟志，觉得没准儿高占理知道什么，会透露给高伟志。结果高伟志根本没当回事的口气，当即说了出来，他说他早知道，不是什么秘密，人家韩芗的父母都是省里的大官，所以一些人认为韩芗是镀金来的。

邢海焱一听，顿时惊了，看着高伟志还不以为然的口气，心里更有些不满，连声责怪高伟志，这么重要的信息守口如瓶。

高伟志一看邢海焱情绪那么失控，也很直接，瞪着眼问他："奇怪了，你竟然把这件事看得这么重要？你怎么忽然也庸俗呢，管人家女孩子家里什么人呢，这不是八卦呢吗？说一个女孩子的家庭有什么可讨论的，我最厌烦说这个，感情是俩人的事，扯上家庭，什么都完蛋。"

高伟志说话的反感态度，提醒了邢海焱。邢海焱也冷静下来，想起高伟志说过的他前女友的事情。

高伟志的前女友，也是一个北京大官家的孩子。看高伟志刚才那么恼怒，肯定是有背后原因的，当年就因为门不当户不对，在北京没少遭白眼，最后还是分道扬镳了，想到这里邢海焱赶紧噤口。

但高伟志这个态度一表现出来，邢海焱忽然也明白了，为什么高伟志一直对韩芗不冷不热，大概也是这个缘由吧，已经深受其害一次了，不想再跳进同一个坑受罪了。

这么一想，邢海焱还有些释然，都是自己的问题，应该多找机会叫韩芗也多了解自己。想了一会儿，脑海里又蹦出高伟志讥讽自己庸俗的话，偷偷反思了一下，自己刚才那表现是不是真的就是庸俗呀。

最近韩芗确实很忙。今年召河流域雨季延长错后，防汛任务很重要。虽然召河常年近乎干枯，可是十九年前一场百年不遇的洪水曾经吞没了几个乡镇几十个村庄。所以，年年夏季召河都有防汛任务。最近几场雨，县里防汛指挥部要求各乡镇要一把手负责，要专门有分管领导到一线，还要派专员，定时巡视固守辖区内所有堤防，一旦发生汛情要及时排险抢险，保护堤坝安全运行。遇到重大险情要及时上报上级防汛指挥部，及时做好辖区内群众及财产的就地避险、安全转移工作。

坡坝乡位于召河中下游重要地段，按照县里防护责任制安排，需要储备两万条编织袋，还要准备常备物资和后备物资，还要落实防汛机械推土机、挖掘机、运输车等。这些事忙活起来后，韩芗脚不沾地地跑。邢海焱一直想解释一下那次自己的鲁莽，鼓足勇气，打过几次电话都占线，觉得自己很无趣，就不好意思打了。

高伟志假装不知，却看在眼里，忍不住对邢海焱说："我看你蠢得不行了。什么觉悟呀，还扶贫队长呢，你不知道现在是防汛重要时期，县里乡里领导个个都忙着防汛呢，韩芗肯定顾不上接你电话。我不指点你几句，你就完了，你追求过女孩没有，我都怀疑。我看你呀，连个大学生都不如，你是一点儿经验都没有呀。你知道你这么下去啥结果不，就是女孩一定特烦你。”

邢海焱既觉得脸上讪讪又想听高伟志怎么说。

“你知道我为什么谁也不追求不？”高伟志忽然说。

邢海焱一听，赶紧趁势追问：“我也想问你呢，到底你对韩芗有那个意思没有呀，君子不夺人之美，我也是很仗义的。你要说，你喜欢韩芗，我马上撤退。我想追她，是真的不假，前提是，我可没觉得你俩已经好上了，对吧？”

邢海焱没想到这话题使得高伟志的神情里有了愠怒，口气里也带了不耐烦，说话腔调也很古怪，他说：“上次我不是跟你说清楚了。我羡慕你那小心灵还有地方装爱情，我现在不行，心里满满的都是事情。我不是不渴望爱情，我是觉得我眼下没资格也没资本谈恋爱，我觉得我不能给女孩带来什么改变，所以我必须忍着，你明白吗？”

“我不明白，哪本书上也没写着非得事业有成就了，才有资格谈恋爱呀。爱情，不是成功者的专利，爱情也是一种成长，这可是我看见的哪本书上说的。”

“哪本书呀？书呆子，你读了太多的有字书，你该读社会这本无字书了。这所谓爱情的话题，咱们就打住，行了不？”高伟志说话的态度明显带着一些烦躁。邢海焱看到他有些着急失控的表情，也怔住了。

从这时开始，邢海焱开始摸不准高伟志的真实心思了，又反过来想，他的压力也是太大了，情绪难免失控。老同学，创业太不容易，自己理解就是了。还有，韩芗的真实心思也没摸准呢。自己到底真实心思是什么呢，好像也是乱的。

这是第一次不太愉快的争论。自从邢海焱在枣树湾再次跟高伟志相见，两个人每次都是相见甚欢。这次因为爱情的话题、因为韩芗，两个人的心思有点儿走异路。那次争论之后，邢海焱心情有些郁闷，从表面上看，是态度问题，态度背后，是出现了什么问题吗？仅仅是因为两个人心照不宣都喜欢韩芗吗？似乎还不仅仅是。而且，至今为止，高伟志对韩芗连态度都没有，谈什么夺爱呀。

邢海焱因为心里郁闷，有几次故意不去见高伟志。孙乾觉察出两个人也许有些什么矛盾，但不明白其中细节具体怎么回事，还劝慰邢海焱，你多替你同学担待吧，人家是做大事的人，压力太大了，脾气难免大。

孙乾说的话有道理。最近高伟志的公司出了不少问题，大家都把事情摆到高伟志的桌面上等他解决，他等谁呀，到了墙根了，就必须他解决，没退路。

二十一

邢海焱想回家了。闵舒婷接了邢海焱的电话很高兴，赶紧问想吃啥。邢海焱说想吃海底捞料做的肥牛汤。闵舒婷迅速去了永辉超市，回家做了邢海焱爱吃的番茄牛肉。邢海焱回到家，坐到饭桌前，不停嘴地吃了半盆。爸爸邢庭鑫在一边看他吃，话里故意带着调侃，奚落："你不是整天说你们枣树湾都是绿色食品呀，看你这样子，估计也就是些个便宜绿菜吧。"邢海焱嘴里一边咀嚼着，一边还说："这话说得，没听说这个世界哪个地方富裕到了牛肉随便吃的地步呢。牛肉多贵呀，谁吃得起？再说，我们养的都是奶牛，牛奶还是可以使劲儿喝的。对了，妈妈，你记住了，以后超市的鸡不买了，我们那里的黑头鸡多好吃呀。"邢庭鑫就来了一句："你整天说好吃，也不给我们带回来一只尝尝。"

爸爸这句话，其实是随口一说的。邢海焱忽然就意识到怎么这么小这么简单的事从来都没想过，完全是忽略了。他在心里暗想下一次回家，一定买两只回来。抬眼看窗台上的花都打理得非常整齐好看，有开着鲜艳花朵的，还有鲜翠欲滴的，都充满昂扬的生机。顿时，他就觉得，好像家里什么地方发生了变化。他打量屋子周围，并无变化，转身看都瞪着眼看他的父母，也无异常。反而是母亲看他古怪的样子觉得奇怪了，疑惑地问，出什么事了呀？一听母亲这么问，邢海焱自然会满脸纯真地说我能有什么事呀，你们没什么事就行了。这么一想，就觉得好像父母之间的情绪不像以往那么爱抵触了似的。邢海焱就问父亲最近的工作情况。

邢庭鑫说："还没退休呢。"

邢海焱说："我知道，你不是二线了呀。"

一旁闵舒婷就插嘴："二线就等于准退休，基本就等于退休了，没办手续而已。"

这下邢庭鑫有话反驳："什么叫准退休？叫准备退休好不？"

瞧瞧又要掐架了。邢海焱赶紧打断，问母亲身体怎么样了，药管事不管事。邢海焱知道母亲一直处于更年期，还开玩笑，从我懂事，感觉您就是更年期，多少年了呀，怎么这么长的更年期呀。闵舒婷就骂了一句邢海焱胡说八道，邢庭鑫趁机补刀，对，就是，至少三十年的更年期，不对，四十年吧。闵舒婷笑，你干脆说从认识我，我就更年期得了，这么说多解气。

一家人一边斗着嘴一边问起邢海焱村里的情况，问扶贫任务完成到什么程度了，跟农民相处得和谐不，北京回来的同学创业怎么样呀，适应了吧等等。当然，每次邢海焱回家都会跟他们说村里的大事小情，不管说起什么，他们三个就互相争论一番，父母肯定会抬杠的，邢海焱早习惯了这么个方式，也是乐趣了。

可是，这个周五晚上，邢海焱是打算把父母当朋友，跟父母探讨一下自己悬而未决的事情。吃过饭，邢海焱郑重地沏茶倒水，叫父母坐定，打开天窗，直接说了韩芗。

从第一次见韩芗骑着破摩托说起，她一身尘土乡村公路上奔驰的样子，还有从乡里过来，给他们炖鸡做饭，还有韩芗平素的生活、工作、言行态度，韩芗目前的职务身份，就没说长相。然后，邢海焱摊牌一样，扭脸就问母亲，你说说你的看法吧。

闵舒婷一脸茫然说："我说什么看法呀，我没看法呀，我也没见过，你啥意思，看上人家了咋着？"

邢海焱没直接回答，喝了口水。又看邢庭鑫，拿下巴向前支一下示意父亲说话。

结果邢庭鑫也是这口气："对呀，你就说了这么几句，只介绍说这个女孩很朴实不懒惰，工作肯干认真，没别的，是介绍普通同事的态度，跟你没什么关系呀。"

邢海焱见父母这次说话倒是挺配合，一唱一和的，就表情疑惑了："你俩以前不是一贯观点立场不一致呀，这回怎么回事？"

闵舒婷就叫邢海焱继续说，先问女孩的家庭："你说她是挂职副乡长，她家里什么情况，你说她也算是公务员？以后回来干什么呀，还是继续在你们这个县干下去呀，还是挂完职就回来，算是基层锻炼呀？"

邢海焱就接着一句一句回答说，我也不是很确定，我听别人说的，说她父母都是省里的大官，当然我倒是不在乎这些，跟我没关系。我就是觉得韩芗这个人不错，人品好，好相处，脾气也很温和，基层杂事那么多，我就没见过她生过气。

结果邢海焱话音一落，父母一起吵吵开了，闵舒婷嚷："你说的都是啥呀，闹了半天，你什么都不了解呀。"

邢庭鑫也不以为然："你这是八字还没一撇呢吧，好像人家还不知道你的心思呢吧。"

邢海焱就有些吞吞吐吐："也算是知道了吧。"

闵舒婷："你问过人家了？"

"也没正经问，就算暗示过吧。"

"女孩态度呢？"

"也没说行，也没说不行，含含糊糊的吧。"

邢庭鑫跟闵舒婷相互递了一个眼神，显然到目前为止，这件事在邢海焱这里把握不大，可是，既然孩子回家来说了，就在他心上是个事了。闵舒婷还想问明白韩芗父母的事情，被邢庭鑫用眼神制止了。邢庭鑫缓了口气，眼珠在耷拉的眼镜上头看着他，忽然说："也许你可以请她回家吃饭，你看如何？"

这话很突然，叫邢海焱愣住了。显然这话有点儿突兀，自己跟人家什么关系都没有，别说确定恋爱，好像平日里说话还很客气呢，根本不可能会来家里吃饭吧。

邢庭鑫已经看出邢海焱心思不安，就安慰他说：“你要是觉得不合适，对方肯定也会觉得不合适，说明你俩目前还不是志同道合的关系，对吧。”

旁边闵舒婷不同意邢庭鑫的观点：“什么志同道合呀，你可真是老了还幼稚。我看这个韩芗，去农村挂职，肯定不是要落到农村，肯定就是镀金去了，受点儿苦得了，还真要受下去呀。她家里是什么大官呀，就不是大官，是个处级干部，也不到没别的出路的地步，没必要一个女孩子非要在农村干下去吧。我跟你们说，到不了年底，肯定回来了，你们等着瞧吧。”

不等两人说话，闵舒婷又快言快语说下去：“我看呀，目前俩人的处境，也不适合谈恋爱，一个扶贫，一个挂职，谈什么呀，影响也不好。但是，你要还真的喜欢她，也不是不行，就等她回城以后追也可以呀。到时候，她工作确定了，你也回来了，一切按部就班的，该干什么干什么。如果俩人门当户对还有感觉，按你爸爸说的，还志同道合，就谈呗，能结婚更好。”

“可是也许等不到回城，别人追她了咋办？”邢海焱着急的口气，一下子透露了他心底的隐忧，这下，妈妈有些意外了：“啥意思，还有竞争者呀，就在农村，还有人跟我儿子竞争呀？”

闵舒婷有点儿埋怨的口气，不是因为还有什么竞争者，而是邢海焱的软弱态度，这儿子，怎么失恋一次，就闹得自己这么自卑啦？

母亲说了很多，闹得邢海焱的心更乱，却记住了父亲说的话。父亲说，你显然还仅仅是喜欢她，还不到爱的地步。等你完全被迷住了，我们说什么都没用的。现在你还想听我们说，说明你自己心里还在犹豫不决呢。感情也不是争来抢来的，是自己的无论发生什么事，最终肯定只属于自己。

看来父亲的意思就是淡定从容，等候你自己认定的感情。母亲呢，虽然最近坏脾气已经改了不少，一急眼还是憋不住有些傲慢嚣张的。可是，父母一切判断的前提，是自己没有透露竞争者是谁，假如邢海焱告诉他们高伟志是那个竞争者，他们的态度会改变否？又会怎么说？邢海焱不想说出来，在父母眼里，他跟高伟志本来是很纯洁的同学友谊，他们也知道高伟志，以前一直夸奖这个孩子有抱负，将来能做大事的，他不期望父母眼里的美好忽然就变得龌龊不堪，想想连自己都觉得难以忍受。

邢海焱觉得自己需要倾诉，说完以后心里平静很多，所以晚上睡得很香。

第二天一早，他还没醒，就被母亲推醒了，说跟同事说好了，今天一起去植物园。邢海焱一听，就摇头，去什么植物园呀，我天天在田间地头转悠，我都是一个农民了，我不去，我要睡觉。

结果闵舒婷只好说实话。原来昨天闵舒婷半宿没睡好，就寻思着邢海焱这是饥不择食了，竟然打算去追求一个他自己都说不清楚的女孩，而且还有别的竞争者。她连夜迅速想出来一个主意，还是那个办法，找人介绍女朋友，可是很快抓一个出来有点儿难，冷不丁就想到一个办法。昨天一个机关事务管理局的女处长的女儿，说从巴黎回来探亲，干脆，拉上这娘儿俩一起去找个旅游点转转，叫邢海焱认识一下。倒不是故意要给他们拉郎配，关键是，叫邢海焱自己醒醒，好女孩多着呢，慌什么呀，扶贫的事也不会干一辈子，不过是在村里寂寞了。

好说歹说，邢海焱终于不拒绝了。闵舒婷一边埋怨一边急火火地自己找衣服，邢庭鑫一旁泼凉水，我看没什么意义，我看你妈妈又在故技重演呢。邢庭鑫这真是说走了嘴了，三个人都知道聂晓丽当初就是这么进门的，闵舒婷用手点着邢庭鑫，邢海焱却跟没事人一样说，本来人家聂晓丽也不错嘛，说着话就进了卫生间。

闵舒婷见儿子似乎已经不存在疗伤的问题，就顺着话茬儿跟了一句："那咱们就接受教训，再找一个回来得了，我看没那么难。"

邢海焱开车带着母亲，去二环边上一个小区接那母女俩。那位母亲先走出来，跟闵舒婷车下聊天，半个小时过去了。听见那位母亲喊女孩名字，邢海焱把眼睛转过去，就看到一个懒洋洋的女孩从小区里出来。邢海焱不好意思盯着人家看，等她们上了车，浓重的化妆品味道顿时充满窄小的车内空间。邢海焱被熏得透不过气来，开着空调还不时要开窗才不至于被迷昏。

车上，女孩跟她母亲坐后座，也不怎么说话。闵舒婷问一句，人家不言语，问两句，人家回答半句，等她自己的母亲跟她说话，更是赔着小心。这一路，邢海焱一边开车，一边就已经感觉到了心闷。

好不容易到了植物园，太阳早就出来了，很晒。结果，女孩因为没有带伞，拒绝跟大伙儿在园中转悠，坚决要去一个咖啡屋，当场气氛出现尴尬。闵舒婷估计也从没有受过这种折磨，早已经忍无可忍还得忍，笑比哭还难看。这时候，幸亏邢海焱出来解围了，他说自己陪女孩去咖啡屋躲太阳，叫两位母亲自己去看花。等只剩下这个小公主和自己，邢海焱忽然很放松。

进了咖啡屋，服务生过来，邢海焱叫女孩自己点，自己只要冰水。女孩点了一杯拿铁，尝了一口，斜眼看邢海焱说："这破咖啡，太难喝了。"

邢海焱不以为然说："没事，马上倒掉，换一杯别的。"

服务生过来了，女孩说："给我一杯冰水，跟他的一样。"

服务生走了，邢海焱故意奚落："别跟我一样，你跟我不一样。"

结果女孩忽然嘿嘿笑起来，更直接对邢海焱："你是不是很反感我？"

邢海焱没什么表情回答："是，不是一般的反感。"

"我妈说你在农村扶贫，是不是天天淘大粪呀。"女孩的手指甲一个指头一个颜色，闪闪发光。

邢海焱不笑，很严肃地回答："没错，很枯燥，从早到晚就是淘大粪，就干这一个活儿。"

女孩眨巴着眼睫毛，仔细看着邢海焱的脸："不像。我看你也是有书卷气的，怎么也是大学毕业，好像还是研究生吧，为什么要到农村去呀。我妈说你也是有追求的，从农村锻炼回来，可以提个小官，你这么年轻，就已经是个官迷了呀。"

邢海焱忽然想到挂职干部韩芗，那个穿衣朴素的女孩，她是个官迷吗？在别人眼里，是不是也都这么看她呢，按照常人简单的判断就是这样，如此说来，韩芗也是顶着压力承受着可能的误解的。昨天妈妈一口咬定韩芗就是去镀金的，而且当自己说到韩芗的父母都是省里大官，母亲更是坚决地认定韩芗是有政治抱负、打算走仕途的人。那么韩芗到底是个什么样的女孩呢，父母说得没错，自己只是喜欢她的美德，根本不了解人家的内心世界。就韩芗的未来来讲，自己就不可能是她期待的人。

女孩还在胡乱问着邢海焱农村的事情，邢海焱索性夸张地讲故事给她听，等两位母亲回来的时候，女孩跟邢海焱已经谈笑风生，很融洽了。

从植物园回来，送走了那对母女，剩下闵舒婷。瞧着母亲关切询问的眼神，邢海焱毫不客气地对母亲说："这是个有头无脑的巨婴。"

闵舒婷没说什么，她自己也体会了，忍不住叹了一口气说："这还出国两年了呢，怎么这么没教养。"邢海焱忽然来了精神，对母亲说："所以以后咱们别奔着什么有层次使劲儿了，我不喜欢这种装模作样的，其实完全是故作情怀，花父母的钱装情怀而已，假若是自己的钱，倒还是情有可原。"

这么一说，邢海焱想起了赵闵，也是留学回来，跟这个妞儿比起来，那可是不知道强多少倍了。这么一想，就想到赵闵对高伟志的帮助，就觉得赵闵是个见过世面而且做事大气的女孩，而且，是从小到大一直对自己很好的女孩。

邢海焱就问母亲还记得赵闵不，小时候你管人家叫小“土肥圆”那个。母亲也笑了，问赵闵的近况。邢海焱带着夸赞的口吻，说起赵闵给高伟志投资的事情。母亲很惊讶，沉默了一会儿，忽然问：“你说，赵闵是看你的面子呀，还是真看上高伟志了呀？”邢海焱皱眉头，问闵舒婷：“你这是什么思维方式？”

闵舒婷哈哈大笑：“什么思维方式，女人的思维方式，凭直觉呗。你想，赵闵她爸爸也不是一般的地产商了，不愁没地方投资的，对吧。小子你用自己的脑子想想，咋回事。这事多简单呀，反正有个小子走桃花运了，不是你就是高伟志。”

母亲的几句提醒，叫邢海焱脑子又乱了套了。

二十二

周一一早，邢海焱、孙乾、老曹他们仨迅速回到枣树湾，这周有大事，就是学校宋部长等校领导要来枣树湾看望驻村干部并与村干部座谈。孙乾特意穿了一件很白的衬衫，一直在擦皮鞋，见邢海焱和老曹都没换衣服和鞋子，就很不理解的表情，好像也是提醒，对他俩说："穿的一点儿都不讲究，缺失起码的尊重，你俩考虑到没有，这属于素质问题吧。"邢海焱正在找铁丝修坏了的小推车，两手黑乎乎的，就回答他说："你这个白衬衫这么白，还有新鞋，外头下过雨都是泥，你要多加小心了。"

回村的路上，就如何接待等具体事项，他们反反复复已经商量了好几个来回，但也没做出最后决定，进村之后他们就先去找老敢书记。

在村口拐弯处，就遇到国兴媳妇，骑着车子急着要去大棚干活。邢海焱问她："看到老敢书记没有？"国兴媳妇车子都没停，没有梳洗的头发蓬乱着，脸也干涩皱巴，好像也没洗，衣服也有点儿脏。车子从他们身边匆忙地掠过，她丢下一句说："你们去李小毛家吧，李小毛揍他媳妇了。书记去李小毛家里了，我得赶紧走了，批发西红柿的大车等着装车。"

邢海焱知道，大棚西红柿熟了，活儿太多干不完，国兴两口子起早贪黑摘柿子呢。听说李小毛揍媳妇，暗想，肯定是上次李小毛二儿子掉河里的事，李小毛的媳妇去打麻将耽误事了。

他们到了李小毛家外头，就听见院子里李小毛媳妇的哭号声伴着李小毛的怒骂。进了院子，看见李小毛媳妇坐在院子中央的地上，脸上青一块红一块，老敢书记和李小毛各自坐凳子上抽烟，老敢书记也不说话、不搭腔，李小毛还在骂他媳妇。邢海焱一听才明白，原来已经不是因为只顾打牌孩子掉河里的事了，而是小毛媳妇网恋的事。没等他们上前劝，国兴打来电话，说摘了不少西红柿要送到驻地一部分，叫邢海焱去开门。邢海焱赶紧跟老敢书记说自己学校领导要来。

路上，几个人议论起李小毛媳妇搞网恋的事来。孙乾坏笑不停说，听说农村妇女搞网恋的事不少了，都是无聊寂寞闹的，精神生活没有，胡思乱想，有人勾引就容易出轨。

老曹叹气说，这个李小毛的媳妇又不是留守妇女，搞什么网恋呀。

邢海焱一听，反驳老曹，留守妇女搞网恋就有理由了呀。

回到驻地，邢海焱还是想着宋部长说来枣树湾的事情，有些心神不定拿不定主意。

原来宋部长已经百般叮嘱，他们只来三个人，不要张扬，也不要跟县里说了，尤其是吃饭的事，就在村里吃，坚决不能去县里、乡里大吃大喝，违反组织纪律，叫人家抓了典型完全没必要。邢海焱有些不知如何是好，在村里吃饭没事，就是不要跟县里、乡里汇报，做不到呀。你想，老敢书记能不跟高占理说吗，高占理能不跟县里扶贫办的说吗，还有县扶贫办能不跟分管扶贫的领导汇报吗？

因为人家基层也是有纪律的，省里来人不汇报，往小了说，叫不会干活儿，往大了说，估计算失职吧。但宋部长的意思已经很明确了，也给孙乾打了电话，说千万不要张扬，弄得什么人都来。还有，严禁中午喝酒，说之所以不要通知乡里、县里，就是担心会中午设宴喝酒。

邢海焱、孙乾、老曹意见是一致的，就是确定了在村里吃饭，只是喝酒不喝酒，似乎心里都没把握。因为在农村基层，凡是陌生客人来，全靠酒桌上扯话，不然不知道怎么拉近关系，真是不喝酒就说不出话来。邢海焱发现好多次，接待上级的时候不喝酒，基层的人们还不能适应，场面尴尬得不行。两个人还说这事的时候，老敢书记来了，进门没说话，只是找水喝，接过邢海焱递给的杯子就一仰脖子一饮而尽，孙乾就调侃："老敢书记呀，刚才劝农村妇女守妇道，说了不少话。"

"可不，嗓子都哑了。"老敢书记一下子呛了一口，一个劲儿地咳嗽。

问起李小毛家里的事，老敢嘴上叼着烟，顺口骂了一句，说话的口气有些粗糙，说李小毛的媳妇常年自己在家无事生非，玩儿手机跟一个男人搭上了。说到这，兜里电话响了，老敢一听，赶紧走出屋子到院子去接听，等进屋来，就说有事要急着去县里一趟。孙乾还想多知道点儿李小毛媳妇网恋的事，就跟在老敢书记身后，好奇地问："那李小毛媳妇跟那个男人咋着了，是不是被骗了，还是出了什么事了，说完再走呀。"

"李小毛媳妇还要跟李小毛离婚，去找那个男人呢，可笑不？"老敢书记又说了一句，抬腿要走，邢海焱赶紧再次提醒说学校宋部长要来村里看望的事。老敢停住脚步，问几时来。邢海焱说没定，说周三周四的吧。老敢用确定的口气，又问，肯定来不？邢海焱点头，说已经说好了肯定来。老敢书记点了个头，说了声知道了，就奔大门去了。邢海焱追上去问他什么时间回来？老敢没回头只顾大步走，还穿着那件洗不出颜色的大背心儿，伸出瘦削的胳膊摆了摆手。

孙乾在邢海焱身后，看着老敢背影嘀咕："这老爷子，能拿出十万元垫钱修路，不掏二十元换个新背心儿。"

老敢书记出村去了，等他回来不知道又到什么时候。邢海焱有些着急，孙乾笑话他说："你不用非得等老敢书记呀，你真缺心眼儿，这个时候你还不给韩芗打个电话呀，人家也是领导，正好公私兼顾。”

邢海焱看着孙乾一脸坏笑，却也得到提醒，心里暗想，这有借口了，正经事，不然还不好意思跟她说话呢。于是，邢海焱就赶紧拨通韩芗电话。韩芗接了，邢海焱就一本正经的口气，跟她说单位领导要来枣树湾看望的事，还特别说，领导说了无数遍不要通知县乡政府，不接受宴请。

韩芗那边听不出态度，回答说：“那你还告诉我干啥？忘了我是乡领导了。”邢海焱赶紧接话，话语里一语双关：“你不是自己人嘛，没把你当领导呀。”

一旁的孙乾提醒，别不尊重领导，什么叫也不把你当领导呀，自作多情不懂事。

邢海焱虽然跟韩芗通着话，耳朵很尖，也听见孙乾的话了，就赶紧又补充：“哎呀不好意思，对不起，刚才说错话了，不把你当领导，不是眼里没你这个领导的意思。”韩芗好像口气缓和了，好像也故意：“那你啥意思，我不称职呗。”

“谁敢说你不称职，我都跟他急眼。”

韩芗说在市里党校学习呢，刚来的，要学习一周时间。邢海焱放下电话，神情就显出迟疑的样子。孙乾一脸看清事情面目的样子：“她去党校学习，咋回事，要提拔了吗，还是要走了呀，你没问？”

邢海焱没说话，孙乾就口气很肯定地说：“我跟你说，韩芗肯定是有什么机会了，不然去党校学习去干啥。一般都这样，学习完了就该动窝了。”

中午又停电了，在没电扇、没空调的屋子吃饭，三个人实在受不了，都光膀子了。孙乾打电话问电工，人家回答说村里的变压器坏了，说啥时候修好也不知道，让等着。三个人凑合着吃过饭，太热睡不着觉，到了院子，阳光毒辣，更待不住。索性，他们每人拿着一个大扇子出了院子到村里溜达。

吃过饭的晌午，看到几乎每个门垛阴凉的地方，都有几个留守妇女打麻将，旁边还有一两个闲散光着膀子的男人，插科打诨跟着打帮手。邢海焱以前也总看到这情景，此时，想起李小毛媳妇偷摸网恋的事，就特别留意了一下几个留守妇女。他看到打麻将的妇女一般都是自己跟孩子在家，老爷们儿去外头打工了。他走到一个门垛近前，想到她们的麻将桌跟前看看，还未到跟前，已经被这家院子里的羊圈臭味儿熏着了。臭味儿快呛死人了，邢海焱屏住呼吸赶紧挪开了脚步。到了另一户家门口，抻着脖子往里面看，也看到院子里散养的鸡乱跑，一个很小的孩子在地上爬着玩，还有几样玩具也在院子里，窗户下面玉米也堆成垛了，几个打麻将的妇女仿佛闻不到鸡屎臭，也不看地上爬的孩子，就自顾自玩儿得很上瘾。

看到这情景，他们面面相觑，也都感叹，这些农村妇女，除了几亩地的活计，还有养孩子，也没什么别的事做，农村娱乐生活太少，生活枯燥，这也是现实。

孙乾摇头无奈地说："宋部长还问咱们，他过来带点儿什么，还用再捐献些书不。我都不知道怎么说，上次的书拉来了，还堆在村委会仓库呢，老敢书记就不搭理这个事，光是说没用。"

说到老敢对书籍的不感冒，邢海焱也提起跟老敢书记沾边的两件事，一个是上次工作队联络心连心艺术团过来演出，他就曾经反对说，这事没什么用，还说雇车去乡里中学借凳子，耽误脚钱。还有，就是扶贫队跟县里文体新局申请要健身器材的事情，他也说那些玩意儿没有什么用处。

结果这俩事，邢海焱他们没理会他的态度，就自己跟县里有关部门联系都促成了。结果是，心连心艺术团来了，演出大获成功，全村人高兴得不得了。等健身器材安装上了，全村的小孩子都到村委会旁的广场来玩儿，很晚了还在那玩耍，孩子欢乐的笑声传出多远。

邢海焱就故意逗老敢，怎么样，效果不错吧，大伙儿多么高兴呀，怎么说没用呢。到这个时候，事实面前，老敢还真不抬杠，老爷子也一个劲儿乐滋滋地说，孩子们中午晚上都来玩儿，简直玩儿不够。他确实也真的很高兴。

老敢书记这一点，有错必纠知错必改，邢海焱很佩服，发现自己不知晓了，有缺失了，能很快接受现实，很通情达理。邢海焱刚一表扬老敢，孙乾就反驳说，得了，还是老顽固，你说说，为什么老敢对咱们的阅览室不感兴趣呀，说了几次了，也不理会。邢海焱就替老敢解释，也许是书读了，效果没那么快，没那么明显吧，还没认识到书对人的意义呢。孙乾听了，若有所思说，也是，从咱们进村，你见过有农民捧着一本书看的情景嘛。邢海焱忽然笑起来，他想起，有一次他跟老敢说起叫农村留守妇女和小孩子多看书，结果老敢书记口气倔倔地说，看书有啥好，书里都是歪八愣子花花事，教人学坏。

邢海焱就慨叹，村书记都这个思维，村民也一样。枣树湾如果有捧着书看的农民，肯定会被人认为不可思议，估计会被认为脑子有毛病。孙乾说，按照老敢书记的意思，不读书就不学坏，村风就淳朴了。可是，现在有了互联网，有点儿文化的农村妇女上网，还是可能心思跑偏，说明靠跟外界隔绝，叫留守妇女有妇道，根本靠不住的。而且现在的农村肯定正处在向城市进化发展的过程中，要接触外界的新鲜事物多了，依旧愚昧、落后、没文化，一无所知，肯定要出麻烦。

下午，几个人正说着话，邢海焱手机响了，是老敢书记，说快到村了，村里有个事，叫邢海焱帮个忙，去吓唬吓唬。

邢海焱问，吓唬谁。

老敢书记电话里说，刚才村民打来电话说，村里的理财小组长老财迷的老娘被老财迷媳妇扔出家了。老财迷的媳妇因为儿子这几天订婚，媳妇家要来看看，老财迷媳妇怕人家嫌弃，不叫老婆婆回她家住，结果老娘在老财迷的兄弟家住的时间超过时限了，俩妯娌此时正吵架呢。

老书记怕邢海焱不去，还补充说，老财迷还村支委呢，影响多不好，老财迷怕他媳妇，你去帮着教育教育她。

邢海焱就很气愤，觉得老财迷媳妇肯定是个不讲孝道的可恶的恶婆子。三个人赶紧出门就奔老财迷家去。老财迷的兄弟跟老财迷家紧挨着，到了那里，有几个村民还围着看热闹，看样子俩妯娌的架打完了，他兄弟家门紧闭，老财迷家大门倒是开着。老敢书记在电话里说，两家都不叫老娘进院子门，也不知道他老娘这会儿在哪里。

进了老财迷家里院子，结果一眼就先看到刚翻修好的三间正房，玻璃很光亮，墙上还有台阶口的瓷砖都非常簇新，确实挺气派，几个人进来，站在院子里，张望新房里面。老财迷听见邢海焱喊，从院子一个角落、一个用油毡纸塑料紧勒的破旧窝棚里钻出来，一见是扶贫队几个人，就很尴尬。大伙儿不知他老娘在哪儿，也有点儿不知道说啥好。老财迷显然明白，自己退后，挑开帘子，往破窝棚里让几个人，邢海焱愣了个神儿，才恍然明白是叫他们进窝棚里去，等几个人都猫着腰进去，才明白咋回事。只见老财迷的老娘蜷缩在床上的一堆破旧棉被中。再仔细看，床就是一个用砖头支着的旧门板，因为窝棚是被塑料布蒙盖着，密不透气，没多大一会儿，几个人都给汗湿透了。

邢海焱非常难过，想到老人家八十多岁了苦了一辈子，就住这个夏天闷死、冬天冻死的小窝棚。而且没几年的晚年了，就因为孙子要订婚，就被家人嫌弃丢人，都不能自己做主回来住，真是太凄惨了。

邢海焱问老财迷，儿子对象家什么时候过来。老财迷也知道自己家的事很不堪，小声诺诺地回答，介绍人说后天来。孙乾就问，那老太太怎么办？老财迷茫然，回答不出来，一脸愁容。邢海焱钻出窝棚，院子里屋里，没看见老财迷媳妇的影子。三个人面对着老财迷，也不知道怎么劝说。站在院子里，看那亮亮堂堂的新房子，玻璃真亮，瓷砖也亮，新刷的漆熠熠发光，里面的家具更亮。看这新房子，真叫人羡慕，任何一个人，如果不了解底细，会以为这个家的每个人都很幸福。却不曾想到，这个家最老的人，为这一家子付出一生辛劳的人，是已经丧失了享受美好生活的资格的，她已经被子孙无情地挡在了幸福的门外，是一个不需要的、令人生厌的、赶紧甩掉的包袱，这个屋子的光鲜没她的份了。

几个人待了会儿回到驻地，唉声叹气半晌，邢海焱忽然冒出一句："我看实在不行，先到咱们这里住几天得了。等相亲的人走了，再送回去，该去谁家去谁家。"孙乾摇头反对说："你想得太简单，最好别惹事。咱们也不是他们村的人，咱们出面，好像一个村子都没有孝敬的人了，老财迷村里还有亲戚呢，对吧。"

联想到村里别的事情，三个人就说起来如今农村孝道、妇道的现状，都觉得，该教育教育，别的乡村估计也有这样的问题。

邢海焱问孙乾："我记得你说你认识农民频道的人，给他们编导说说，叫他们帮大哥来一趟，拍摄一下老财迷老娘住的破窝棚，给他曝光，要不就去拍几张照片，在网上给他晒晒。这么不孝敬老娘，自己住高级漂亮屋子，老娘住得跟狗窝差不多，不知道自己是娘生出来的，有这样儿子真够叫人寒心的，叫他丢人丢外面去，叫大伙儿都来指责指责这个不孝子。"

太阳快落山了，一直没电，还是闷热。邢海焱跟中暑一样很难受，躺着不愿意动弹。孙乾一边支使老曹去做饭，一边不停地抱怨说，要是知道今天没电，还不如不来，咱们着什么急呀。老曹去厨房转了一圈，厨房的苍蝇太多了，垃圾桶被小狗子黄黄拽倒了，招了不少苍蝇，案板上也是，盆里、碗里都是。老曹看厨房那么脏，也心烦了，回来说，干脆不做饭了，咱们去乡里找个饭馆，一人来一碗那个腌肉面吃，特好吃。孙乾一听就撇嘴，难吃死了，号称腌肉，从来没见过啥腌肉，没啥味道，还不如最简单的西红柿鸡蛋面有味道。老曹说你不懂，这腌肉面也是以前穷的时候好吃的东西，以前谁家总吃肉呀。一年到头，就过年杀猪开荤一次，杀猪以后怕肉坏了，就在大缸里用盐把猪肉腌上，实在馋得慌，或者家里来客人了，就割一点点腌肉下来做卤子，所以就叫腌肉面。老曹这么一说，本来已经饿了的邢海焱的馋劲儿上来了，也从床上起来，看着那俩人，说走吧，老敢书记也不回来，还停电，做啥吃呀，赶紧去乡里小饭馆吃腌肉面吧，趁着天没黑赶紧回来，不然天太黑了道实在不好走。

三个人到了乡里，找了一家小饭馆，要了拍黄瓜、大蒜，一人一碗腌肉面，味道咸得不行，真如孙乾说的，没见到腌肉啥样，只好倒醋，可是醋似乎也是假的，尖酸，好像是醋精兑的水。吃饭的时候，饭馆里电视正演一个电视剧，也是农村的事，邢海焱忽然来了灵感，很兴奋说，我有了一个好主意，咱们干脆来点儿文化扶贫的花样，你们看行不。咱们找几个人，拍个舞台剧，就是农村家长里短，有好媳妇的，有不孝敬的，还有不好好在家待着网恋的。等拍好了，在文化广场演出，你说那效果肯定比说教讲理有效果。

孙乾哼了一声说，好主意，可是超过咱们职权范围了吧，扶贫十项任务里没这一项呀，别没功劳也没苦劳，费半天劲儿白忙活儿。而且咱们何必呀，上级又没这个方面的要求，咱们单位也没特殊要求咱们什么。我看呀，咱们必须完成的任务完成了就行了，别蹚浑水了，我已经腻味了。见孙乾和老曹都不响应，邢海焱也不好再说下去了。

二十三

三个人吃完饭，觉得很无趣，虽然都吃饱了，但是不舒服。过乡政府的时候，邢海淼扭脸往里面看，说要是韩芗在，咱们找她去食堂撮一顿也比这个腌肉面强呀。孙乾提议说去看看高赫吧，不是说他干网上直销不错嘛，咱们瞧瞧去，看他有啥好吃的好玩儿的。

等见了高赫，小伙子精神面貌完全改变，真是很精神，很帅，头型也修剪成干净清爽的小毛寸，果真是跟冬天的时候一起回枣树湾的时候，那个全身下坠的浪荡小子不一样了。知道梅梅在直播间里工作，几个人到了高赫的办公室。一进屋子三个人都眉开眼笑，到处都是好吃的，还有黑头扒鸡呢。孙乾上前拿过一只，问叫吃不，实在是别提了，刚才吃了一碗腌肉面太咸，放醋多了，酸得我的胃现在还痉挛呢。高赫一见这情景，招呼一个小妹进来说，赶紧给他们三个人一人做一碗真正的腌肉面吃。

大伙儿聊着天，不知道话题怎么扯的，就说到马上要换届的事情。孙乾就提议，高赫你这么年轻，你干脆回枣树湾竞选算了。

“竞选什么呀？”高赫问。

邢海淼也说：“书记或者村主任都行呀。”

高赫不明就里，已经哈哈笑起来，问几个人：“为什么呀，看我长得像村干部呀，你们怎么不劝劝伟志去竞选呀。”大伙儿连连摇头说他都忙得脚丫子不沾地了，这不好多天没在村里，去河南啥地方学习去了。高赫笑说：“我不忙呗，你们觉得。”邢海淼说：

“也不是，觉得你这么年轻还肯学东西，接受新鲜事物也快，你看你弄这网上销售干得多好，就是觉得你还能干好多事。”

几个人坐在一起聊了起来，高赫虽然被大伙儿夸了一阵，却也说了自己的困惑。他说，虽然自己从城里回来了，不当城漂了，但要说现在就很踏实了，也不是。大伙儿就很意外。高赫说，其实你们没发现呢，像我这样的年轻人，在农村也很惨，我眼下做这个直销，效益确实还行。但是，假如农村人都干起这个来，我们就没什么优势了。可是我不干这个，还真不知道干啥好，枣树湾的地三十多年前搞土地承包分完了，那时候我没出生呢，我自己当然没地，梅梅不是我们村的自然也没地。你说事业，我爸爸的大棚算是事业不，也许算，可是太辛苦了，对，按照政策我爸有地，我可以接着种。可是以后，人口多了，也不行呀，现在我家的地都不够，我爸种大棚还想租村里的机动地呢。咱也不懂农村土地政策，村里很多人找我爷爷吵架，说没地不够种，我爷爷也没法子。你说，一个农村人，一个农村的年轻人，没地没事，在村里怎么待得住，在农村里混，岂不也是乡漂呀。你们还鼓动我竞选村干部，我靠啥说话呀，谁听我的呀。

回村的路上，三个驻村干部都说，真没想到，高赫说的话很有道理，因为不懂农村政策，他们就觉得有些思绪混乱。都没想到看上去不是那么复杂也没什么高学历的高赫，说的这一段话似乎很深刻，显然是他自己经过思考而且有切身感受，别人无从感受的。邢海焱就想起自从进村来，也看到从城里回来探亲的一些年轻人，还有也许还没在城里干过什么，但是显然去过城市，却把城里人的庸俗带回来的年轻人。这些年轻人举止粗俗，打扮怪异。

这一刻的思绪间，邢海焱忽然想到，很多年前父母吵架的时候争论不休的话题，就是父亲仍认为农村秉承的淳朴厚道，哪怕是宗族传统有封建诟病的那些遗脉，如今在哪里？还有母亲一直呵斥的农村里应该摒弃的恶俗的东西到底存在否？邢海焱联想到自己看到的一切，心生感慨，又忽然觉得，这话题太大。就觉得内心非常沉重，一句两句说不清。

从乡里到枣树湾不到二十公里，这个晚上，非常闷热，天黑得像幕布，一点光亮都没有，一颗星星都没有，三个人开着车窗瞪大眼睛找寻路上的目标。这条道已经走了不知道多少次了，可是因为没有很明确的路上标志，全是庄稼地和沟壑，还很相似，所以还是偶尔会拐错道。已经到了村口却感觉很陌生，因为还在停电，三人挺犹豫，好像不敢走进去的样子，因为没有光亮有些担心掉村口的大坑里。前些时候已经种满了树木，白天看着很好看，黑夜里却很是危险，树木葱茏挡住了下面很深的沟坎。

邢海焱一路上就想着高赫说的话，以前，他不会想到这一层面的苦恼，因为无从知晓。第一次见高赫，还真是有些不把他当回事。觉得他文化不高，城市里混，一个月不到两千元，租着城乡接合部最廉价低档的住房，随时担心因为用电着火丧命，夏天热死冬天冷死的地下室，或者城中村农民在自家房顶私搭乱建的，甚至都没有窗户的破板房子里。在城市要么是做夜班保安，要么是混夜场的小弟，白天几乎都在睡觉，傍晚去夜市路边摊子，狼吞虎咽猛吃点儿东西。还有带着未婚女友，假装怀孕回家骗钱，已经是品质的问题。所以，他显然心里对高赫有偏见。后来，看到高赫听了大伙儿的建议，真的留下在乡里跟韩芗、高伟志一起创业了，还干得很不错，真是意外，很吃惊，起初有些不信，但现在已经改变了看法，对他开始刮目相看了。其实说来，邢海焱还默认高赫身上的变化，有高伟志给他的影响。高国兴就说过多少次了，高赫本来就是不想回枣树湾的，结果人家高伟志回来了，他也就回来了。

有一次他问高赫："你既然回来了，你爸高兴了吧？"

"不显高兴，非要我去干大棚他才高兴，我不喜欢干那个，又累又枯燥，赚多少钱管屁呀，活着没劲儿。"

邢海焱问他为什么喜欢干网上销售，高赫回答说："是因为这个东西是个新东西，听上去很新鲜，当然还比较赚钱呀。”高赫说到赚钱笑起来，很得意和满足。提到堂哥高伟志，他就全是崇拜的口气，说伟志当然厉害，大世面见过，北京外企干过，钱也赚过，就这样了，还能回老家重新开始。咱们算啥，所以就没啥说的，伟志叫我干啥我就干啥。现在，生态园也快建成了，咱们以后把枣树湾的品牌产品做到全国，有我哥领头，我就有信心。

高赫说到高伟志，情绪就高涨，但一说到换届选举，情绪就有些低落。邢海焱暗自想，看来选举，这是个高家人心照不宣的隐讳话题。很明显，一旦老敢书记卸任，大权旁落到别人手里，高家人的利益要受影响。老敢书记一旦在枣树湾没有了权威，枣树湾的人会不会见风使舵，高家人肯定有担心。想到这里，邢海焱都忍不住为高伟志捏汗，但又想，伟志那么聪明，敢于辞了外企的工作，回家创业，肯定很多事是经过考虑的。

邢海焱知道伟志是一个做事之前会在心里有判断，之后就很果断，也很坚定的人。看准目标，不游移摇摆，不患得患失，是高伟志性格里最大的优点。

反观自己的性格，差距不是一般的大，很多地方都远远比不上人家，就光是承担这么大的事情，这么大的风险，就做不到。想到这里，邢海焱反而替高伟志笃定，觉得他不用被担心，作为朋友，只需要在他关键的时候，他表现太急躁的时候，给予适当提醒就可以了。想到这儿，邢海焱又想到高伟志跟韩艿的关系，他自己也疑惑，到底想看到什么，是不是希望高伟志、韩艿在一起，如果他们俩没什么，自己是不是就能有些把握？

上周回家，妈妈提醒，赵闵之所以投资，是有女人心底的秘密，其实他也不是一点儿没想过，也觉得赵闵给高伟志投资有点儿过于顺风顺水了。要说以前，赵闵对自己有过意思，他很信，很得意过。但是自从赵闵参与到高伟志的项目中来，邢海焱的这点儿自信就没有了。妈妈说的话有她凭直觉的部分，但是，自从赵闵跟高伟志在一起做事，邢海焱就觉得自己成了多余的人，所以肯定地来讲，赵闵是对高伟志感兴趣，或者是对人家赚钱的项目感兴趣。

那么高伟志对赵闵有没有意思呢？这么一回想，邢海焱有点儿困惑了，两个人之间的交往好像也并无超出一般关系，没什么特殊的痕迹表露。女人都对高伟志情有独钟，这个小子还没成功呢，而且就是成功，无非就是一个乡镇企业家的典范，还不至于比赵闵、韩芗曾经见过的社会精英能力水平高出多少倍吧。邢海焱知道自己有意无意地对高伟志有点儿嫉妒了。

他自己也清楚，嫉妒是不健康的情绪，是负能量，可是敢于承认，就是一种挣脱，就等于自己前行了一步。人家高伟志正在前行，高赫也在前行，你自己呢，你的前途是什么呢？你操心高伟志是否成功，操心韩芗以后会干什么去，那你自己呢？

周四早晨，孙乾就和高占理到高速口去迎接宋部长了。邢海焱一清早已经收拾几遍扶贫驻地，韩芗带来了一帮乡里女干部，忙着洗菜炖鸡，老敢书记前一天已经派人搬来了桌子椅子，韩芗还带来了一大堆锅碗瓢盆。

到了上午十点，宋部长来了，学校机关党委书记老韩也来了，还有李雯也跟着来了。他们快到村口时，孙乾已经给邢海焱打过来电话，邢海焱、老曹赶紧到村口等候，等迎接的一行人到了村口，却左右不见老敢书记，就只见到李小毛和高国兴。

邢海焱连忙问老敢去哪里了。李小毛说不知道呀，找不着了。问高国兴，高国兴眼神犹豫，邢海焱赶紧拉他到人群外。

高国兴说，早晨不到四点，老敢书记自己骑着车子去县里了。邢海焱惊住，以为出了什么大事，高国兴却说劝不住，非要去找工程队。邢海焱更觉得怪，一个劲儿问才知道，原来老敢书记昨晚就打算好了，打算叫一个工程队在村口修路，好叫进村的学校领导看到热闹场面。邢海焱哭笑不得，啥意思，要我们领导看扶贫效果，然后呢。高国兴说，老辈人的思想观念，以为你领导看了，更高兴。

这时候，就见几辆车朝这边开来，邢海焱迎上去，却是县里几个领导。李小毛上前握手，给邢海焱介绍。邢海焱暗自猜测肯定是老敢跟高占理说了，嘴上不说心里不快，这关口宋部长马上来了，却又四处不见老敢书记的人影，心里真是有些生气了。因为事先反复跟老敢书记说了几遍，不要跟县里汇报，学校领导的意思是不需要惊动上级。看到村口已经停了好几辆车，邢海焱心想，一会儿宋部长来，看到这么多车这么多人等着他，肯定不高兴。你瞧着吧，这个老敢书记真是，该来的不来，不该来的来了一大群。

直到见到高占理的车前头带路，后面宋部长的车跟着进了村，还没见老敢的影子。邢海焱也不指望了，自己上前，迎候宋部长，大伙儿寒暄，带着大家往村里走。

高占理从下车只看到村干部李小毛几个人，不见老敢，抓个空就躲到一边打电话去了。邢海焱走到高占理身后，就听见他非常生气地训斥老敢："你知道啥事最重要吧，这时候你去县里干什么？"那边老敢书记解释被他打断："赶快回来，这时候最重要的事不是挖沟，就一件事，就是好好接待！"

直到宋部长他们嗅到锅里的美味，邢海焱才终于看到老敢书记一身风尘、满脸灰黑地进了院子。因为并没有请来建筑队，再加上高占理斥责，老敢自知不妥，脸上有些灰溜溜的。邢海焱赶紧上前递给他毛巾，老敢书记接过去抹了一把脸，脸上马上花了，更显得脏乎乎的，一边的妇女们看着老敢的狼狈样子，全都哈哈大笑。高占理从屋子里出来，看到他爹，脸上是又心疼又生气，说什么也没用了。压低声音问老敢，到了县里没有，你搭车没有，怎么回来的？老敢没回答。邢海焱也不知道老敢书记是不是真骑着车子走了一个来回。凌晨四点走的，现在不到中午十二点又回来了，来回几十公里的路。天呀，这老书记呀，七十多岁了，图啥呀，就想叫宋部长进村的时候看到热火朝天劳动的情景吗？

宋部长听了邢海焱、孙乾他们这大半年扶贫驻村工作汇报之后，就已经过了午饭时间。大伙儿也饿了，都馋坏了，一锅子黑头鸡上桌，瞬间风卷残云吃个精光。

吃了炖鸡大锅菜后，宋部长他们先到文化广场去看了看。邢海焱提出叫宋部长去高伟志建设中的生态园区看看，之后又到后山去看了梅花猪和黑头鸡养殖场基地。听邢海焱说在网上如何直销农产品，宋部长他们很感兴趣，离开的时候，一行人特地到了坡坝乡政府，专门到高赫的直销网站去参观。看到农产品做电商做得这么好，大伙儿都很兴奋，已经成了“网红”的梅梅网播已经很娴熟，现场给大家展示了怎么在网上直播卖农产品，更是给大伙儿带来不少新感受。

宋部长一个劲儿赞叹，由衷地说，这次下乡，看到今天农村正在发生的一切，完全超出了我们的想象。我们这些人，天天在办公室看汇报文件，今天算是到基层“走转改”开了眼了，感受体会就完全不一样了。还表扬说，看到我们学校的驻村干部跟乡亲们关系相处得这么密切，这么融洽，而且也能尽自己所能，帮助农民往小康路上奔，真高兴。学校也要感谢你们的付出，学校这边一定尽自己全部力量，协助你们做好枣树湾扶贫任务，助力老区乡亲们尽快脱贫，早日走上小康大道。

二十四

整个夏天，邢海焱几乎都在枣树湾度过。回家那几次，都是吃几顿饭拿些书和衣服就走。这一次，邢海焱在家里换衣服，露出晒得黝黑的大后背，一下子叫闵舒婷呆住了，她什么也没说，暗自心疼半天。闵舒婷跟邢庭鑫两人完全没有想到，邢海焱竟然会如此投入乡下的扶贫工作。他们也知道他的大学同学高伟志从北京回去创业了，从海焱口中也得知高伟志克服了很多困难，现在项目终于有了眉目。召河水域生态园正在建设中，而且还成为已经立项的西召国家农业公园项目的组成部分，都觉得高伟志还真是不一般。

当然也知道自己家孩子喜欢挂职干部韩芗，至于事情有什么进展，他俩全都猜不到，也没见过韩芗这个姑娘啥样儿，啥都不好说。

虽然邢海焱已经不知道说了多少次，农村如今跟以前完全大不一样。可是，每一次回家，一旦说起农村的一些话题来，闵舒婷跟邢庭鑫还是会争辩。这个周末回来吃晚饭，三个人闲聊，邢海焱说起老敢书记的事情，说到老敢在村里的威望，村里人对他的信任，说原因当然是老敢书记比较公平，不那么自私。

闵舒婷听了邢海焱的话，目光闪烁，邢海焱看出母亲不以为然，只见她放下茶杯，满屋子转悠，表示了不同意见，她反驳邢海焱："你才在村里待几天呀，你就总结出来村书记不自私，我才不信。农村人的本性啥样我比你清楚，你说别的我还信，你要说农村干部不自私，我坚决不信。"

邢海焱现在在村里待得久，知道的事情多了，心里有谱，就有话反驳了。他马上举了几个例子，说老敢书记家里的两棵大树，就是因为村委会没窗户，老敢自己给砍倒了，还有好多这种事，村委会房子改造的时候，他把自己家准备盖房用的椽子也给搬走用了。

闵舒婷看着邢海焱满脸幼稚的表情，讥笑：“得了，邢海焱，你太简单了，这算个啥呀，这都是面上的事，装给村里人看的……”

邢庭鑫在一旁打断闵舒婷，插嘴：“你妈妈在农村确实受了很多苦。”就说了这一句，老邢就转了话锋，“不过，幸亏你妈妈聪明，回城后考上大学了，改变了自己的命运。”

闵舒婷还沉浸在自己带着情绪的叙述里，没理会老邢，语气里还是有些激动：“我是自己改变了命运，可是多少人回城后，找不到工作，找到工作的也是工作环境差收入低，一下子成了社会底层，除非特别有本事的，那有几个？你知道，赵闵她爸爸赵建国，人家成了大款地产商。可是你要知道，我们这一大群知青，多少人呀，一万个有一个两个？全国八千万知青，回来以后能有多少人成了大人物？其实，不用成了赵建国，就成了我跟你爸爸，就行了呀。”

邢庭鑫听闵舒婷又说了半晌，听到这节骨眼儿，赶紧又插话补上一句：“说了半天，你最后的话到了点子上，就是‘就成了我跟你爸爸，就行了呀’，怎么，我发现你最近跟以前不一样了，怎么突然知足了呢？”

邢海焱也故意奚落：“不对，还有前一句，‘不用成了赵建国’。对呀，我也发现，最近我妈的人生观改变了。我记得很早以前能够记起你关于赵建国的评语都是尖刻的、不以为然的、讽刺挖苦的，现在怎么忽然改变态度了？”

闵舒婷听邢海焱抓住了自己的话把子，索性说话也不拐弯了。她很直接地说：“还不是因为你说的，赵建国的丫头竟然给你们村里高伟志的开发公司投资，对吧，多少万呀，有几百万？”

“不是呀，你上次主要是说，凭女人的直觉，赵闵肯定不是看上了我，就是看上了高伟志，对吧？”

“我是说过，没错，那是另外一码事，跟我现在说的不冲突。”

这么一说，话题就自然转到邢海淼个人事情上。闵舒婷忽然就提出，找个日子，可以跟赵建国一家子吃个饭。老邢这下敏感了，马上问啥意思，给你暴发户同学平反了，还要拉近关系呀，没必要吧，有正确认识就行了，说明你看问题客观了，理智了。我看，保持距离不错，一旦见面，你说不定又看人家什么地方不顺眼，对赵建国的好印象又完了，就你那完美主义，我最了解了。

邢海淼听了父亲的话，哈哈笑，他发现父亲跟母亲说话的方式不知道何时开始也变了，变得很会说话了。

很快母亲就又问韩芗的事。邢海淼也不避讳话题，说韩芗去市委党校学习了，说回来了但没见到人。老邢跟闵舒婷听了，互相看了一眼，老邢就说，你俩没进展呀。

闵舒婷却有另外的解释说：“人家是不是顾不上见你们？其实，驻村干部见不见的吧，没啥用。说不定过几天人家就有惊人的消息呢。”

邢海淼反驳：“得了，啥算惊人的消息？她一个挂职的副乡长，能咋惊人呀，顶多不挂职了，成了真乡长了，那又怎么样。我们坡坝乡啥样，那叫一个穷，普通办事员桌上，连个电脑都没有，一个屋子就三张破桌子，订一张报纸，报纸被撕成几页，你看我看，谁来谁看。就这种工作环境，别说挂职，就是正经八百的乡长，也好不到哪儿去。无非就是一个人、一张桌子、一张报纸，韩芗还行，还有电脑，有的乡干部连电脑都没有，不少人也不太会用。你想想，到这个时代了，还这个素质呢。西召县这些年也招来过大学生，没几年，走了大部分，待不住。留下的又没编制，就傻等多少年，更是气人，只好偷偷学习准备考试走人。因为没人，所以韩芗作为副乡长才各种事情一肩挑，文教、卫生、环境、防汛，手下几个人都是没编制的临时工，工作一点儿不轻松，没有停下的时候，实际上事无巨细都要负责到底，否则就肯定半途而废。”

老邢听儿子替韩芗一通抱怨，也很感慨，他说：“自从海焱去了村里，我也几乎时时在关注农村，现在一直在宣传，‘要望得见山，看得见水，记得住乡愁’。我就觉得这话，才是说到我心里了，很能叫我这样的人感触，产生出对乡土的眷恋，我一回想小时候的情景，还是激动。”

同时，老邢还客观地分析说，感觉这些话，似乎也是给城里人说的话。就好似农村还是城市的对立面，所以就会产生这样一个悖论。一方面，城市带动乡村发展，再造农村，农村城市化不断推进；另一方面乡村是古老中华传统文化的丰厚沃土，是人们的乡思所系。你说很多村也快空心了，村里人都期待成城里人，哪怕是城漂。可是为什么，今天像我们这一代人，还是要把农村当作寄托乡愁的地方，但真去了农村，肯定跟六叔和高赫一样。回到村子，也是没根没脉的乡漂，没房子没宅基地，靠什么存养滋润你的美丽乡愁。如同你说的高伟志，假如他没有他做乡书记村书记的父亲和爷爷，没有这种血缘宗族关系为纽带的熟人社会的协助，就比如你邢海焱，同样也在枣树湾，你能做成什么事？我觉得，城里人因为心况的迷惘失落，选择逃离城市，向往乡村成为后花园的不切实际的浪漫心态，确实要重新考量和思考。进一步思考，我觉得，重构农村文明，维护农民农村农业的尊严，如何定义农村好生活是至关重要的，不能简简单单发展经济就行了，精神家园不在，意识形态领域一定会有新的冲突产生。

邢海焱听到父亲一通理论化的叙述，里面用到浪漫化一词，联想到父亲自己叙述的以往，不由得心里一动，难道不是吗？父亲自己给自己小时候苦难童年的叙述，就涂抹了亮丽浪漫的色彩。记忆犹新呢，邢海焱记得父亲老家那破土坯房子，四面漏风，吃不饱穿不暖的生活，何来乡愁思恋呢。父亲虽然不是假装念旧，也不可能是想重新过那种日子。

邢海焱想起枣树湾很多家没人的空置房子，大门紧闭，锁子已经生锈，从破窗户看里面只有几件破旧农具。这样的破败小院，即使有人在村里，也是看不到希望的。所以，你叫农村人留在村里，你叫城里的农村孩子回村里，靠什么留住他们，只能是城里特别缺乏的怡然自得天人合一，才有希望留得住人。

想到这里，邢海焱忽然想故意戏弄父亲。于是站起来，背手在屋子中央，学着父亲抑扬顿挫背了一首以前父亲写的诗：

故乡是我遥远的幸福，
是我淡淡的牵挂，
是我诗歌般的惆怅，
是我梦幻的篇章。
…………

闵舒婷似乎早就不耐烦，此时赶紧打断："说到哪里去了，我问韩芗呢，你俩绕到哪里去了。我其实早就明白，你爸爸才不是真心爱农村，就是逃避生活的烦恼而已，知识分子的假情怀。不信，叫他去你们枣树湾种几天地，累个半死，光剩下躺炕上叫唤，所有的情怀都会烟消云散了。"

邢海焱这一次，觉得母亲的话算是一针见血了。却没想到，老邢并不服气，噌地站起来，对邢海焱说："行，我哪天可以去村里去种几天地，叫你妈妈看看，我是真情怀还是假情怀。"

闵舒婷不依不饶："才几天呀，不行，几天算干什么呀。"

邢海焱不理会母亲的抬杠，正经回答母亲："我爸爸咋会亲自去种地，即使真到村里，也不会叫他去种地了。我们村人再少，劳动力再缺，也不可能叫我爸爸去种地。”

“对呀，海焱说得对，我在村里能够起到的作用可不是种地，是更有用的事。比如，我可以到小学校去，我能教语文、地理、历史，而且是义务的，不用给我工资的，你们看这行不？”

“好好，对对，这就是你爸爸的理想，说了半辈子，就是没实现。”

闵舒婷哼哈回应着，邢海焱神情里若有所思：“别说，我爸爸要是真去枣树湾，真能成全他的这种田园牧歌式的理想。学校很缺老师，没开玩笑去不？”

老邢毫不犹豫地说：“可以，我当然去。”

闵舒婷一边摇头：“得了你，早就吃不了苦了，瞎吹。”

“不是吃什么生活上的苦。”邢海焱看着父亲，“显然您并没有深思熟虑，还是充满理想主义。我说的可能是你们绝对没想到的，您之所以说去，是觉得这是个很高尚的事。但其实，在农村，也许没人这么想，可能还会觉得你有病，脑子有问题，还会孤立你误解你。到了那个时候，你会怎么办，退路在哪里？”

邢庭鑫茫然：“村里那么不重视文化教育吗？是因为没什么年轻人在村里吗？”

“平常人不多，到了过年，麦收的时候人们都会回来，但也就是聚在一起打麻将赌钱。假如你这个外乡人，没有获得尊重和信任，甚至会感到冷漠，你怎么办？”

这很意外，老邢的一腔热血似乎凉了下来，但还是用不甘心的口气抢白邢海焱说：“你说得过头了。不会吧，我们小时候，对有文化的人可不是这个样子，即使是陌生人，一说是有文化的，也很尊重的。”

邢海焱不止一次听过父亲讲起他小时候。他们村子里有一位乡绅，说全村的门楣都是他题字的，父亲还依稀记得诸如“耕读传家”“稼穑为宝”“君子攸宁”之类很有诗雅风韵的词句，显然这个旧时乡绅很有古典文化的底蕴，从语言看出老先生的涵养。听父亲说，这个老乡绅本来是有官职退居回乡里的，本是读书人，见过世面，知古谈今无所不晓备受尊重。村里大事小情，遇到啥困惑啥疑团解不开，哪怕是给孩子取名字拿不准，都会拎着点心去虚心请教老乡绅。邢庭鑫一直觉得这个老乡绅，虽然不会种地耕田，一辈子却过得很荣耀。

闵舒婷听着父子俩的争论，看到老邢的执拗，就对邢海焱说："看到没有，我为什么跟他争吵一辈子？就这个犟劲儿，永远有理由，对这种人只有一个办法，就是把他弄到村里去叫他亲身体验，别跟他争论了，白说废话。"

邢海焱口气里全是包容，看着父亲："也许老邢真有这个愿望，枣树湾真可能成全您。我说了这么多，不是打压您的热情，其实是支持您呀。先告诉您，肯定是很有压力的，就怕您扛不住，然后灰溜溜地走了不好看。"

其实在此时，邢海焱的心里已经萌生了一个想法，就是，真的叫父亲去枣树湾尝试一下，实现他的义务教育理想，去做他新一代的乡绅，也不错！也许会很有趣，邢海焱想到老敢书记对书籍的漠视，村里人文化知识的贫乏，想象着充满理想主义的知识分子邢庭鑫，真的能用春风化雨的教育，将枣树湾隔绝中断了的文脉延续上，拯救日渐凋敝的乡村教育，岂不是如同在做一件功德千秋的大事。仅仅就这么想，已经叫邢海焱热血沸腾了。

二十五

收了玉米之后，西召县坡坝乡所辖各村两委会换届选举终于拉开序幕。周一上午，邢海焱、孙乾、老曹三个人从城里回来，在枣树湾村口遇到骑着摩托出村的韩艿。韩艿看到他们，只是匆忙间打了个招呼，就从他们的车边过去了。邢海焱开着车，从后视镜看着韩艿的背影，孙乾旁边回答他，估计忙着换届的事呢，这可是基层最不好办的事呀。

西召县此次各村班子换届，要求全部竞选上岗，每个岗位成员都要上台发表竞选演说。坡坝乡党委给乡里每位干部都安排了任务，分头派到了各村去现场监督维持秩序，接受村民举报，杜绝不规范选举和贿选行为。

老曹说："韩艿太辛苦，还开着摩托车，多危险，不如以后咱们给她当司机。"

邢海焱一听，忍不住笑了一下说："老曹也幽默了，开车接送，咱们没问题，人家哪会同意呀。"

孙乾却说："老曹你觉得开车去容易，看来你没去过别的村。不少村没修路，开车根本都进不去村，其他好几个村不如枣树湾呢。"

邢海焱他们进了村，快到驻地的路上，遇到高国兴和几个村民一边走一边大声议论什么。等到近前，其中一个村民看到几个扶贫队员，放慢了脚步。邢海焱看对方像是有事，就停下车询问。

那个农民就直接上前说："小邢你好，我们正想找你们问问，你们大城市来的懂政策。小邢你给说说，李小毛第一轮竞选时说，如果他当上书记，他承诺枣树湾村民合作医疗款由村委会统一支付，这算贿选不？"

一旁高国兴脸上显出明白又不屑的表情："还用说呀，这肯定算呀。这不是大甜枣嘛，这不等于拿公家利益去给全村人送礼嘛，应该举报。"

邢海焱一听有点儿蒙，感觉李小毛包这个大红包发给大家的方式确实不地道，但怎么解释给村民呢，他觉得自己还真说不清楚，就给韩艿打电话咨询。

韩艿电话里言辞严肃地回答说："不算贿选，但是这属于违规竞选必须制止，而且这种承诺也不具有法律效力。"

一边高国兴听了也说："我就觉得不对，拿公家钱逢迎大家，这谁不会呀，对吧？"

可是另一个村民听了，却皱着眉头疑惑地说："现在老敢书记没这么做，换李小毛当上了书记，他要是真说了算，就行呀。"

邢海焱一听这个村民这么曲解，就解释："你的理解不对，我能解释，因为咱们枣树湾村委会墙上挂着《枣树湾村民委员会组织法》呢，上面明确写着：'涉及村集体重大财务决策事项，应当经村民会议讨论决定。'即使当选村党支部书记或者村民委员会主任也无权做出此项决定。全体村民合作医疗款由村集体统一支付，这是大事，老敢书记也好，谁也好，任何一人，不可能一个人说了算，明白了吗？"

邢海焱解释完，高国兴跟那几个村民似懂非懂的样子，朝村委会大院子去了。孙乾对邢海焱说："你看高国兴积极的，是不是高国兴也参与竞选了？"又问，"高赫参与竞选没有，咱们不是还鼓励人家呢，怎么样了？"

于是，三个人来了兴致，就打算一起去村委会看看。等到了村委会，看到台下坐着老敢书记、李小毛、一个乡里干部、一个包村干部，台上老财迷一字一顿正念竞选稿子。

原来，竞选村委也要上台，给全村人要做承诺。邢海焱他们从没见过这场面，就饶有兴趣地找个地方坐下，听见台上的老财迷正在表示自己如果当上村委，会如何给村民办实事，会如何搞好村财务管理。老财迷下来之后，又上去几个邢海焱叫不出名字的村民候选人，也开始念竞选书。等听了几个人念完，他们就有点儿坐不住了，竞选稿子好像一个人写的，全是新闻上常听见的政策话，如何发展农村经济，如何推进社会稳定之类，还有如果获得村民信任，一定遵守国家法律法规，履行自己职责，严格按照村里章程办事，差不多全是大道理，没什么新意。再看下面坐着的一些村民，其中好几个妇女都在一边闲聊天。

邢海焱问身边一个村民，下午竞选什么职务，村民回答说下午竞选村书记。他们就站起来离开了会场，打算赶紧回到驻地去煮饭吃饭。

下午两点，他们再次来到村委会大院，看到竞选现场明显比上午严肃郑重多了。而且，高占理、韩艿等乡里领导都来了，他们也在现场坐着。

果真高国兴、李小毛都上台竞选村书记，先是高国兴上台，然后是李小毛。李小毛今天穿了一件簇新的衬衫，新理了发，看得出来他这次准备得很充分，竞选书比高国兴的竞选书写得全面周到，现场语言表达效果也好些，毕竟李小毛比高国兴多做过几年一些村里的实际工作，很多事情，都参与其中，心里有底数。比如村里集体土地建设项目的确定和工程发包；土地规划和宅基地的分配使用；土地征用以及各项补偿费的使用方案；村集体土地的出租和收益的管理使用；建设资金的筹集管理和使用等。还特别提到村里百姓最敏感的事，比如什么类型款项属于违规报销，什么级别接待算村里超过接待标准，还有挪用村集体资金的问题，公款私存的问题等。这些都属于村民非常关注的话题，很多内容，村民还完全新鲜陌生，比如提到村集体土地可以为其他单位和个人做担保等。大伙儿听完，有摇头怀疑的，还有的就认可点头了，都议论纷纷。不过，大家也都评价说李小毛脑子快，见过世面，是个人才，这回当不上书记的话，似乎也有些遗憾呀。

邢海焱看出大家议论李小毛的时候，都有些窃窃私语的表情。他心里明白，这些人心里的忌惮和顾虑，还用说呀，高老敢也在台下坐着呢。大伙儿正吵吵，韩芗宣布了最后一名候选人上台，于是一直坐台下的老敢书记上台压轴了。

邢海焱跟大伙儿一样，都坐直身体，现场也顿时安静下来，全体村民代表也都等着，看老敢书记会说些什么。邢海焱之前也多次听村里人议论老敢书记去留的事情，村民也议论李小毛是否可以当选，村里也有很多他的支持者。当然，即使是他的支持者，也承认他有自己的毛病，一方面承认他能干，另一方面大家对他也是有所担心。所以，今天老敢书记会怎么表态，会主动让位还是被动离开？是否会有什么意想不到的事情发生呢？这些未知，大伙儿都在期待。

老敢书记上台了，他郑重地给台下的人们鞠了一躬，然后戴上花镜，坐下，台下的人们立刻安静下来，等着看老书记会说些什么。老敢书记先是低下头看桌上的稿子，台下更寂静了。老敢看了一会儿，还是没念出声，却抬起头来，看台下大伙儿的同时，他把稿子推到一边说："还是说吧。我第一句话就是，我跟大伙儿想的都一样，那就是我在枣树湾当书记三十九年，我是不是该离开书记这个位置。直到昨天晚上我还在想，不是，直到刚才上台前，我还在想。但现在我想明白了，我还是应该继续干。因为刚才，我看到国兴跟小毛参加了竞选，我认真听了他们的发言。我实话实说，我不满意，我不放心。我这么说话，可能枣树湾的百姓会有人怪我倚老卖老，今天当着大伙儿我也说出来，我不怕这些话对我有啥不好的影响，毕竟乡里领导都在场，其实正好，因为乡里领导都在场，我也正好表态。我为啥还要干下去，就是因为刚才我听了国兴跟小毛的表态，还有我对他们两个人为人处世的了解，我在刚才上台前的那几分钟一下子就做出了这一年都在犹豫的事情，就是继续竞选枣树湾的书记。因为有俩理由，我接下去说的话很直接，得罪国兴和小毛了，你俩忍着吧，谁叫我是你们的长辈呢。”

老敢的直率和坦诚感染了台下的人们，大伙儿都屏住呼吸，眼睛直勾勾瞪着台上的老书记，听他说下去。

“先说国兴，我觉得国兴承担不起枣树湾村书记的责任。虽然他是个好庄稼把式，但是他心思全在自己家地里，性格也有些狭隘软弱，而且也没见过世面，为人处世不机灵，想法少，没设想，枣树湾需要改天换地，但他没有打开局面的魄力能力，做不了领头人。”

听老敢书记这么说自己，台下的高国兴满脸尴尬，差点儿起来走掉，但身边的村民却完全没有恶意，还很体谅地拍拍国兴的肩膀。因为老敢书记直白的话，大伙儿都听得出来是老书记的心里话。接着老敢书记就把话头儿转向李小毛。已经有村民开始借着老敢书记的话头儿拿话逗趣他，李小毛面部表情却很正经，看着台上的老敢，用手示意村民别多话，看老敢书记怎么评价他。

“再说小毛，我为啥还是不敢信任你呢。我承认小毛脑子好使、灵活、做事果断，这一点儿比国兴强多了，能力魄力也有，以往给村里做了很多好事，大伙儿也都看到了，好多很难解决的棘手事，也叫小毛出面给摆平了。单从上面我说的，小毛表现真不错，前些日子，他还主动自己掏钱给大队部修了地面。但是，我为啥还是不敢轻易就把枣树湾的担子交到你的手里呢？也许你一听就反感，就会有别的理解，比如说我就是找借口想霸占枣树湾书记的位置，还想在枣树湾说话算数，等等吧。我不怕你这么说，一会儿等我说完，大伙儿来投票，好坏是非曲直，枣树湾人自己都有判断。

我只说我对你的担心。我不知道你承认不，你心里的那个小我，太过突出，你太过算计，精明过人都用在了自己身上，这就不能叫老百姓佩服。比如以前低价承包后山这个事情，我承认我是有过失，但是，你非要矫情，全枣树湾的人都明白，你已经占了集体的便宜了，为啥你非要较劲儿叫大伙儿明明白白看低你？为啥你心里不想叫枣树湾的百姓都看重你、器重你、高看你、竖起大拇指夸赞你？没错，你有本事赚钱，这是本事，一点儿不假，但是，我就担心这个。作为一个集体的领头人，不能把有钱和会赚钱当作全部的价值观，当作唯一的考量标准。如果这搞不清楚，那就不行了，那就没底线了，那肯定早晚就跑偏了。假如，这次竞选你能成为枣树湾的领头人，我还是要在一旁时时刻刻提醒你，不管怎么样，你要明白身上的使命，枣树湾百姓不仅仅要过好生活，枣树湾还要有好风气，人人还要有好品德。我就在想，也一直在期盼，什么时候李小毛的心里，剔除那个小我有了大我，这个大我，就是枣树湾的百姓，什么时候你的豪爽，用在了为枣树湾百姓的利益上，李小毛就不是从前的李小毛了。那时候，我就心甘情愿把担子给你，你不情愿都不行，我替枣树湾百姓恳求你承担下去。”

老敢书记的话说得很动情，他自己也哽咽了，台下的百姓，包括李小毛自己，也都感受到了老敢书记说的是肺腑之言，眼圈都红了。

邢海焱内心受到很大触动，感觉正在经历一堂无法比拟的党课教育。他看了一眼不远处的李小毛，虽然看不到他的表情，但邢海焱觉得，无论今天他心里怎么想的，老敢书记选择这一刻说这样的话，聪明的李小毛自然能明白老敢书记的用意。

接下去老敢书记开始悉数剖析自己的不足。说自己学习不够，对上级精神领悟不深。说到上级一个劲儿为生态环境的事情开会，会上多次强调农村要开展人居环境整治的行动，可是自己一直觉得跟自己没什么关系，还是关门过日子的老思想。讲到自己思想观念陈旧落后封闭狭隘的时候，就举例子，提到扶贫工作队的几个小伙子跟高伟志一起，给他修厕所他还挺生气的事情，说自己无形中成了枣树湾朝着文明进步路上的障碍，而且自己还一时半会儿没有悟到。说到修路后因为不听扶贫队劝告，没有安排人维护打扫道路造成道路损坏，还有在村口打了石头桩子挡住过村的车辆，造成跟邻村的冲突，老敢承认自己确实是太保守自私。但这些检讨，换来的是包括扶贫队员在内的全体村民的善意的笑声。

邢海焱没想到事情已经过去了，老敢书记还都一一装在心里。身为最基层干部，老敢为人做事，有他自己的狡黠不假，但又不乏农民的直白质朴，今天真是体会得真真切切。

老敢书记也提到建村民图书室时内心的纠结，担心没人看，又担心丢了书，心里还是有老观念，觉得没啥大用。还有建文化广场的时候，自己也是不太情愿，就是觉得没啥用，还有在广场安装健身器材的时候，也还是觉得没啥用。几个扶贫干部听了，都觉得很入耳。孙乾站起来，故意大声调侃老敢书记："老书记，其实我们挺佩服你的，一直觉得你政策性很强的。说真心话，我们没想到在基层，还有你这么有水平和觉悟的基层干部。"

老敢书记听了台下孙乾的话，摇摇头长叹一声，感慨地说："你也别给我戴高帽子。说实话，我这么老了，戴多高的帽子也没啥用了。我穷了一辈子，我舍不得吃，舍不得花的，我还一直觉得是美德呢。不过到啥时候勤俭也确实是美德，现在我还要感谢你们扶贫队小伙子给我上课了，我还要感谢伟志给我上课了。说到伟志，我说到我今天竞聘的重点了。我之所以有信心有决心再干下去再干好，就是因为我终于有了学习榜样。大伙儿都看到咱们满村子的花树了，那是我长了心眼儿跟伟志的生态园偷学来的。就这么一个简单的事，为什么还要在伟志那里学来？就是因为咱们不学习，不接触外界，不打开思路，不勇敢不进取。一棵杨树，养好几年，才卖一百元，咱们村口，那一片小树林，一说多少年才赚回来一千元。可是种花树，咱们养好了，一千元只是一棵树的价格，咱们农民别的不会，这个事不是难事呀。城里现在讲究环境美，这就是花树的市场。可惜，我的脑袋开窍开得太晚了。还有，高赫他们做的网上直销，把我们枣树湾的梅花猪肉、黑头鸡、瓜果梨桃都卖了好价钱。你说这多么神奇，这么好的现实，这么好的前景，老敢我实在是太有心思想把枣树湾的穷困帽子摘掉了。再说句直白话，我也是有点儿私心呀，贫困村也不是没有好处，上级的贷款政策有点儿福利，还有白给大棚塑料膜，咱不是财迷嘛，想给大伙儿省点儿钱。说到底，也是咱觉悟不够，以后我一定丢掉这些干不成大事的小私心。我的心思，大家明白了没有？”

老敢最后站起来说：“我最后一个心愿，请枣树湾的父老乡亲给我一个机会。枣树湾的贫困村帽子在我任上戴了三十多年，我很惭愧。如今，枣树湾眼看就要坚持到帽子摘下来那天了。乡亲们，我也说句时髦词，那叫‘不忘初心，砥砺前行’。啥叫初心，我说话直截了当，初心就是党旗上那镰刀斧头，那代表着啥，就代表老百姓，就代表枣树湾的乡亲们。今天在这里，我郑重表态，在我老敢任上，我一定要亲自把贫困村的帽子摘下来。等摘下来那天，我老敢自动下台！”

台下的村民听到这里全都站起来，大声鼓掌欢呼。

老敢书记就这样再次当选了枣树湾村书记，李小毛当选副书记兼任村主任，高国兴和老财迷等都当选村委会委员。

竞聘改选结束以后，扶贫队几个人回到驻地，大家七嘴八舌议论着。邢海焱感慨，老敢书记做事磊落坦诚，还是因为心底无私天地宽。孙乾也表示，很佩服老敢书记打开天窗说亮话的竞选策略，说更是韬略在胸的一种大智慧。还说，你们说老敢直白，可是你们有没有发现老敢很善于迂回，做工作讲话都很有策略，他故意倚老卖老，直接点透高国兴跟李小毛的软肋，叫这俩对手有苦难言，无以回击，直接把他俩的短处晾在明处，然后揭自己的短处也不客气，再把自己的毛病短处也晾在明处，却显得自己高风亮节很大度有风范，很高明很有道，老姜真是辣。说到底，高国兴就算了，聪明的李小毛什么不懂什么看不明白，他不会不清楚，老敢书记其实话里头也算认可他是接班人了，他心里应该很感激这样的场合，老敢书记的话是有分量的，同时老敢书记也毫不留情地点到了他的缺憾，他也没啥可埋怨的，那都是事实，以后，应该怎么做，他也应该知道了。

谁不渴望枣树湾摘掉贫困帽子的那一天呢，所以，谁能不支持老敢书记“不忘初心，砥砺前行”，不负众望坚持干下去呢。

邢海焱全程经历了枣树湾村的竞选，深受村民情绪感染的同时，很多细节的体察，助推了他的内心成长。今天的农村，完全不是父母从前经历的农村。在今天的大开放环境下，农民的视野也在不断开阔，农民的觉悟性、话语权和积极参与都表明了这一切。他很想跟父母分享，看到老敢书记对自己的勇敢剖析，他觉得受到深刻教育，觉得更有义务跟父母分享。

二十六

到了秋天，高伟志的生态公司出现了人荒。家在外地的员工，一个个请假回家秋收，本村的员工，也惦记着自己家地里的玉米。公司平常三个人的岗位只剩下平均不到一个人，员工宿舍都静悄悄的。可是养殖园区的猪崽饿得嗷嗷叫，黑头鸡满山遍野瞎跑，早该出笼了。

老敢书记事先也提醒过伟志，但是事情到眼前，缺人手到了这个程度，高伟志真是意外。想了办法，就是给员工加班费，也不管事。立下管理制度，安排员工轮班休也不行。这急坏了高伟志，只好去找老敢书记。老敢书记故意不搭理他，自己到院子里站着，拿出烟来。高伟志一看，赶紧上前，给爷爷点烟，点头哈腰地哀求爷爷帮忙。

高伟志满脸巴结笑着说："关键时刻，还得求您大驾。我这实在没法了，再这么下去，公司赔钱太多了。不过，我看还有办法，需要您帮忙发话才行。我看村子里还有一些闲人，可是我说什么人家也不理会，还是您老费心给招呼一声，叫村民帮着救救急吧。"

老敢书记不动声色抽着烟，等伟志说了半晌，才用无奈的口气，摊开手，说自己也无计可施。因为村子里的劳动力实在是有限，就连扶贫工作队的还帮忙干了好几天活呢。

高伟志知道，这几天，邢海焱他们也累得够呛，喂猪喂鸡，起粪垒圈，收玉米囤玉米，累得半死，可是人手太少，还是不见有啥效果。

老敢书记也一样着急，也在琢磨这个事情。从前枣树湾外地打工的回来收秋，干完自己家地里的活，就算完事了，一般是打几场麻将就走人。现在不一样，伟志公司的活计不少，又给工钱，怎么把散居在外地打工的枣树湾年轻人招呼回来呢，真需要谋划谋划了。

确实是个问题，现在高伟志这里很缺劳动力，也能赚到钱。可是不少枣树湾的人还在外地打工，打工赚钱多少暂且放一边，毕竟夫妻不团聚、老人无人养、孩子满山跑留守在家里，这其中多少损失呀，有眼前能看见的损失，还有以后看不见的损失，比如夫妻感情淡漠了，孩子没得到教育，老人没得到赡养等等问题。

所以当务之急，是想办法告诉外地的枣树湾年轻人，家乡已经发生变化了，真的已经发生了大不同从前的改变。

老敢书记能想到的办法就是用村里的大喇叭广播了很多次，号召村里的老人给自己外地的孩子通气，告诉他们村子里的状况，赶紧回家，家门口打工就行，也能赚到钱。可是，不知道是没几个人相信，还是不知什么原因，外头打工的村民，就是不回来。

怎么才能吸引村民回枣树湾？

邢海焱去坡坝乡办事，因为没有见到韩芗，很失望。

情绪一低落，大家就拿他开玩笑。这一开玩笑，邢海焱忽然就灵机一动，一个大胆的想法在他脑海里冒出来了。

邢海焱因此感到非常兴奋，他觉得这绝对是个绝佳的好办法。之后，他们就把想在枣树湾组织集体相亲会的策划讲给韩芗听。

也跟老敢书记说了，就叫留守老人招呼他们外头打工的孩子回来相亲。谈论的时候大伙儿七嘴八舌的，就有人问，哪儿来的姑娘呀，村里没有呀，姑娘到什么地方去找呀。

邢海焱说他已经考虑到了，这个事，可不是一个枣树湾自己能办妥的事，需要求助坡坝乡，或者西召县领导了。总之搞相亲大会，不怕事情的影响大，叫全国各地的西召县年轻人、坡坝乡年轻人、枣树湾年轻人，全都回来参与才好呢。

之后，韩芗来到驻地，跟邢海焱他们又认真琢磨了几个细节。大家讨论后，更是脑洞大开，邢海焱很兴奋："我越想，越觉得这个办法靠谱儿，咱以相亲大会的名义，正好是个切入口，实际上我们可以以相亲大会的形式，展现我们西召坡坝乡枣树湾新农村建设发展，介绍我们的生态园，介绍我们的召河水域国家生态公园未来前景，介绍我们满山的梅花猪、黑头鸡，还有绿色生态观光养生度假庄园，还有我们枣树湾的花树果树，我们的枣花蜂蜜，我们的野蓝莓等等。我们现在跟过去早就不一样了，不怕宣传出去别人来看，我们就希望别人来看，我们枣树湾真的已经变了。”

邢海焱他们为相亲大会方案兴奋不已，起草的方案韩芗拿回乡里，上了乡党委会讨论，占理书记等人一商量，都觉得是个好主意，马上跟县里汇报了。于是，就交给韩芗分管，韩芗主要需要做的，是拿出办法，动员全乡乃至相邻的乡镇的单身女青年，还有动员各村里的老人或者亲戚，赶紧和在外地打工的单身女青年联络回家相亲。

西召县领导也很支持这个有创意的活动，县里、市里甚至省里的电视台都在做这个相亲大会的宣传，做到家喻户晓。

一周后，不断有电话咨询，并且已经陆陆续续有人报名了。扶贫队的几个年轻人兴奋得不行，赶紧准备下一个步骤，就是活动的具体安排，现场如何互动，之后联谊活动的具体内容等。现在枣树湾做事情，不能太穷气，有高伟志掏赞助费，大家都忙得不亦乐乎。人手不够了，邢海焱还紧急求援李雯、赵闵、张艳霞一群不怕热闹的城里女光棍们。她们听说邢海焱他们几个男光棍竟然动了这样的歪脑筋，叫全县的女青年在他们面前展示，号称是“给身在外乡的坡坝乡年轻人找个回家的理由”，笑说完全等于给他们自己找机会呢。几个女孩嘴上开玩笑之后，其实心里都在赞扬，这个创意还真是有意思。

不仅有意思，大伙儿都没想到，报名参加相亲大会的年轻人名额竟然爆满了。不仅西召县、坡坝乡、枣树湾村的年轻人，就连临近外县的，都有慕名来报名的年轻人，甚至外省市的操着一口南方口音的年轻人，从一起打工的伙伴那里知道了枣树湾的相亲大会，也跟着伙伴一起来参加相亲大会，说如果在这里找到了自己人生的另一半，就一定把家安在这里。

这次，最最欢喜的是老敢书记。以前，他每次听了邢海焱他们的新奇建议，比如建图书馆，比如成立枣树湾留守妇女广场舞队，比如在广场搭建健身器材，都不怎么同意，或者老是保留意见。这一次，他见到枣树湾一下子来了这么多的年轻人，真心乐得合不上嘴，高兴地带领两委会班子成员带着各队年轻人，在山上河边参观介绍村情村貌。听到这些人对村子的夸赞，他更是自豪。

相亲大会也学着电视台上相亲大会的内容，有才艺大展示环节，这个环节，最热闹最有观赏性。邢海焱他们在广场搭建了卡拉OK台子，年轻人可以在现场尽情演唱。

相亲大会开始了，就连市里、县里妇联的领导也到现场了。市里的电视台，各种自媒体也都来了，那个热闹呀，十里八乡的村民也来了，比那天邢海焱他们邀请省心连心艺术团过来慰问演出还热闹呢。

到了夜深，召河岸边还篝火不熄。清亮悠悠的召河水泛着晶亮的波涛，不时地把一阵阵年轻人喜悦的欢笑声，传送到枣树湾每一家村民幸福的床头炕上。从前很孤独的留守老人们，都到院里，抽着旱烟，耳朵伸到村外，脸上满是欢喜，享受着这山村难得的欢闹，更是满心的期待，期待着自己远行多年他乡忙碌的晚辈们，相亲大会上能有幸遇到一位有缘的姑娘，从此留在枣树湾，留在自己身边，过上一家人永远在一起的美满日子。

这次相亲大会一共报名五十五人，最后现场相亲成功五对，还有几对羞羞涩涩含含糊糊的，估计会在会后有机会更进一步发展。还有意外的惊喜，相亲大会成了枣树湾新农村建设的宣传广告。有企业家也来了现场，看了高伟志生态园，非常感兴趣，打算一起合作搞项目开发。一些常年在外地打工的夫妻，这次获知家乡真实状况，主动去找高伟志，愿意来生态园工作，留在父母孩子身边，不再出去打工了。

圆满成功的相亲大会，叫邢海焱内心第一次感到这种不同以往的自豪感，不是源于自身的才智优于常人的优越感，而是把自己的才智贡献于他人身上，因为他人的快乐而获得的喜悦。相比之下，前一种优越是傲慢而孤独，而这一种自豪和快乐，却是与众人共聚和共享的，前者是小我的自豪，后者却是体现了自豪中的大我。

这样的感悟就叫成长吧。邢海焱就很想说话，有跟别人发自内心交流的愿望，以前这个人他会想到高伟志。可是，如今人家身边一大堆事等着解决，白天黑夜都忙得不得了，你再找人家聊人生简直过于天真，于是他想找的人就是韩芗。

他很想跟韩芗说说这些，说说自己内心的激动。打通韩芗电话后，听到电话那边，韩芗跟自己一样激动的语调。说着说着，邢海焱忽然觉得自己词穷了，满肚子的话，就是说不出来了。电话那头韩芗兴奋地说着相亲大会上的事情，邢海焱这边就跟着傻笑，那边说了好半天，这边傻笑了好久。放下电话，邢海焱感觉自己身体跟意识分离了似的，满身轻松，差点儿忘了自己身处何地。

邢海焱这一次跟韩芗的对话感觉出奇地好，是一种前所未有的感觉，可以用心心相印、心有灵犀形容。那一晚上的月光太皎洁，邢海焱觉得没怎么合上眼就天亮了。

第二天一早邢海焱悄悄起来，没吃早饭，就开车出了村子。因为昨天跟韩芗说好了，一起去坡坝乡几个深山里的村子，查看维修水渠的情况。到了乡里，韩芗早已经等在门口，邢海焱看着韩芗轻手轻脚地上了车，赶紧控制好自己的情绪，掩饰住心里头的躁动，假装很平静地发动车子。上车后韩芗也不看邢海焱的眼神，也什么都不说。可是，不知道是他们俩谁的心怦怦乱跳，在这个车的人都能听见了。

山路太狭窄了太颠簸了，即使在多巴胺亢奋中的邢海焱，也很快意识到道路的危险，开始凝神专注开车，叮嘱韩芗坐好。虽然开车省了不少力气走路，但是也就走了一半的路，道路太危险，就不能开车了，他们只好下了车，步行上山。邢海焱把俩人所有的行李背身上，毋庸置疑地叫韩芗轻装跟在身边。半路上，还捡了一根木棍给韩芗做拐棍。韩芗顺从地听邢海焱的安排，遇到险处，邢海焱就赶紧上前，用自己的身体保护韩芗不出意外。他们到了那个山谷里的村子，已经走了两个小时了，看到半山腰上，一些农民正在动手挖堵塞的水渠里的淤泥。其中一位老妇已经累得直不起腰来，韩芗顾不上打招呼，赶紧上前帮那位农妇干活。邢海焱也放下背包跟韩芗一起清理水渠。

那条水渠很不正规，显然是农民为了灌溉方便自己修的，一旦下大雨就会冲毁，对水渠的下游还构成危险。韩芗看着水渠，又抬头看看天，心里有些忧虑，就提醒挖渠的农民，一旦下雨一定要有防范泥石流的措施。

到了中午，那几个农民就找了一个背着太阳的阴凉地，铺上塑料布，开始把带来的干粮掏出来吃，他俩也跟大伙儿一起吃，有煮熟的土豆、红薯、晒干的咸菜、大包子、发面饼、大葱、面酱等。邢海焱看着韩芗，显然她很适应跟乡亲们聚在一起吃百家饭了，一手举着一个包子，一手攥着一根大葱。这样的韩芗，似乎陌生又亲切，邢海焱柔情地看着韩芗，心想，这个样子的韩芗，该怎么称呼她？学农爱农的女大学生吗？女知识分子吗？女基层干部吗？

吃饭间，农民跟韩芗念叨这一带比较严重的水土流失情况，大伙儿都期盼着政府早日拨款，修一条像样儿的水渠，不再依靠老天吃饭。韩芗说，她这次实地调查，就是为了掌握第一手的资料，写报告汇报给上级。

下山的路上，邢海焱就疑惑地问起修水渠的事情，是上级已经安排布置了，还是你义务来做的？

韩芗痛快地说是自己义务来做的。虽然上级还没有这方面的项目投资，但是因为这几个村子太缺水了，她很想通过自己的呼吁，落实这个项目，给老百姓的生活带来改善。

韩芗说下周市里就有个太行山综合开发研讨会，年底还有个全省科技救灾组到西召县考察，她觉得是个机会，就想写个稿会上发言，也许会引起有关部门重视。

邢海燚听了，很赞同韩芗的做法，提醒她说，这一次全省精准扶贫战略里面已经有这方面的内容了。太阳落山了，两个人到了山底，已经疲惫不堪，肚子里也咕咕叫。

终于见到自己的车，两个人赶紧上了车，韩芗故意逗邢海燚，你辛苦这一趟等于白做工，还不算扶贫内容，你觉得怎么样?

邢海燚发动车子，眼睛望着前方，张大嘴呼了一口气说："是一种很过瘾的感觉，这么说准确吗？"

说完，邢海燚扭脸看韩芗，很近的距离，能看见韩芗的鼻子凹里的黑土。邢海燚忍不住笑起来，韩芗知道他笑自己，也很不好意思，赶紧用手摸了一下，结果更脏了。韩芗再看邢海燚也一样，就讽刺他别笑我，你自己也一样，皱纹里面的土能栽树了。

韩芗第一次跟邢海燚开玩笑，邢海燚扭脸问："你怎么发现我皱纹多了？"

"早就发现了，岁数不大皱纹不少。"

"难得你还关注到我皱纹了？"邢海燚用手拍着方向盘，"你给我个评价，到底觉得我行不，有魅力不？"

"得了，真说你有皱纹你就笑成红太阳了。"

"我呀，你需要仔细观察，就会发现我是知识魅力和人格魅力都具备的男人。"邢海燚不顾一旁韩芗望着他还很挑剔的眼神，自顾自地说着，"而且，我一点儿不比高伟志的眼光和胆量少，只是还没机会展示。"

怎么忽然提到高伟志了，邢海燚话一出口就后悔了，可是韩芗似乎毫无所察，接着他的话说："可是我觉得你挺傻的。"

邢海燚一下懵懂地问韩芗："什么叫傻？"

"就是不够自信。"韩芗口气忽然变得狡黠起来，邢海燚就有些糊涂了。没等邢海焱反应过来，前方道路已经出现灯光，西召县城到了。邢海焱刚要辩白一下，韩芗的手机响了，就听见电话那边，是个不知道哪个村的村民，非常着急地说，打了一天韩芗的电话，不知道她进山了，手机信号不好，一直不通。又说打电话是因为自己家的老梨树生了腐烂病，已经传染了果园里别的树，快急死了。对方希望韩芗赶紧过去给看看，担心自己家整个果园都会被毁掉，说实在不行就砍掉，种点儿庄稼蔬菜或者经济作物，好歹将就着能过冬。

挂掉电话，韩芗沉默了一会儿，好像在想什么，表情凝重。邢海焱不好意思继续刚才欢快的话题了。但韩芗反而比较淡定地说，不用着急，是老韩家，之前已经找到他们家说的问题所在了，只是跟他还没有沟通好。问题就是他们家梨树种得太密集了，上次已经跟他爹说过了，不行就砍掉一些，就是因为通风不够造成的，但是他们家舍不得砍树。

说着说着，韩芗口气坚定起来说，她还想到了另外一个办法，以前从没有实行过的办法，就是改变树的形状，不仅能叫果树透光通风，还能叫果树枝条更壮实，果实照光更均匀。韩芗说，今天太晚了，明天一早就去他家，非要说服老韩，就拿他家做实验，非改树形不可。

邢海焱把韩芗送到县城招待所，之后俩人在食堂简单吃了一点儿饭。邢海焱心里一直在嘀咕，有些拿不定主意，是留下跟韩芗一起明天去老韩家修果树，还是自己明天一早回城。

韩芗好像知道邢海焱的心思一样，歉意地说，明天只能邢海焱自己回城，自己还要去山里一趟了。

二十七

秋天的枣树湾真是五彩的枣树湾，山梁沟畔随处可见的枣树上，红灿灿的果实压枝，家家户户金黄色的玉米满囤。召河生态园区的湿地，很多种水鸟栖息留驻，刚刚建好的空中栈道，曲折延伸到湿地中心区。来度假旅游的人们，可以近距离观赏水鸟。召河流域自然生态恢复以后，近处是水，远处是山，湖光山色天地一体，一片和谐悠然的美妙桃花源境地。再加上枣树湾特色农家美食，让人流连忘返。

邢海焱和孙乾也有了好消息，学校那边已经给他们提拔了，都给任命成了分院的副主任。当然肯定的，受到提拔也跟他们这一年的扶贫经历有关。邢海焱把这个好消息跟父母说了，他们自然高兴。邢海焱就顺势邀请他们跟自己到枣树湾去看看，因为扶贫就要结束了。有了被提拔的好消息在那儿摆着，父母很痛快地点头，说也早想跟他去枣树湾，亲眼见证一下跟他们念叨了一年的枣树湾是什么样子啦。

说好下周六去，结果母亲就像是要举办一次神圣的仪式，提前一周就要去选衣服，说可能会与县里领导见面，要穿正装，比较庄重。

这话一说，迅速遭到邢海焱讽刺，故意奚落她说："闵主任，我的妈，你真是一个领导，你这不是陪领导去下乡调研，你这是陪我爸去休闲旅游，没有任何领导接见，你还是赶紧换上旅游鞋健身裤吧，那么大岁数了，别摔着自己。”

闵舒婷叫邢海焱说得有些不好意思，就选了一身素雅的休闲装，看上去依然干练，很精神，自己满意了。一看老邢，马上嫌弃邢庭鑫的衣服太旧，好说歹说，终于说服邢庭鑫又去商城买了下乡穿的衣服。邢庭鑫非常满意那个宽边礼帽，还买了一副细银边眼镜，没选择闵舒婷喜欢的那件对襟亚麻中式大褂，而是选择了耐克运动套装和耐克跑步鞋。老头儿穿好衣服，镜子面前转了几圈，自己很满意。惹得闵舒婷跟在他身后冷嘲热讽说装时尚，邢海焱见了却是忍俊不禁。

出发前，邢海焱已经通知韩芗，就在驻村大院，备好枣树湾各类特产美食，好好招待父母。一路上邢海焱和韩芗通电话，好像不太放心韩芗的准备工作，结果韩芗提醒他，你都忘了吧，枣树湾已经建好的超市，什么都有。

一路上父母亲的情绪都很好，进入西召县以后，恰逢西关镇大集，人群拥挤，车子缓慢前行，几次被赶集的百姓挡住车头无法前行。邢海焱无奈，扭脸苦笑，以为父母会生出厌烦情绪，却很意外，母亲饶有兴致地看着车外路边摆满的各类商品。邢庭鑫也很开心，一个劲儿夸赞大集路边摆着的蔬菜新鲜便宜，猪肉一看就是家养的猪，那么厚的大肥膘，瘦肉和肥肉不分离，是没有吃瘦肉精的猪。母亲还接过农民递过来自家树上产的大枣品尝着。

邢海焱听到父亲垂涎人家的大肥猪，神情马上不屑，扭脸对母亲说：“你看我爸爸，还是村里出来的，一说话都是老皇历，太外行了。如今又不是吃不上肉，见不到油水，谁还喜欢那大肥膘呀，胆固醇那么高。马上到枣树湾了，咱们中午上山，你尝尝枣树湾的梅花猪。这集上卖的家养猪，是不错，可是一看就知道属于圈养的肥猪，咱们说的梅花猪，可是山上野跑着长大的，做红烧肉讲究的是肥中有瘦，瘦中有肥，又好吃又健康。”

终于进山了，远远地看见了，仿佛点缀于山水画图景中，叠翠间若隐若现的一栋栋小白房子。邢海焱告诉父母，这些建在山坡和林荫深处的民宿建筑，其实就是翻新重修的旧农舍。邢海焱把车停在高处，可见同一高度远处山上的民宿。邢庭鑫注意到脚下的水泥路面，显然是刚刚修好，车子沿着这条路一直开过去，就直接到了召河生态园的停车场。因为是周六，他们看到生态园大门口很多自驾游游客在排队等候。

邢庭鑫问邢海焱，怎么不见高伟志呀。邢海焱笑，告诉他们，如今可轻易见不到伟志了，人家又去贵州学经验去了。邢海焱说韩芗肯定在村子里等候着。说完，脚步加快，父母马上跟上，心中暗笑，心领神会，还是先去跟儿子看看这位基层女干部吧，这也是此行的头等大事。

真是奇怪，父亲邢庭鑫、母亲闵舒婷，脚下一点儿不含糊，就跟来过枣树湾一样，根本不用邢海焱带路。闵舒婷一边走一边想，这也算头回见面，还给韩芗带来两件羊毛衫，算是见面礼。又想，儿子也没确定这个姑娘就是女朋友了，给人家人家要是不接，可是尴尬了。要不还是提前跟邢海焱商量一下吧。于是闵舒婷脚步就犹豫了，扭脸问邢海焱，不如咱们先去看那些小白房子吧。

邢海焱以为母亲被造型古朴奇特的民宿吸引住了，只想一睹为快，就痛快地答应了，并且要给韩芗打电话。闵舒婷一见马上制止，看邢海焱不解，只好吞吞吐吐地说，还是要核准一下韩芗的事，你到底怎么打算的，明确表态了，一会儿自己的态度好掌握。没想到邢海焱根本不接她的话，就继续打他的电话，还是给韩芗的，听见他说，赶紧到民宿这来吧，我爸我妈来了。

韩芗手机里说马上就到了，说高赫他们几个年轻人一起过来。闵舒婷一抬眼就看见了从树林子走出来的韩芗。

说心里话，闵舒婷完全没想到儿子会被这个女孩迷住。这个姑娘，穿着是有些土气呀，快到近前，再一端详她，没有化妆的脸，还看到鼻梁处很多晒斑。闵舒婷犹疑间，看到邢海焱快步过去直接牵了女孩的手，朝他们走过来。韩芗走到他们近前，礼貌地打招呼，态度大方热情，一点儿不拘谨。主动说，自己担任向导角色，带着二老参观参观。一路上韩芗不仅介绍了山上山下枣树湾的变化，还有召河生态园里面的各种设施农业景观，还特意介绍了邢海焱他们扶贫队对枣树湾的很多贡献。

等他们参观完毕，食堂那边也早已经炖好了梅花肉和黑头鸡汤。韩芗告诉两位老人说，我都安排好了，等吃了午饭，就在这山尖上最好看的民宿休息一会儿。下午去召河生态园，晚上也安排好了，就在召河边上喝枣杠子酒，吃烤大鱼。明天早晨，一起去湿地观鸟，我看见叔叔背着相机呢。

这一次在枣树湾，父亲在品尝黑头山鸡时，美美回味了一次魂牵梦萦的童年滋味，叫一向刻板的闵舒婷也情不自禁陷入充满喜悦而浪漫的美妙遐想中。在枣树湾，邢庭鑫夫妇看到性格执拗的邢海焱变得活泼开朗，因为枣树湾这个共同的话题，也增加了家庭的融洽氛围。

邢海焱看到一切的变化，更感受到自己的成长。父母曾经多年的理念分歧看似已经固化，但一次枣树湾之行叫他们尽释前嫌，这样的改变看似简单，但其实事情背后藏着很多妙不可言的玄机。家庭关系的改善，枣树湾村每个人的变化，叫他豁然明白很多人生道理。生存在这个世界上，每个人虽然处境不同，但都怀有各自不同的希冀，在任何一个地方，每个人都在为着心中那个挚爱的理想国，付出和努力着。

枣树湾相亲大会的成功，枣树湾电商的成功，召河生态园的成功，使得小小枣树湾有了大名气。西召县宣传部也瞧准了时机，趁热展开宣传攻势，连省城到西召的高速上都有联排的广告牌。生态旅游的品牌名气有了，各地的游客来了，人气聚拢就带来了财气，商机随处可见，叫身在异乡的年轻人对家乡心驰神往，不再犹豫迟疑，迅速返乡，耳闻目睹高伟志成功的创业经验，更鼓舞了他们的创业热情。

同时，高伟志也一点儿不停歇。他和赵闵跟市里组织的项目考察团去了一些省外的地方，也学了不少新经验回来，继续补充完善生态园区的建设。高伟志有了更大的设想，他倡议，在即将奠基剪彩开工的国家农业公园里，建设一座全国农业产品电商博览园。

高伟志的设想是这样的：无论未来的召河国家农业公园有几百亩还是几千亩，地域都还是有限的，建一座全国农业产品电商博览园，那空间就大了。博览园将原产地农产品浓缩到召河岸边，叫来休闲的人们既享受召河当地的风土人情，又得以浏览各地农产品的集中推广和展示。来玩儿的游客有无限的空间去尽情游览，身在召河国家农业公园，却可以饱览全国各地的精品农业特产，感受新型消费体验。博览园区里可以开养生堂、蔬菜吧、水果派等美食沙龙，以全新的购物体验随意闲逛，任何需要和购买，不用大包小裹人背肩扛，你只需一扫二维码，网上下单即可，等浏览完你所购商品，货品已经先你到家了。农业产品博览园这一平台，还将成为一个各地农业产区举办品牌发布、产品推荐、旅游对接、招商引资活动的首选平台，还有，解决农民最头疼的产销对接的难题，以及实现品牌农产品优质优价。

韩艺他们向省发改委上报了材料后，他们回话说，这全国农产品电商博览园概念可就太大了，要上报国务院、农业部、商务部，还要上报国家扶贫办同意，才可以操作呢。之后省发改委还专门召开了几次高峰研讨会，专家意见的反馈是：这个创意非常大胆，却是有可操作性的。收到肯定的答复后，高伟志心里有底了。

自从高伟志回乡创业，顶着巨大的压力，一个一个解决难题，小伙子完全展现了勇敢、坚强、承担、坚持的个性魅力。基层村民干部对他从不解、隔膜，到接纳、追随，各级领导与他从陌生、磨合，到融合、共赢，多次联手报项目谈合作拔钉子攻难关，高伟志永不懈怠的满腔激情，满脑子改变家乡面貌的宏图大略，鼓舞了全县人民。

邢海焱扶贫任务已经完成，到年底就要返回省城了。结束前，几个年轻人才有时间再次聚会。大家围坐在院里，畅谈起自己一年的经历，都很感慨。

这一年，扶贫队员们在基层一线承担了巨大压力，面临着严峻的挑战，付出了很多很多。农村基层工作是一项综合性工作，扶贫是一项系统性工程。这一年里，为了尽早尽快完成扶贫任务，扶贫干部必须对乡镇村里的工作，做到无所不知，因为担心工作有闪失有遗漏，几乎长期处于神经紧绷状态。为了项目落实，与基层沟通，不管白天黑夜，随时开会加班，抬起腿来就进村入户，为应对各级政府的检查，不停地填写各种推进表、汇报表。

邢海焱本来在家里是生活常识不多的人，到了乡下，为了适应工作和生活，他已经具备了各种技能，村民有了头疼脑热，他就成了土医生，修村民的危房，他就成了工程经理。为了扶贫项目落实准确到位，他们自己也是填鸭式地学习农业、畜牧、水利、电力方面的知识，村里电力不足，电器很容易损坏，邢海焱、孙乾就给全村人修电视、修电脑、修宽带，随叫随到又成了电工。

很快，邢海焱他们的扶贫验收非常顺利地结束了。高占理从市里开会回来，又带来一个好消息，就是枣树湾村的贫困帽子终于摘掉了。

大伙儿欢喜间，高伟志打了邢海焱一拳，兴奋地说："感谢你呀，你们是枣树湾永远的荣誉村民，和枣树湾的缘分是断不了了。等召河国家农业公园落成的时候，我们一定邀请你们来剪彩。"

接着又故意调侃邢海焱："到那个时候，邢海焱同志怎么也得是你们学校的大领导了吧。"然后又转向一边的韩芗："到那个时候，韩芗同志该不会已经成了我们西召的女县长了吧。"

是呀，大家都用关心的口气询问韩芗以后的打算，即将挂职结束的她到底是怎么打算的，韩芗笑不作答。

正像大家的猜测，韩芗眼下的确面临着选择。挂职结束面临人生选择的韩芗，心情也异常复杂。复杂的原因就是，挂职基层乡镇干部的经历，看到和体会到的一切，确实叫她感到当下的农村基层，有太多积重难返的沉重。

这一年多，韩芗身在最基层，始终与最弱势、最底层、收入低微的农民打交道，也总是见到最落后的荒凉破败的基层生活情景。这些最困苦的农民，他们没有脱贫手段，没有致富渠道，别说三年五载，就是十年八年也不可能完成任务。

要说枣树湾发生了巨大的变化，是因为有了收入，有了集体积累。可是枣树湾之外，大多数的穷困乡村，因为没有集体经济，没有集体积累，村干部拿不到多少补贴，很多时候全靠尽义务工作。而且他们也都是农民，要早出晚归为自己家忙活。这种生活背景下，需要他们拿出更多时间组织和开展的活动，要求水准和效率，都是不现实的。加上他们普遍文化程度很低，很多人没有老敢书记那样的觉悟，村班子也有不少人，工作积极性、主动性不高，配合不利、软弱涣散，非常叫人失望。

在坡坝乡挂职这一年多时间里，韩芗感受最深的是，上级对基层提出的工作目标和要求，落实起来，确实有很多容易敷衍和出现弊端的环节。任何活动，都是按照制度化、标准化、程式化的路径，每项工作都是按照模式来开展，这个模式就是：加强领导、成立机构、完善制度、报告进度、总结成绩，以至于每次这五项工作完成下来，都会文件材料一大堆，规章制度挂满墙，横幅标语到处写。很多时候上一个活动刚结束，新活动又开始，造成许多制度牌匾实在没地方挂，于是上面检查什么，就把相应的内容挂上去。如此这般，撤了挂，挂了撤，时间一长，一些本来诚恳做事的基层乡镇干部也疲惫了，就开始用弄虚作假的行为蒙混过关。而上级对乡镇、村的检查考评，除了硬件建设，主要就是看成立不成立领导小组、制度上不上墙、有无召开会议的记录。于是乡镇干部每项工作落实，都有一堆资料需要撰写整理上报，这样一来，基层干部的工作经历都用在应付检查上了。

但确实有一件事，最被基层干部称赞，就是八项规定以来，基层干部感触最深，应酬少了，中午不喝大酒了，晚上不酩酊大醉了，回家吃饭了，身体好了。在基层，上级对下级发布指示、安排任务、布置工作，召集会议和下发文件是主要的形式。韩芗的办公室，一年时间里，已经整理过的各类文件就堆满了书柜。还有就是不断地应付名目繁多的检查、视察，理所应当，动辄一票否决的检查，也叫乡镇干部战战兢兢，总感觉自身难保。

韩芗是个有心人，基层工作虽然辛苦，却在各种辛苦中，做到了学思践悟、知行合一。她看到基层乡镇工作中存在的弊端，就更知晓基层干部身上的重担多么沉重。所以，她才知道担子重，才会知道任重道远，才有些犹豫不决。

上级对韩芗一年多的工作非常认可，上级已经跟韩芗谈话，希望韩芗听从组织安排，调到西召县条件最好的西召镇去当镇长。这次可不是挂职的，是要经过县人大举手表决才能上任的。

临近过年了，学校组织部通知邢海焱说有重要事情。从办公楼出来，在校园里邢海焱接到韩芗的电话，原来，韩芗已经离开坡坝乡，去西召镇正式上任了。邢海焱故意逗韩芗，你都上任了才跟我说呀，你这是在跟家属商量的态度吗？不过呀，我哪敢给未来的韩县长挡前进的道呀。说笑间，邢海焱也告诉韩芗，父母说了，等明年春天，还要来脱了贫的西召看看，不知道明年枣树湾会变成啥样。还有呢，我父母可不是仅仅就来再看一次枣树湾的春天就拉倒了，我爸爸真的在做准备，退休来农村支教。

韩芗话里有话："邢海焱，你就记得枣树湾，我现在可是到了西召镇了。你也不问问，西召镇怎么样，显然你扶贫那一页算是翻过去了，不打算关心西召镇了。"

"谁说的，这世上还有比我更关心西召镇的？"

听到邢海焱话里着急的语气，韩芗心里偷着乐。

邢海焱急于把自己知道的说出来，他接着说："我告诉你吧，我已经从网上看到了，你那西召镇正搞特色小镇，说你那儿又有中药材，又有粮食画，省里还说要给你们投资，要在西召打造文化地标与旅游门户结合的养生基地。看到这些信息，我都跟着兴奋，看来你要跟高伟志有一拼了。不过你应该对我好一些，因为我已经有了好多更好的想法和建议。如果我觉得你的态度叫我满意，我才会跟你好好探讨，你要是刚才那个态度，竟然说我不关心你，那我可要把我的宝贵想法藏起来。"

韩芗笑起来："你一个大学老师把经验藏起来，不等于浪费呀？"

"谁说我还一定要当大学老师呀？"

邢海焱其实已经憋不住了，他告诉韩芗，就在刚才，学校组织部领导跟他谈了，愿意不愿意再次下乡，这次是去一个更加贫困的乡村担任第一书记。

韩芗急不可耐地问："去哪里？西召县已经完全脱贫了，不可能是西召县了。"听见电话那头邢海焱说，是纯山区贫困县迁东县。

韩芗很是意外。她告诉邢海焱："迁东县地理位置还不如西召县呢，完全属于山区，但优势是有万亩板栗产区，而且整个县森林覆盖率很高。这次，听说已经被国家确定为我省唯一的国家级田园综合体的试点项目了。要打造国家样本，国家、省、市、县都要投入资金，机会很难得，说项目规划周期是三年呢。"

邢海焱听出韩芗话里的羡慕，故意开玩笑："怎么样，担心你们西召县脱贫了，没政策扶持了呀？没事，我看到文件了，上级为了保证脱贫的稳定性，比如西召县这样的已经脱贫的贫困县，脱贫后不脱政策、不脱帮扶、不脱措施、不脱投入，各项帮扶工作会继续推进。你那个小镇建设不可能半途而废，你不用担心，这十年农村大规模建设，都是一环扣一环的，新农村改造，美丽乡村建设，特色小镇，跟我们的田园共同体概念是相辅相成一脉相承的。”

“你会在迁东那里待三年吗？然后呢，你还会回学校吗？”

韩芗电话里一连串的询问，轮到邢海焱不知道怎么回答了。

两个人聊起当下农村的未来前景，话题也完全不受限制了。他们热烈地探讨起田园综合体和特色小镇的天然契合。都觉得从市场前景来看，以田园综合体为理念打造的特色小镇，将具有超前的市场定位和市场规模，他们就各自的工作实际说到找准田园综合体和特色小镇的突破点和制高点，也说到共享经济及社群经济下的文旅地产这些新风向。

一说到文旅地产，韩芗打趣说：“看来我们要和高伟志争夺赵闵了。以后我们的关系更加微妙了，不仅保持合作关系，还是竞争对手了。”

邢海焱忽然莫名来一句：“昨天孙乾写扶贫报告，问我一句话，下乡最大的收获是什么？现在，我灵感来了，找到了最恰当的一句话，我先告诉你吧，就是：既找到了理想国，又找到了理想人。韩芗，我这么回答，你说，对吧？”

韩芗不言语，电话那边只是笑，邢海焱就有点儿着急，不停地连声问她，非要她马上回答，可是韩芗就是不回答他的问话。

他们会很长时间见不到彼此的，这一点，他们都很明白。但是这样的分离带给他们的却是甜蜜，没一点儿的忧伤。

因为他们都知道，他们当然会重逢，那个时候他们彼此会用行动表白，但也许，什么都不用说了。邢海焱已经在心里憧憬那个激动的时刻，他更知道，为了那个时刻的到来，他应该怎么做。他年轻的心快速地跳着，知道此刻的自己正在体会，有了坚定的信念，内心就会多么充实，有了爱的人，就会知道幸福是什么滋味。